澳大利亚文学研究丛书
黄源深 主编

海伦·加纳研究

朱晓映 著

Helen Garner:
A Critical Study

上海外语教育出版社
外教社 SHANGHAI FOREIGN LANGUAGE EDUCATION PRESS

图书在版编目（CIP）数据

海伦·加纳研究 / 朱晓映著.
—上海：上海外语教育出版社，2013（2014重印）
（澳大利亚文学研究丛书）
ISBN 978-7-5446-3402-1

Ⅰ.①海… Ⅱ.①朱… Ⅲ.①加纳，H.—文学研究
Ⅳ.①I611.065

中国版本图书馆CIP数据核字（2013）第140919号

出版发行：**上海外语教育出版社**
　　　　　（上海外国语大学内）　邮编：200083
电　　话：021-65425300（总机）
电子邮箱：bookinfo@sflep.com.cn
网　　址：http://www.sflep.com.cn http://www.sflep.com
责任编辑：梁泉胜

印　　刷：上海新艺印刷有限公司
开　　本：700×1000　1/16　印张 13.25　字数 202千字
版　　次：2013年10月第1版　2014年11月第2次印刷
书　　号：ISBN 978-7-5446-3402-1 / I・0249
定　　价：32.00 元

本版图书如有印装质量问题，可向本社调换

"澳大利亚文学研究丛书"

编委会名单

编委会主任：黄源深

编委（按姓氏笔画为序）：

王光林	王腊宝	王　慧
石发林	叶胜年	朱炯强
朱晓映	陈　弘	陈正发
邹囡囡	吴宝康	周小进
徐　凯	梁中贤	彭青龙

总　序

　　1901 年,澳大利亚联邦政府成立,歧视有色人种的"白澳政策"正式实施。在悉尼市政厅参加成立庆典的梁启超,忧心忡忡地预言:"在澳华人的日子会越来越不好过"。果不其然,华人的境遇从此每况愈下。其实,受害的何止当地华人。这种旨在"保护"白人文明的文化壁垒,也殃及了中澳两国之间的交往。很长一段时期内,中澳文化交流处于迟滞状态。多少年之后,对垒政策终于被摒弃,中国的人文环境也渐趋宽松,澳大利亚文化才较快地在我国流布。澳大利亚文学在中国的传播史,就是最好的见证。

　　从近代后期至今,澳大利亚文学在我国的译介可分为四个阶段:冷寂阶段(1901—1949)、解冻阶段(1950—1976)、热烈阶段(1977—2000)、深化阶段(2001 至今)。每一个阶段的特征,都与两个国家在当时实行的治国方略和文化政策密切相关。

　　在 1901—1949 年期间的澳大利亚,"白澳政策"盛行,"文化奴婢主义"(cultural cringe)思想统治知识界,文化观照固执地定格于欧美,对中国文化乃至整个亚洲文化采取冷漠、拒斥的态度。而在中国,推翻封建王朝与复辟帝制的博弈、军阀争夺地盘的混战、抗日救亡的生死搏斗、寻求建立人民民主政权的解放战争,占据了这一时期几乎全体国民的注意力,使之无暇顾及文化建设这类并不直接涉及民族存亡的事情。即便以此为己任的知识分子,因为深受半殖民教育的影响,目光也仅囿于美国和欧洲,很少想到那个"骑在羊背上"的国家。于是,澳大利亚文学在中国的冷寂也就势在必然了。这一时期除了寥寥无几的澳大利亚概况这类书籍,没有出现介绍澳大利亚文学的尝试。

　　1950—1976 年,是从新中国成立之后至改革开放起始时期。在澳大利亚,以惠特拉姆为首的工党于 70 年代执政,宣布取消"白澳政策",中澳建立外交关系。以希尔为首的澳共"一枝独秀",成为一盏政治明灯,拉近了中澳两国共产党的距离。在中国,无产阶级政权需要汲取外来文明,为我所用,而鲜明的政治动机又决定了单一的文化价值取向,这方面在"文革"时期甚至走到了极端。这一时期的中澳国家关系和各自的治国大计,以及中国国内的政治气候等因素,决定了澳大利亚文学在中国传播的态势:冰凌开始融化,但速度十分缓慢。当时,对澳大利亚文学的译介,态度十分谨慎,对书目都小心翼翼地严加选择,决定取舍的首要标准是政治倾向,艺术价值退居末位。因而最后和读者见面的澳大利亚文学作品,基本上属于"无产阶级文学",或者同情劳苦大众的创作,除了极少数,大多是政治上正确而艺术价值不太高的作品。此外,人们对澳大利亚文学的所知十分有限,根本无法对此形成定见,当然也就谈不上研究了。

1977—2000年期间,澳大利亚继取消"白澳政策"之后,又积极推行"多元文化"政策,尊重各民族文化,主张文化互补,代替过去的"同化"政策。政治上开始意识到亚洲的重要性,目光逐渐东移,加强了同亚洲国家的交往。中国的变化更是翻天覆地:改革开放,国门敞开,政治清明,文化包容。"文革"后选送首批赴澳留学生,学习澳大利亚文化,部分人专攻澳大利亚文学,回国后发起了"集团性"的澳大利亚文学研究。在这样的背景下,我国的澳大利亚文学译介出现了空前热烈的局面。许多大学纷纷成立澳大利亚研究中心,开设澳大利亚文学课程,招收澳大利亚文学硕士和博士研究生,召开澳大利亚文学研究国际会议。这一时期还出版了具有拓荒意义的澳大利亚文学史和选读等著作,有关澳大利亚文学研究的论文也频频出现在国内多家文学研究杂志上,有时这些杂志还开辟了澳大利亚文学作品及研究专栏。一时间,我国的澳大利亚文学研究蔚为壮观,成为继美、英、俄、法等大国文学研究之后的又一大亮点。当然,文化积淀的过程十分漫长,澳大利亚文学研究需要不断地完善和深入。

2001年至今,澳大利亚文学研究步入了深化阶段。其外部原因是澳中关系不断改善,两国文化交往空前密切,一个重要标志是澳大利亚学者和作家频繁来华,或参加澳大利亚文学国际研讨会,或直接与读者见面介绍自己的作品,或成为大学驻校作家,讲授澳大利亚文学。其内部原因是多所大学积极开设澳大利亚文学博士课程,派遣多批学者,赴澳从事短期研究。经过几年的努力,已培养出了一批专攻澳大利亚文学的年轻学者,成为当前我国澳大利亚文学研究的中坚。他们治学的一个重要特点是,结合博士论文的撰写,对某一作家进行专题研究,利用学术交流的机会,赴澳作田野调查,采访研究对象,掌握第一手资料,运用现当代文学理论,对所研究的作家进行透辟的分析,写出较有深度的研究专著,从而把"散漫型"的研究导入"集中型",使我国的澳大利亚文学研究向"深化"发展。

我们这套"澳大利亚文学研究丛书"就是在这样的文化背景下诞生的。参与其事的大多为我的博士生，若干年前他们都已毕业获得博士学位，但并未被商品经济的浊浪所吞没而掉头他顾，而是潜心学问，继续深入研究相关作家，耗数年之精力，捧出了沉甸甸的专著，有力地印证了他们的艰辛付出。但回想起来，如果没有中澳两国关系的改善，没有澳大利亚国策的变更，没有中国的改革开放，就不可能有今天中国澳大利亚文学研究令人欣喜的局面，当然也不可能出现此类研究成果。所以这套丛书既是研究者各自劳动的结晶，也是整个时代的产物。

丛书所涉及的澳大利亚作家，大多为享誉澳洲文坛的大家，也是论家普遍关注的对象。他们的作品是不同时期澳大利亚文学流派生成与发展的风信鸡，有着相当的代表性，一定程度上也起着标杆作用。如怀特，他是澳大利亚迄今唯一一位诺贝尔文学奖获得者，是澳大利亚现代主义文学的奠基人，他的作品善于挖掘"平凡背后的诗意"，有着前人所无法企及的深刻性。彼得·凯里是目前世界上仅有的两位两次获得布克奖中的一位（另一位是南非的库切，已于2003年获诺贝尔文学奖），他的作品思想深邃，表现手段丰富，集现实主义、现代主义和超现实主义表现手法之大成，而且每一部作品都富有新意，从而使他成为国内外各类文学奖项的胜出者和有力竞争者。托马斯·基尼利创作视野开阔，作品题材广泛，跨越时空，涉及古代、现代和当代、国内和异域，他的小说既具有严肃小说的深刻性，又不乏通俗小说的可读性，因而同时受到学者和一般读者的青睐。其他作家也都各有特色，如乔利小说的复杂性和现代性、加纳作品的女权意识、卡斯特罗小说的后现代风格、威廉森戏剧的幽默和冷峻色彩等等，都是备受关注的澳大利亚文学现象，也值得我国研究者去探幽索微，发掘它们真正的艺术价值。

这套丛书的撰写者都是年轻人，主攻澳大利亚文学，具有相当的学术积淀和很强的研究能力，学术研究的前程无可限量。这使我们欣慰地看到，改革开放以后发展起来的中国澳大利亚文学研究后继有人。"长江后浪推前浪，世上新人超旧人"，中国的澳大利亚文学研究前景是十分可喜的，让我们举起双手，欢迎这些"新人"研究成果的出世！

黄源深
2011年6月9日
于紫藤斋

序

做学问要扬长避短
——朱晓映成功之启示

"扬长避短",指的是人们做事,要扬其所长,避其所短,以获得事半功倍的效果。譬如体育运动,矮小敦实者练举重易出成绩;高挑灵活者更适宜球类活动。又譬如音乐,天生一副金嗓子的人会选择唱歌;乐感很好又具掌控力的人会去学指挥,而且成功的几率多半很高。经验告诉我们,"扬长避短"是行事的取胜之道。

做学问也不例外。如果能根据自己的长处,选择好足以发挥这些长处的课题,同时又不遗余力,锲而不舍,往往就会有成功的胜算。这里有三个条件必须具备:一是弄清楚自己的优势所在;二是找准能发挥这些优势的研究课题;三是甘愿为此付出不懈的努力。朱晓映是拥有这些条件因此获得成功的一个范例。

数年前,朱晓映来华东师范大学攻读博士,跟我研究澳大利亚文学。事先,我知道她虽然热爱文学,但并不从事这方面的研究。不过她对女性主义理论颇为熟悉,发表过相关的文章,还曾赴罗马尼亚布加勒斯特大学深造,了解和研究在欧洲颇为时尚的女性主义和女性文学教学,历时一年。显然,她的学术优势在于女性主义研究。根据这一情况,我同她商量,能否从女性主义的视角来研究澳大利亚的某个作家,以充分发挥她现有的特长。经过再三斟酌,我们选定了海伦·加纳,作为她的研究对象。

海伦·加纳是一位女性作家,澳大利亚女权主义文学的代表人物,她的创作,抑或她的言论,都渗透着女权主义思想。她的代表作《毒瘾难戒》,以大胆率真的笔触,勾画出了60年代年轻人视吸毒、性乱交、同性恋为新潮的混乱岁月,塑造了行为反叛的男女形象。她后来发表的小说和文章,也都循着这一女权主义思想的轨迹。这样一位作家,作为朱晓映的研究课题是再适合不过了。

朱晓映选定了海伦·加纳以后,一方面进一步学习有关女性主义的理论,扩大原有的学术优势;另一方面仔细研读了加纳的全部作品。与此同时，又赴澳大利亚短期访学，收集资料，并多次向海伦·加纳本人当面求教。在熟悉相关理论、熟悉作者、熟悉作品的基础上，经过三年多的艰苦拼搏，朱晓映写出了"从超越到超然——海伦·加纳女性主义写作研究"的博士论文，后来又出版了同名专著。此外，她还在《外国文学研究》、《当代外国文学》、《外国文学》、《国外文学》、《外国文学动态》等国内外国文学研究的核心杂志上，发表了二十来篇论文，完成了多个研究项目，写出了手头这部研究加纳的新著，成为我国海伦·加纳研究的主要专家。同时，她也顺理成章地被晋升为正教授。朱晓映的成功是"扬长避短做学问"的成功。

"扬长避短"，说到底不过是一种机巧，道理浅显，不难明白。但要付诸实现，却不是那么容易了，尤其是在课题决定之后，那种以百折不回的勇气和毅力，把研究进行到底的不倦付出，不是所有的人都能做到的，更何况在我们这个诱惑繁多的时代。这方面，朱晓映特别令人钦佩。她是兼职读博的，一方面在原单位履行着副院长的职责；一方面同其他博士生一样听课、读书、写文章，还得长年奔波于上海与南通之间，读书比他人更耗时费力。但这一切并没有难倒她，最后她按时交出了高质量的博士论文。

朱晓映的成功给了我们启示：做学问要扬长避短，更要不知疲倦地努力。

黄源深
2012 年 11 月 3 日
于紫藤斋

目 录

前　言 …………………………………………………………… 1

第一章　海伦·加纳的生平简介 ………………………………… 5
　　第一节　概述 ………………………………………………… 7
　　第二节　小镇上的木讷女孩 ………………………………… 12
　　第三节　"四字词"风波 …………………………………… 17
　　第四节　三次失败的婚姻 …………………………………… 21
　　第五节　大器晚成的先锋作家 ……………………………… 27

第二章　海伦·加纳的小说创作 ………………………………… 31
　　第一节　概述 ………………………………………………… 33
　　第二节　《毒瘾难戒》(1977)：爱如毒品 ………………… 39
　　第三节　《孩子们的巴赫》(1984)：婚姻的乐曲 ………… 52
　　第四节　《小天地中的大世界》(1992)：爱穿越一切 …… 60
　　第五节　《空余的房间》(2008)：女人优雅至死 ………… 69

第三章　海伦·加纳的非小说创作 ……………………………… 79
　　第一节　概述 ………………………………………………… 81
　　第二节　《第一块石头》(1995)：质疑女性主义 ………… 90
　　第三节　《真实故事》(1996)：生活与写作的互动 ……… 97
　　第四节　《钢铁的感觉》(2001)：缺憾的生活之美 ……… 105
　　第五节　《乔·琴科的安慰》(2004)：女人之间的战争 … 119

第四章　海伦·加纳对澳大利亚女性写作的贡献 ……………… 129
　　第一节　概述 ………………………………………………… 131

第二节	女性主题:家庭里的故事 ……………………	138
第三节	女性叙事:"我"在故事中 ……………………	141
第四节	女性形象:"海伦式"女人 ……………………	146
第五节	女性身份:后女性主义转折 …………………	156

结　语 ………………………………………………………… 167

参考文献 ……………………………………………………… 171

附录一　海伦·加纳生平年表 ……………………………… 188

附录二　海伦·加纳主要作品一览表 ……………………… 191

附录三　海伦·加纳访谈录 ………………………………… 192

后　记 ………………………………………………………… 199

前　言

　　在世界女性文学的版图中，澳大利亚女性文学有其独特的历史与地位。作为一个英殖民地国家，澳大利亚的历史，实际上是一部来自异国的定居者在一个新大陆拓殖、探索、建立自己的民族并逐步融入国际社会的历史。她的文学发展也沿着类似的轨迹，先后经历了殖民化、民族化和国际化的历程。① 这个国家仅有两百多年的历史，其文学起点自然比英国晚了很多年。当简·奥斯丁（Jane Austen，1775 - 1817）在英国汉普郡（Hampshire）史蒂文森（Stevenson）镇上以《理智与情感》（Sense and Sensibility，1811）、《傲慢与偏见》（Pride and Prejudice，1813）以及《曼斯菲尔德花园》（Mansfield Park，1814）等小说作品名噪一时的时候，澳大利亚还只是一片寂静的原始丛林地。直到1830年，亨利·萨弗里（Henry Savery，1791 - 1842）创作的《昆塔斯·塞文顿》（Quintus Servinton，1830）问世，成为澳大利亚的第一部小说。② 随后，女性写作逐渐兴起。玛丽·维达尔（Mary Vidle，1815 - 1873）被认为是澳大利亚"第一个写澳洲的女作家和第一个写女性问题的女作家。"③ 在她出版《写给丛林的故事》（Tales for the Bush，1845）两年之后，夏洛蒂·勃朗特（Charlotte Brontë，1816 - 1855）以科勒·贝尔（Currer Bell）笔名出版了《简·爱》（Jane Eyre，1847）。当人们的视线从伊丽莎白·班内特（Elizabeth Bennet）④ 的身上转移到桑菲尔德（Thornfield）庄园里的家庭教师简·爱

---

① 黄源深，《澳大利亚文学史》，上海：上海外语教育出版社，1997年，第2页。
② 黄源深，《澳大利亚文学史》，上海：上海外语教育出版社，1997年，第15 - 16页。
③ Ken Goodwin, A History of Australian Literature, London：Macmillan, 1986, p1.
④ 简·奥斯丁的小说《傲慢与偏见》中的女主人公。

(Jane Eyre)①的身上时,澳大利亚女性笔下的"丛林少女"(bush girl)也进入了人们的视野。

回顾20世纪澳大利亚女性文学的发展,有很多女性作家值得我们去关注。迈尔斯·弗兰克林(Miles Franklin,1879 – 1954)作为澳大利亚最大的文学奖项"迈尔斯·弗兰克林奖(Miles Franklin Literary Award)"②的设立人,她在澳大利亚文学史上的地位无人可替代。她所创作的《我的光辉生涯》(*My Brilliant Career*, 1901)中"丛林少女"西比拉(Sybylla)已经成为澳大利亚文学史上民族化文学的一个标志性的形象。及至1973年,澳大利亚当代最杰出的小说家帕特里克·怀特(Patrick White,1912 – 1990)获得了诺贝尔文学奖,澳大利亚小说开始走向世界,女性文学亦开始繁荣,出现了一大批有成就、有影响的女作家。海伦·加纳(Helen Garner, 1942 –)是这一时期女性作家群体中一颗最为闪亮的新星,正像芭芭拉·杰弗里斯(Babara Jefferis)所评论的那样,"你很难在新作家中找到另一个有同样功力的作家。"③ 肯·吉尔德(Ken Gelder)和保罗·萨尔兹曼(Paul Salzman)在《新变化:澳大利亚小说1970—88》(*The New Diversity: Australian Fiction 1970 – 88*, 1989)一书中承认,女性写作的确在20世纪70年代发生了巨变,他们提出分析这一时期女性写作的一个较好的切入口是将海伦·加纳所创作的"艺术生活"("The Life of Art")作为研究范本,指出"海伦·加纳的小说中融入了两种主要元素:一种是对女性体验的捕捉,而另一种则是对女性叙述语言的探寻,从而使得她的小说形式与父权制传统分道扬镳。"④ 加纳作品中的女性人物被归入"新新女性"⑤,无论是《毒瘾难戒》(*Monkey Grip*, 1977)中的诺拉(Nora),还是

---

① 夏洛蒂·勃朗特的小说《简·爱》中的女主人公。
② "迈尔斯·弗兰克林奖"是澳大利亚最有影响力的年度文学奖,自1957年开始颁奖至今,已有45位澳洲作家先后获奖。
③ Gerry Turcotte, *Writers in Action: The Writers' Choice Evenings*, Sydney: Currency Press, 1990, p164.
④ Ken Gelder & Paul Salzman, *The New Diversity: Australian Fiction 1970 – 88*, Melbourne: McPhee Gribble, 1989, p55.
⑤ Ken Gelder & Paul Salzman, *The New Diversity: Australian Fiction 1970 – 88*, Melbourne: McPhee Gribble, 1989, p56.

《孩子们的巴赫》(*The Children's Bach*, 1984)中的雅典娜(Athena),她们一方面全心投入家庭生活,另一方面又对追求自我充满了渴望,同时,她们还努力从传统保守的社会风气中寻求家庭温暖,于是,这些虚构的却栩栩如生的女性人物将加纳与她同时代其他女作家明显地区分开来。她站在边缘,却独树一帜。她的影响不仅在澳大利亚国内,还波及英国、美国和新西兰等英语国家。

虽然笔者不是国内最早研究海伦·加纳的学者,却是迄今为止发表有关海伦·加纳研究论文最多的学者。自2005年开始研究海伦·加纳以来,笔者先后在国内多家著名文学研究杂志上发表论文,在多个文学研讨会上宣读论文,并于2010年出版了专著《从越界到超然:海伦·加纳的女性主义写作研究》。海伦·加纳研究俨然已经是当今国内澳大利亚文学研究领域一个热门话题。作为笔者所出版的关于海伦·加纳研究的第二本书,这本专著有其独到之处。在这本专著中,笔者全面观察了海伦·加纳的生活与创作,涵盖了加纳所有的作品以及她70年的人生历程,探讨了加纳作为女性主义者、女作家和女人三种身份之间的关联和影响,分析了她在澳大利亚文坛的地位以及她对于澳大利亚女性主义写作的贡献。在这本专著的书写风格方面,笔者力求靠近海伦·加纳的书写风格,也是一种女性书写的风格,追求一种流畅、细腻、耐读的叙述格调。

相信这本新专著不会让喜欢海伦·加纳的读者失望。

第一章

海伦·加纳的生平简介

第一节 概述

海伦·加纳(Helen Garner,1942-)是当代澳大利亚文学史上一位具有独特个性、独特声名和独特意义的作家。1977年,她的第一部小说《毒瘾难戒》出版,宣告了一种新型的女性主义写作的到来,"标志着当代澳大利亚女性写作的转折"[1],她本人也因此被称为"澳大利亚女性主义文学的偶像"[2],成为当代澳大利亚无可争议的最受欢迎的作家之一。在三十多年的创作生活中,加纳尽管只写了十多部小说和非小说,但是,她始终以女性为主要对象、以女性生活经验为主要内容、以个人叙事为主要形式,她的女性主义作家地位在读者和评论家们接受和拒绝、理解和质疑的交替中巩固并提升。她是当代澳大利亚文学史上获得"国家图书委员会奖"(National Book Council Award)的第一位女作家,是当代澳大利亚第一个写女性生活而获得巨大成功的女性主义小说家,也是澳大利亚女性主义史上第一个质疑女性主义成果、促使女性主义反思的女性主义者——一个被称为"有特殊意义的时刻"[3]的创始者。她的名字几乎成为当代澳大利亚女性主义写作的代名词,她的写作人生记录了澳大利亚女性主义与女性主义文学批评发展的轨迹。

回顾海伦·加纳的写作生涯,女性主义的影响源远流长。自上世纪70年代以来,她的创作伴随着女性主义浪潮的起伏和推进,不断呈现出变化。从《毒瘾难戒》开始,加纳就坦然承认,如果没有女性主义的启迪、滋润和营养,她很可能成不了作家。她从来没有刻意隐瞒过自己的女性

---

[1] Pam Gilbert, *Coming Out from Under: Contemporary Australian Women Writers*, London: Pandora Press, 1988, p5.

[2] Kerryn Goldsworthy, *Australian Writers: Helen Garner*, Melbourne: Oxford University, 1996, p96.

[3] Jenny Morgan, "Priggish, Pitiless, and Punitive or Proud, Passionate, and Purposeful? Dichotomies, Sexual Harassment, and 'Victim-Feminism'", *Canadian Journal of Women and the Law*, Volume 17, Number 1, 2005, p220.

主义身份,更没有隐瞒过自己对于女性主义认识的变化以及她的女性主义立场的转变:她从激进而自由的女性主义追求起步,在女性主义第二浪潮中搏击、反思、觉醒,又投身到女性主义第三浪潮之中。从谋求身体的突围到收回身体的领地,再到放开身体的疆界,她的女性主义身份与视角一直引领着澳大利亚各种涉及女性主义的争议和辩论。但是,海伦·加纳从来就不是一个随波逐流者,作为女性主义的卫士和斗士,她永远保持着自己的鲜明个性,站在女性主义浪潮的风口浪尖,从来没有被那些惊涛骇浪吓倒过:当激进女性主义还没有被大多数人接受时,她激进过,成为反女性主义者的众矢之的;当多数女人接受了传统女性主义的时候,她转向了反思,成为女性主义的批判对象和后女性主义的启发者。从女性主义到后女性主义的超越成为海伦·加纳作为一个女性主义作家的与众不同之处,也正是这种与众不同成就了她以及她的作品。虽然总是写女人、写小人物、写家庭琐事,并且,讲述故事的方式也没有太大变化,但是,在她的作品中,可以读到多元的人物关系,可以听到多种女性声音,可以看到多面的加纳。她曾经是女性主义写作的先锋,受到过超乎想象的吹捧,但是随后关于她的争议也从来没有停止过,她几度成为读者和媒体关注的焦点人物。当她后来有更多的作品问世,特别是1995年她的第一部非小说作品《第一块石头——关于性和权力的几个问题》(*The First Stone: Some Questions about Sex and Power*, 1995)的出版,一些评论家开始质疑她的女性主义作家身份,甚至认为她出卖了女性主义,成为女性主义的叛徒,在被人歪曲、误解甚至批判的声浪中,加纳继续着自己的思考与书写,拷问别人,也拷问自己,虽然也曾有些气馁,却从来没有想过放弃。就这样她坚持做着自己喜欢做的事,走过了三十年的写作时光。今天,当我们阅读她的最新作品时,我们似乎很难联想到当年她身为女性主义先锋斗士的形象。但是,她依然认为自己是一个女性主义者。纵观加纳的写作经历,她的独特之处就在于她在变与不变之间找到了平衡,找到了属于她自己的位置。她拒绝同一、拒绝定位,愿意从各个视角去反观社会,也愿意顺应时代的变化去找寻自己新的身份,她愿意尝试各种不同的生活方式和写作方式,从而永远保持写作生活的乐趣。正像她在"无声提问的艺术"("The Art of the Dumb Question")一文中所写的:"我的写作生活一直有很多的旁门左道,我一直在适应,而不是在追求。"① 在另一篇题为"年届五十"("On Turning Fifty")的散文中,她很直接地表达了自己对于将写作定位为"职业"的拒绝。"'职业'只是便于外人描述你而已。隐含在'职业'一词中的意思是速度和确定,一种均衡的力量,像是从远处看一个彗星的运行轨道。"② 是的,相对于许多其他的作家而言,海伦·加纳的写作可能更加率性、更加随意一点,她是那种想写则写,不想写便可以停笔很久的人。所以,她不多产,也没有什么鸿篇巨制。但是,这又何尝不是她始终牵引着读者目光的理由呢?

纵观加纳走过的七十年的人生旅程,她曾经经历过很多波折和风雨。幼年和少女时代的她孤傲甚至有些怪癖,青年时期叛逆而另类,30 岁以后,她经历了三次婚姻的变故,将近 60 岁时再次开始单身。如今,她独自居住在墨尔本(Melbourne)郊区,与她唯一的女儿相邻,过着平静而又平凡的写作人生。她生于小镇吉朗(Geelong),成年后到墨尔本上大学,曾旅居英法等欧洲国家,也曾在悉尼(Sydney)生活过多年,但是最终她选择了墨尔本——她母亲的故乡、也是她生命中最不能舍弃的一个城市作为她长期的居住地。加纳曾经在接受采访时开玩笑地说:"我每出版一本书都要失去一个丈夫。"③ 虽然有些夸张,倒也说出了部分真情。30 岁以后的四十年间,她几乎一直在重复单身——结婚——离婚——再单身的人生轨迹,而所有这一切又都与她的作家身份有着千丝万缕的联系。然而,加纳最初的职业并不是作家,也没有想过自己有朝一日会成为作家。她大学毕业后的第一份职业、也是她除了作家之外唯一从事过的职业是中学教师。这份职业没有持续太久,而且让她蒙受了令人愤怒的耻辱。1972 年,她遭遇了"四字词"④ 风波,被维多利亚州(Victoria)教育管理部门解雇。紧接着,她的第一次婚姻结束,成了单身母亲。在失去了丈夫又失去了工作的无奈之中,为了自己的生存,也为了养育女儿,她不得已翻

---

① Helen Garner, "The Art of the Dumb Questions" in *True Stories: Selected Non-fiction*, Melbourne: Text Publishing, 1996, p1.
② Helen Garner, "On Turning Fifty" in *True Stories: Selected Non-fiction*, Melbourne: Text Publishing, 1996, p139.
③ Elisabeth Hanscombe, "Helen Garner's Work in The First Stone", *Quadrant*, Sept 2006, v50 i9, pp72 – 76(4).
④ "四字词"(four-letter-word)指性禁忌语,俗称脏话或下流话。

出自己的日记,将自己的故事融进了《毒瘾难戒》中的女主人公诺拉身上,从而一举成名,几乎在一夜之间成为澳大利亚家喻户晓的人物,成为澳大利亚文坛升起的一颗新星。在随后几十年的人生旅途中,海伦·加纳几乎每三四年出版一本书,每部作品的出版都会引起关注或者争议,也得到过多种奖项。从此,她没有再受雇于任何机构单位,只是靠写作为生,过着率性、真诚而又平和的生活。现在的加纳虽然年已古稀,却并非人们印象中的老态龙钟,而是身手敏捷,思维活跃。她不是一个追求产量的作家,她需要平衡快乐的生活。所以,她写写停停之后再写,似乎是断断续续,却始终在写着自己的心声。写作之余,她每日房前屋后侍弄花草,陪伴外孙女嬉戏游玩,俨然一位快乐无忧的老祖母,很难让人联想到她当年女性主义斗士的形象,但是,她仍然活跃在女性主义的视野中,经常以"澳大利亚最出色的女作家之一"① 的身份被提起。而她自己也认为,女性主义的标签对于她来讲已经不重要,重要的是女性主义的观念已经完全内化为她的语言和行动,融入了她的生活,再也分不出彼此。正如她的写作与她的人生无法分离一样,加纳的名字已经成为女性主义的一种符号。

  加纳在澳大利亚文坛和女性主义领域奇迹般的权威影响力是她通过自己的人生和写作共同创造的。在 1996 至 1997 年罗伯特·蒂森克斯(Robert Dissaix)主持的全澳公众知识分子采访系列广播节目中,海伦·加纳是唯一一位被安排接受采访的小说家。2005 年 3 月,在由《悉尼晨报先驱》(*The Sydney Morning Herald*)组织的一次对 100 位澳大利亚公众人物问卷中,加纳排名第八。排名前十位的主要是白人男性学者,女性只有三人。除加纳之外,另外两人分别是女性主义名著《女太监》(*The Female Eunuch*, 1970)的作者吉尔门妮·格里奥(Germaine Greer, 1939 –)和著名女性史学家英格·克莱蒂安(Inga Clendianne, 1934 –),格里奥排名第三,克莱蒂安排名第六。② 2006 年,因为海伦·

---

① Literature Resource Center-Author Resource Pages, Helen Garner, "Sidelights". http://0-galegroup.com.libecnu.lib.ecnu.edu.cn/servlet/LitRC...
② Brigid Rooney, "The Sinner, the Prophet, and the Pieta: Sacrifice and the Sacred in Helen Garner's Narratives", *Antipodes: A North American Journal of Australian Literature*, 19, p2.

加纳对澳大利亚文学、澳大利亚文化与知识生活的贡献,她被授予"墨尔本文学奖"(Melbourne Prize for Literature),获得了六万澳元的高额文学奖金。①

---

① http://www.readings.com.au/bookweb/html/news2006.html.

第二节　小镇上的木讷女孩

　　1942 年 11 月 7 日海伦·加纳出生于澳大利亚维多利亚州墨尔本西南 45 英里处的一个海滨小城——吉朗。她的父亲布鲁斯·科林·福特（Bruce Colin Ford）是当地一位经营羊毛生意的商人，母亲格温妮斯·福特（Gweneth Ford）是一位幼儿园教师。"我父亲的家来自丛林，南部的桉树丛林，而我母亲的家在墨尔本，属于中产阶级。"海伦·加纳回忆道，那是"一个普普通通的澳大利亚家庭，家中没有多少书，家人之间也没有太多交流。"① "我父母两边家庭都没有太多的文化，尽管我的母亲是一个音乐爱好者……最后，来自乡村的父亲和来自都市的母亲达成妥协，他们在小镇上安家落户，生活虽然不是十分富足，但是也从未拮据。"②

　　1948 年，海伦六岁时，布鲁斯和格温妮斯带着子女搬到了离吉朗大约十四英里的一个名叫"海洋树林"（Ocean Grove）的小镇。

　　　　海洋树林是一个小镇，或者说，是一个小镇区，它离吉朗大约十四英里。我们在地理课上根本没听到过它的名字，它没有任何理由被写进地理教科书。它不像巴湾头（Barwon Heads），那是一个入海口；它也不像皇后岩（Queenscliff）或者垄姿礁（Point Lonsdale）等地，那些地方靠近瑞普（the Rip），菲利普港（Port Phillip Bay）从那里入海。海洋树林在瑞普和巴湾头中间，坐落在一条弯曲绵延的海滩边。③

福特夫妇一家在那个不起眼的小镇上生活了四年的时间，1952 年，他们

---

① Geoffrey Dutton, "Helen Garner" in *The Australian Collection: Australia's Greatest Books*, Melbourne: Angus & Robertson Publishers, 1985, p358.
② Candida Baker, "Helen Garner" in *Yacker, Australian Writers Talk about Their Work*, Sydney: Pan Books Pty Limited, 1986, p142.
③ Helen Garner, "Sad Grove by the Ocean" in *True Stories: Selected Non-fiction*, Melbourne: Text Publishing, 1996, p42.

从海洋树林又搬回到吉朗。"我不知道我们为什么从吉朗搬出后又回到吉朗,"海伦·加纳在"海边的忧伤树林"("Sad Grove by the Ocean")一文中写道,"童年时候的一些事情早就被尘封起来,不能再给它们任何历史意义的解释。为什么还要询问呢?它们就这么很自然地发生了。探究其根本的原因并不能改变我们童年的记忆,不是吗?"① 这种不问为什么、顺其自然的个性一直是加纳的人生态度。直至今天,她对于任何生命中的拥有和失去都没有丝毫的抱怨,而是觉得该来的自然会来,该去的还是会去,留下来的是你应该得到的,失去的一定是不属于你的。

离开海洋树林以后的福特一家还时常回去度假,但是,在海伦的记忆中,海洋树林镇上的一切并不像它的名字那样富有诗意,那是一片"海边的忧伤树林"②:空中零乱的电线,地上荒寂的土地,镇上陈旧的木房,街上破落的店面,没有酒吧,也没有杂货店,想要喝点饮料得走到两英里外的巴湾头去,马路上没有什么车,行人可以直接走到路中央而不用担心会被车撞上。就在这样一个忧伤的小镇上,海伦领着她的弟妹们寻找着童年生活的乐趣。

> 海洋树林是一个普通的地方,一个普通的小镇里住着一些像我们这样的普通人。我们的父母很爱我们:他们一定很爱我们,因为他们不断地在生养着孩子。我们上学,我们读书,我们听收音机,我们还得帮助母亲干家务。我们去海滩,我们溜旱冰,我们饮酒还吃很多其他好吃的,我们郊游,我们和朋友聚会。尽管我是家里六个孩子中的老大,尽管最后两个妹妹也是在我们离开海洋树林之后才出生的,在我的记忆中,我们家始终是一个大家庭。③

简·奥斯丁在《曼斯菲尔德花园》里写道:"孩子们出生于同一个家

---

① Helen Garner, "Sad Grove by the Ocean" in *True Stories: Selected Non-fiction*, Melbourne: Text Publishing, 1996, p42.
② Helen Garner, "Sad Grove by the Ocean" in *True Stories: Selected Non-fiction*, Melbourne: Text Publishing, 1996, pp42–47.
③ Helen Garner, "Sad Grove by the Ocean" in *True Stories: Selected Non-fiction*, Melbourne: Text Publishing, 1996, p43.

庭,身体内流淌着同样的血液,拥有同样的生活习惯,也有一些共同的喜好,但是,所有这一切并不意味着他们长大之后就是同样性格的人。"① 加纳在"剪贴相册"("A Scrapbook, An Album")一文的开头引用了简·奥斯丁的这段话,其用意十分明显。她有六个弟妹,虽然在同一个家庭中长大,相互之间的关系也很密切,但是各自性格的差异决定了他们不同的人生道路。小时候的海伦是一个反应迟缓甚至有些木讷的女孩。作为孩子中的老大,她自然是领头羊。但是,事实上,她从来不对他们正眼相看,她说:"我说不清楚他们看上去是什么样子——也就是说,没有照片的话,我压根记不住他们的长相……,我也记不清是不是有时候我们头三个女孩一起出现在什么地方,无论如何,我总是她们的首领。有一张我小时候的照片。照片上的我很是瘦小,眼神凶巴巴的,脑袋方方的,我年轻的母亲看上去也有些紧张,她抱着我,倚着我的父亲。"② 在"无声提问的艺术"一文中她回忆了自己小学时的一段学生生活:

  九岁那年父母将我从位于维州南部沿海的海洋树林州立小学校转到吉朗的一所名为隐居者的英国国教徒的女子学校。到那儿上五年级。那里的一个名叫唐克莉(Mrs Dunkley)的女教师是一个非常凶悍的女人。她很瘦,剪一头短发,手有些颤抖。她穿着高跟鞋,一套黑色的、束腰套装。她嘲笑我的英文发音中带有浓重的口音,并耻笑我做算术题的时候反应很慢。我非常害怕她,经常将手伸在抽屉里扳着指头快速地数数(这个办法我至今还在用)。我母亲说,我常常在梦中叫喊唐克莉的名字。③

谈及小时候的生活,海伦·加纳后来还回忆道:"我们家里管得很严,我感到不自由。所以我很希望能够尽快离开家。我想出去和男孩子约

---

① Helen Garner, "A Scrapbook, An Album" in *True Stories: Selected Non-fiction*, Melbourne: Text Publishing, 1996, p52.
② Helen Garner, "A Scrapbook, An Album" in *True Stories: Selected Non-fiction*, Melbourne: Text Publishing, 1996, p54.
③ Helen Garner, "The Art of the Dumb Question" in *True Stories: Selected Non-fiction*, Melbourne: Text Publishing, 1996, p1.

会,想去寻找性的乐趣和刺激,想去参加晚会之类的活动。"① 或许是家庭生活的压抑,或许是排行老大的缘故,海伦从小就率直、坦白、叛逆、追求完美。作为女子学校里学业最优秀的学生,海伦于1961年获得了墨尔本大学的奖学金,得到了进入艺术系学习的机会。四年之后,她以优异的成绩完成了法语和英语专业的各门课程,获得了荣誉学士学位。尽管如此,在加纳看来,她的大学生活并不圆满。她说:"我是一个差学生。我根本不知道为什么要上大学,我只是因为到了该上大学的时候才进的大学。我嫉妒那些上大学有明确目的的人,他们很清楚自己想要过一种知识分子的生活。"② 加纳声称,年轻时候的她是那种过一天算一天的人,没有什么远大的理想和追求,也没有多少深刻的思想。她说:"我十八岁时对于今后的人生还没有任何想法。我是一个朝三暮四的人。我只是过一天算一天,没有什么长远计划。"③ 尽管她一直有记笔记、写日记的习惯,也经常在一些报刊上发表些文章,但是她从来没有做过作家梦,更没有想到自己有朝一日会成为知名作家。60年代中期,海伦·加纳从墨尔本大学毕业,拿着她所获得的英语和法语专业的荣誉学位以及她自己的求职信到教育部门寻求一个教师的职位。那时候很多学校里都需要教师,他们甚至不会看你是否拿到了教育专业的学位就提供职位。在"无声提问的艺术"一文中,加纳这样描写她去教育管理部门申请教师职位时的情形:

  一个夏天的上午,我来到位于财经广场的教育管理部门,将我让人寒碜的学位学历证书等材料交给前台接待我的一位女士。她瞥了我一眼,指着挂在她身后的一幅维多利亚州的大地图,不耐烦地问我:"你想去哪儿?威瑞比(Wirribee)还是维克普汝夫(Wycheproof)?"我只知道维克普汝夫在维多利亚州的西北处,从市中心坐火

---

① Susan Wyndham, "The Good Daughter", *The Sydney Morning Herald*, August 19, 2006, http://www.smh.com.au.
② Susan Wyndham, "The Good Daughter", *The Sydney Morning Herald*, August 19, 2006, http://www.smh.com.au.
③ Gerry Turcotte, *Writers in Action*, *the Writers' Choice Evenings*, Sydney: Currency Press, 1990, p177.

车可以直达那里。我选择了威瑞比,从此失去了在我父亲的家乡马里(Mallee)生活和工作的机会。①

就这样,海伦·加纳开始了她难忘的、短暂的中学教师职业生涯。仅仅七年之后,她迫于无奈,离开教师岗位,不得不以写作为生,养家糊口,未曾想到歪打正着,却成为家喻户晓的作家。

---

① Helen Garner, "The Art of the Dumb Question" in *True Stories: Selected Nonfiction*, Melbourne: Text Publishing, 1996, p2.

第三节 "四字词"风波

　　1961年，海伦·加纳进入墨尔本大学文学院读书，四年之后，她获得了该校英语和法语专业的荣誉学士学位。从来都没有做过作家梦，大学毕业后的海伦与其他许多文科大学生一样只想谋求一个安逸、轻松、平稳的职业，因此，她选择到教育部门应聘，最终成为一名教师。1966年至1972年间，她先后在维多利亚州多所中学任教，同时在当地教育管理部门做兼职。她一边工作，一边忙自己的生活，和许多二十来岁的女孩一样，工作、旅行、恋爱、结婚、生孩子，这种平静、普通的生活一直持续到1972年。那一年，她三十岁，离了婚，成了单身母亲，不久后被迫停止了中学教师的职业，并从此转变了她的人生方向。

　　年轻的海伦热爱学生、热爱教学，她将所有的热情都投入到工作中，希望能够长久从事这份体面的职业。但是，人生中很多事情都是料想不到的。1972年的春天①，海伦在维多利亚州的菲茨罗伊高中（Fitzroy High School）任教。她所教授的班级里有29位学生，他们都是13岁的孩子。海伦讲授古希腊历史。为了使教学不过于枯燥，海伦在讲课中常常将古希腊时代的男女性别角色与当代的情况作一些对比，以提高学生学习这门枯燥课程的兴趣。那天，她像往常一样去给学生上课。当她让学生们将教材翻到第51页时，一个女生举着教材，紧张地问："老师，你看我的书上画的什么？"海伦一看，不禁笑了起来。原来在那一页上，在一个希腊运动员的照片的旁边，有人用圆珠笔画上了男女生殖器。孩子们交头接耳，做出了各种惊讶、怪异的表情。这时有学生提出能否向老师提几个关于性方面的问题。坦诚直率的海伦没有丝毫的犹豫就答应了。她在"为什么受苦的都是女人？"（"Why Does the Women Get All the Pain？"）一文中描述了她答应孩子们的请求时心里的想法：

---

① 澳大利亚的春天在8月至12月间。

> 好吧,请大家都将书本翻到第 51 页。哗哗的翻书声。教室里静得出奇。我们都呆呆地看着那张被其他人涂画了的希腊运动员的照片……二十九双眼睛凝视着我……在那种情形下我必须正视现实。我不可能将他们的视线从那幅照片引开,那样做也不能解决问题……我意识到这是我不能随意放过的一个时刻。①

她让孩子们将要提的问题写在纸条上传给她,她来一一作答。那一堂课便成为所谓"四字词"风波的发生地,也成为结束海伦教师生涯的决定性的一课。因为是回答学生有关性方面的问题,自然要用到一些涉及性的词语。为了让孩子们听明白,海伦用最直白的语言回答他们的问题。甚至当某些问题涉及她自己隐私的时候,她也没有隐瞒自己的观点和态度,用自己的经验告诉孩子们如何去体验性的快乐。那堂课在孩子们的记忆中一定留下了深深的烙印。在"为什么受苦的都是女人?"一文的最后加纳写道:

> 那天放学的铃声一响,孩子们便欢快地收拾书包,排队走出教室,边走边和老师说再见,好像是十分平常的一天。一个男孩缩在最后,他转到我的桌前,指着那些散落在桌上的纸条,对我说:"嘿,老师,要不要我帮你将这些纸条撕了扔掉啊?"我们的目光相遇,然后我们又放声大笑起来。什么也没说,我们将纸条撕成碎片,扔进了垃圾桶。②

纸屑扔进了垃圾桶,记忆却永远留了下来:

> 从那堂课到我被解雇这之间有两个月的时间。在这两个月里我们的课堂教学一如既往。我们没有再谈论性的话题,也没有再提那

---

① Helen Garner, "Why Does the Women Get All the Pain?" in *True Stories: Selected Non-fiction*, Melbourne: Text Publishing, 1996, pp31-32.
② Helen Garner, "Why Does the Women Get All the Pain?" in *True Stories: Selected Non-fiction*, Melbourne: Text Publishing, 1996, p36.

天的提问。我们平静地、很协调地完成着各自的工作和学习任务,我们一边学习,一边游戏,和其他任何学校里的师生一样。那个对话是一个插曲,一个奇特的、让人产生触电感觉的、对人很有触动的时刻,不仅让那二十九个孩子难忘,对于他们的老师也是一段难忘的经历。①

但是,海伦没有想到这一堂课会让她的人生发生逆转。70年代初期的澳大利亚还是一个相对保守的国家,欧洲文明与开放之风虽然渗透于澳洲文化,人们对性的话题还是保持着缄默,一些"四字词"的禁忌语在当时被称为"阴沟语言"(gutter language)②,公开、直白地谈论性还不能被人们所接受。而海伦不仅在课堂上回答了学生有关性方面的问题,她还将回答的过程加以叙述并(将其)公开发表。她的先锋精神在此已经可见一斑。1972年10月,海伦在《挖掘者》(Digger)杂志上匿名发表了"为什么受苦的都是女人?"一文。人们很快就推断出作者身份,海伦立刻成为这场风波的中心人物。随着《挖掘者》杂志在读者中的传阅,"海伦·加纳在课堂上说脏话"的事情很快传开。两个月后,海伦被教育主管部门的领导找去谈话,问她是否在课堂上讲了"四字词",海伦没有否认。因此,她当场就被解雇了。海伦·加纳在1996年出版《真实故事:非小说作品选》(True Stories: Selected Non-fiction, 1996)时将"为什么受苦的都是女人?"一文再次收集进去,并在文章的最后加了一段由此引起的事件后续。她写道:被教育部门解雇的那一天,她被找谈话结束后乘火车赶回学校,那天天气干燥炎热,是一个典型的墨尔本的夏日。"当我赶到教室的时候,代替我的教师已经站在黑板前了。孩子们坐在教室里,脸色苍白,都在抽泣。我们几乎没有时间道别。"③ 就这样,海伦离开了菲茨罗伊,结束了教师生涯。教育部门对她的解雇成为一个轰动性的事件。此时的她还是单身母亲。她失去了工作,失去生活的经济来源,失去了生活

---

① Helen Garner, "Why Does the Women Get All the Pain?" in *True Stories: Selected Non-fiction*, Melbourne: Text Publishing, 1996, p37.
② http://www.unimelb.edu.au/150/150people/garner.html.
③ Helen Garner, "Why Does the Women Get All the Pain?" in *True Stories: Selected Non-fiction*, Melbourne: Text Publishing, 1996, p37.

的保障。她的境遇得到了很多同行的同情。时隔几个月后,教师工会组织了一场声援罢工,要求校方让她返回原来的工作岗位。但是她没有接受教师工会的好意,而是执意离开了学校。在《真实故事》中海伦·加纳透露:

> 直到今天,一些男女教师在一些场合遇见我时还和我开玩笑说:"你应该付我一天的工资。1973年那一天我为了你上街游行去了。"那真是一场骚动。我很感谢大家的支持。尽管让大家浪费了那么多宝贵的时间、做出了那么大的牺牲我感到非常遗憾,但是我还是必须让大家知道:被解雇当时对我来说是件好事。它迫使我开始以写作谋生。①

从此,加纳带着女儿过着动荡、拮据的生活,靠政府所发放的单身母亲救济金维持生计。她为一些不入主流的报刊和杂志撰写专栏文章,挣些稿费贴补家用,如《挖掘者》、《瓦实提的声音》(*Vashti's Voice*) 等等。她同时还参加一些社团活动,如"女子戏剧俱乐部"(the Women's Theatre Group) 等。这种状况一直延续到1977年,这一年她的第一本小说《毒瘾难戒》出版,并因该作品的"半自传"特点以及书中对女性性自由的探索而引起了轰动,虽然褒贬不一,但无论如何,海伦·加纳一夜成名。

---

① Helen Garner, "The Art of the Dumb Question" in *True Stories: Selected Nonfiction*, Melbourne: Text Publishing, 1996, p2.

第四节 三次失败的婚姻

　　成名了的海伦·加纳婚姻生活有些变故可能也算正常。她曾经有过三段婚姻,每段婚姻持续的时间都不长,最后都以离婚而告终。除了她的第一段婚姻是在她写作《毒瘾难戒》之前结束的之外,她的第二段和第三段婚姻的解体均在她完成了作品之后,所以从某种程度上说,她所戏言的"每完成一本书就要失去一个丈夫"是有事实依据的。我们其实也可以认为她的第一部作品是她的第一次离婚的结果。她的第二段婚姻是在她完成了《孩子们的巴赫》之后结束的,而她的第三段婚姻的结束则是在她完成了《第一块石头》之后。到底是离婚促使了她的创作灵感,还是写作导致了她与丈夫婚姻关系的破裂,也许两者互为因果。但是,加纳对待写作和婚姻的态度似乎很明显。她曾经告诫文学青年:不要将你写的作品给你的丈夫看。她说:"把你写的东西给你的家人看是很危险的,不管他们出于什么样的意图,他们总要说点难听的话。""写作如同带孩子,要将孩子带大总要有所损失。"① 看来,加纳对自己以离婚的生活结局去换取写作上的成功能够坦然面对和接受。

　　海伦·加纳的第一段婚姻发生在1968年至1971年间,持续了四年不到的时间。1967年,海伦在欧洲旅行期间在伦敦的一所中学当教师。在伦敦,她与曾经同在墨尔本大学读书的老同学——演员兼剧作家——比尔·加纳(Bill Garner)经常接触,产生了感情。1968年,他们在返回墨尔本之际结婚。次年9月,他们的女儿爱丽丝·加纳(Alice Garner)出生。但是,海伦与比尔的这段婚姻在女儿出生之后仅仅维持了两年。1971年他们分手。与比尔离婚之后,海伦带着女儿爱丽丝住在合租楼里靠单身母亲救济金过着窘迫的生活。但正是这段艰苦的日子为海伦·加纳日后写作《毒瘾难戒》提供了丰富的阅历和经验。1975年大概有整整

---

① Elisabeth Hanscombe, "Helen Garner's Work in *The First Stone*", *Quadrant*, Sept. 2006, v50 i9 (4):76.

一年的时间，加纳将自己关在维多利亚州立图书馆里，把自己的日记中的一些素材加以整理，写成一部小说，取名为《毒瘾难戒》。开始，她将手稿在朋友间传阅，那些朋友们也都在作品中看到了自己的影子。1977 年，加纳将书稿交付麦克菲·格里博（McPhee Gribble）出版社付梓。虽然加纳的朋友们没有对加纳笔下关于自己的书写表示抗议，但是一些评论家们却以书中一些自传性的细节为证据指认该作品为自我迷恋而且缺少艺术性。当然，更多的是对这本书的赞誉之声。澳大利亚著名作家帕特里克·怀特称其为"当年出版的最好的书之一"。1978 年，《毒瘾难戒》获得了澳大利亚"国家图书委员会奖"，海伦·加纳成为获此殊荣的第一位女作家。[1] 1982 年，该小说又被改编成电影，受到了更广泛的关注。短短几年内，《毒瘾难戒》售出了十万册，建立了海伦·加纳女性主义作家的盛名。

《毒瘾难戒》出版并获奖之后，受澳大利亚理事会的资助，加纳在巴黎学习和生活了将近两年的时间。1979 年，在巴黎，加纳结识了法国记者让－雅克·波特尔（Jean-Jacques Portail），并很快坠入爱河。1980 年，两人很快结婚并回到墨尔本居住，因为加纳有一种很浓重的"澳大利亚情结"，使得她每次在欧洲住了一段时间之后就急于回到澳洲。她在1979年某次接受采访时称，在巴黎感到自己"非常澳大利亚"，她喜欢澳大利亚的那种"非常自由"的感觉。所以从巴黎回到澳洲时她非常高兴自己"实实在在地回到了澳洲的领土上。我很喜欢这种回家的感觉。"[2] 也许这种恋乡的情感事实上对她的这段异国婚姻也产生了一些阻碍。虽然这段时间，加纳由于心情好、爱情生活顺心，写作颇有收获。她先是将她在巴黎完成的两个短篇故事《荣誉和他人的孩子》（Honour and Other People's Children, 1980）结集出版，后来在 1984 年，又出版了她的第三部小说《孩子们的巴赫》，获得了很高的评价。在接受坎蒂达·贝克（Candida Baker）采访时，海伦·加纳解释了为什么《孩子们的巴赫》中的男主人

---

[1] Kevin Brophy, "Helen Garner's *Monkey Grip*: The Construction of an Author and Her Work", *Australian Literary Studies*, 15: 4, (1992 Oct), p 278.

[2] Geoffrey Dutton, "Helen Garner" in *The Australian Collection: Australia's Greatest Books*, North Ryde, NSW: Angus & Robertson, 1985, p358.

公是她所有创作中比较令人满意的一个男性人物,她对德克斯特(Dexter)倾注了较多的感情,表现了她对男人的态度有所变化,变得比较温和。她说:

> 在写作《孩子们的巴赫》时我对男人的态度一定是有所改变。那段时间在我的私人生活中有两件事与此有关,我不想深入地去谈它,但是我想提一下。第一,我当时第二次结婚了,与一个我不仅爱他更敬重他的男人结婚了。他是一个有能力爱的人。第二,我与我父亲的关系在那几年里有了很大的改善,到底是因为什么而改善的我也不太清楚,但是改善了。我与我父亲的关系从来就是很糟糕的,我想这种紧张的父女关系使得我在某种程度上心理有些扭曲了。我估计稍有一些心理学常识的读者都能从我的作品中读出这种心态。当然,我完全是无意识的。我想很多作家回过头去读他们年轻时候的作品时都会为他们当年作品中所写的令人有些恐怖的情感而感到尴尬。但是,在写作《孩子们的巴赫》那段时间,我与我父亲的关系以及与我丈夫的关系都有改善,因而我可以写一本男人能够爱的书。我就写了。①

但是,写作上的成功并没有使得她与让-雅克·波特尔这段罗曼蒂克的爱情维持更久时间,1985年,他们最终分道扬镳,原因是波特尔爱上了加纳的小妹妹,他们后来结婚并生育了两个孩子②。从1986年起,海伦·加纳又开始了她的独身生活。两次婚姻的失败使得加纳对待婚姻的态度更为质疑。1988年她独自一人搬到悉尼居住直到1991年。1992年,她出版了另一部小说《小天地中的大世界》(*Cosmo Cosmolino*, 1992),其中包括一个中篇和两个短篇。除了在最后一个故事的结尾作者让我们从她的人物身上看到一些希望之外,整个故事基调比加纳以往的

---

① Candida Baker, "Helen Garner" in *Yacker, Australian Writers Talk about Their Work*, Sydney: Pan Books Pty Limited, 1986, p135.
② David Leser, "Helen Garner and the Agony of Writing" in Marele Day (ed.), *Making Waves: 10 Years of the Byron Bay Writers Festival*, St. Lucia: University of Queensland Press, 2006, p119.

小说都要低沉许多,其中还充满了一些魔幻的色彩,反映了当时作者对现实生活的失望以及对未来的憧憬。

随着《小天地中的大世界》一书的出版,加纳开始了她的第三次婚姻旅程。这段婚姻持续了将近七年时间,是她的三次婚姻中维持时间相对较长的一次。当加纳在悉尼独居期间,她与小说家默瑞·贝尔(Murray Bail, 1941 -)频繁交往,两人于1991年一起从悉尼迁回墨尔本,1992年结为夫妻。但是默瑞·贝尔是一个纯粹主义者,固守着教条的处世原则。他坚持认为,写作就要写精深奥秘的小说,在他看来,非小说以及大众文化都是不值一提的世俗文化。而海伦·加纳与他却大不相同。为了生存,为了活得开心,她愿意尝试各种写作形式。在她看来,开心比什么都重要。"默瑞曾经嘲笑我开心至上的想法,"加纳说,"在他看来,开心有什么特别意义吗? 他认为人们并不需要开心。"加纳回忆道。"但是我希望活得开心。我想要跳舞。"①

就在与贝尔结婚的这一年,加纳的电影剧本《阖家不欢》(*The Last Days of Chez Nous*, 1992)被搬上了银幕,并在戛纳电影节上放映。这部电影的主题与她以往的创作一致,展示了一个非传统家庭中的家居生活:一个法国人娶了一个澳洲作家做妻子。作家有一个女儿和一个妹妹。她们同住在一个屋檐下。当作家陪同她的父亲外出旅行以挽救他们之间恶化的父女关系之时,作家的丈夫与作家的妹妹发生了感情并进一步发展成为婚姻。影片揭示了家庭忠诚和性爱的本质,将父女关系和变异的兄妹关系并置。当作家的妹妹宣称"爱胜过其他一切"时,作品却在最后暗示精神上的承诺胜过罗曼蒂克的爱情。但是,她与贝尔的婚姻却没有因为"爱胜过其他一切"而逃离触礁的危险。1995年,在出版《第一块石头》的前几个月,加纳和贝尔从墨尔本又搬回到悉尼,《第一块石头》出版之后不久,他们的婚姻就出现了危机。1996年,加纳出版了《真实故事:非小说作品选》一书,书中她回忆道:

---

① David Leser, "Helen Garner and the Agony of Writing" in Marele Day (ed.), *Making Waves: 10 Years of the Byron Bay Writers Festival*, St. Lucia: University of Queensland Press, 2006, p120.

那是我的第三次婚姻。当我意识到我的那段婚姻已经触礁或者即将触礁,而我自己又无力挽回的时候,我几乎是竭尽全力地去抓住那艘婚姻之船的缆绳。我本来可以在它触礁之前先跳下船,但是,我不知道我是否应该先行一步跳下去,尽管我是可以跳离的。但是,我还是试图挽回这段婚姻。我对自己说:"哦,千万别再这样,我怎么就这么不可救药呢。"我有一种深深的自责,觉得都是我自己的错才导致我在婚姻上面一再翻船。①

因为差异,他们最终分开。1998年,第三次的婚姻失败让加纳的情绪低到了极点。"我从不出门,只是偶尔强迫自己出去一会儿。""我一回家就躺在床上睡觉,无论白天还是黑夜,我做着各种各样的噩梦,梦中被人抛弃,我心里充满了妒忌和报复的念头。当从梦中醒过来我便感觉很空虚。我只吃很少的食物。我像是一把用过的剃刀片:被丢弃在一边,然后便不见了。"② 那段时间,她几乎无法集中精力写作,"我所能做的只是坐在餐桌边从《人物周刊》报上剪下图片做成没有任何意义的明信片。"③ 她形容自己像是"一块沼泽地。那里的水不会流动。我放弃了写一首长诗的想法,我想写的故事也还没有开头。我像隔壁人家的小婴儿那样,我时常听到他的啼哭,那是因为没有人去照应他。有时我们的灵魂被测试着。没有什么美好的东西可以吸引我去做。所有关于写作的想法都觉得没有意义。将自己与其他的作家相比,觉得自己什么都不是。"④

回忆自己的婚姻生活,加纳并没有抱怨,也从不以对错去做评判,尽管她自己在婚姻中吃尽苦头,她始终认为第一任丈夫是很好的人,她与第二任丈夫虽然不能维系婚姻但仍然是亲人和朋友,她与第三位丈夫分手是因为两个作家很难在同一个屋檐下生活。她说,在婚姻中,夫妻双方要

---

① David Leser, "Helen Garner and the Agony of Writing" in Marele Day (ed.), *Making Waves: 10 Years of the Byron Bay Writers Festival*, St. Lucia: University of Queensland Press, 2006, p120.
② Helen Garner, "Tower Diary" in *The Feel of Steel*, Sydney: Picador, 2001, p48.
③ Helen Garner, "Woman in a Green Mantle" in *The Feel of Steel*, Sydney: Picador, 2001, p43.
④ Helen Garner, "Tower Diary" in *The Feel of Steel*, Sydney: Picador, 2001, p66.

建立亲密感,一方必须给另一方留出交流的时间。而作家们大多很特立独行,他们是那种喜欢孤独的人。事实上,为了写作,作家们必须长时间地独处,忍受着长久的孤独时光。这样的生活方式与婚姻所需要的生活很难匹配。

第五节 大器晚成的先锋作家

海伦·加纳出版第一部小说《毒瘾难戒》时,已经是一个三十五岁的单身母亲,但是这部只有两百多页的小说却让她几乎在一夜之间成为澳大利亚家喻户晓的作家,并从此彻底改变了她的生活轨迹,开始了她作为澳大利亚女性主义写作先锋的戏剧人生。在文学史上,这种仅凭一部作品便建构了作家声名的先例也并不多见。加纳曾经拿自己和蒂姆·温顿(Tim Winton, 1960 -)作了一个比较。温顿早在他十八岁或者更年轻的时候就有了当作家的理想,当他只有二十六岁的时候,就已经出版了五六本书了,多年来一直在朝着"作家"方向努力,而加纳自己却没有那样的悟性、速度和干劲。加纳说,她在十八岁时每天只是混日子,浑浑噩噩的,对未来的人生没有任何规划和企求,从来没有梦想过当作家,也未曾有过当作家的一丁点儿念头。她坦率地承认,后来竟然能够成为一名受欢迎的作家,她感觉有几分滑稽。虽然当老师的时候,有着做笔记和写日记的习惯,但是她将此看作是一种强迫症症状。她说:"我只是有些神经质地想把看到和听到的一切记下来,但是却不知道这些笔记最后做什么用。"① 加纳坦言,当她的第一本书《毒瘾难戒》出版之后,很多人说:"哇,这真是太棒了!你下面还有什么写作计划?"她很惶恐,因为这本书完全是在一种没有任何作家身份意识的情况下写成的,而且她也完全没有下一步的写作计划。她在三十多年的时间里,才出版了七本小说和四本非小说,基本上是三至五年才完成一本书的写作和出版。加纳自我安慰道:也许女人在文学创作方面起步较晚是很常见的事。"我认为无论出于什么原因,或许是他们生来如此,或许是他们从来就被这样教导,男人总比女人有远见、有计划,乐于给自己在世界上定位。而女人的适应性则更强,她们更能够随遇而安。你确实很少能够见到一个精于人生谋划的女

---

① Gerry Turcotte, *Writers in Action*, *the Writers' Choice Evenings*, Sydney: Currency Press, 1990, p176.

孩。在我的人生经验中,这样的女孩很少。"①　总的来说,加纳是一个率性而真诚的人,她没有刻意地去追求作为作家的成功,却在不经意间品尝到成功的果实。

加纳的创作经历可以分为前、后两个阶段,以 1995 年为分水岭。1995 年以前,加纳主要写虚构性质的小说和剧本;1995 年之后,加纳的作品都是非虚构的报告文学,直到 2007 年才又开始进行小说写作。1995 年前,她的主要小说和小说集包括:《毒瘾难戒》、《荣誉和他人的孩子:两个故事》、《孩子们的巴赫》、《来自冲浪者的明信片》(*Postcards from Surfers*, 1985)和《小天地中的大世界》。主要剧本有:电视剧本《两个朋友》(*Two Friends*, 1986)和电影剧本《阖家不欢》。1995 年之后,加纳的非小说作品主要有:《第一块石头——关于性和权力的几个问题》、《真实故事:非小说作品选》、《钢铁的感觉》(*The Feel of Steel*, 2001)和《乔·琴科的安慰》(*Joe Cinque's Consolation*, 2004)等。虽然在 1998 年她的小说集《我坚强的心:小说选》(*My Hard Heart: Selected Fiction*, 1998)出版,但其中多是她在 1995 年以前写的短篇小说。直到 2008 年 4 月,加纳才又出版了她自 1992 年《小天地中的大世界》之后的十五年里唯一一部小说《空余的房间》(*The Spare Room*, 2008),在澳大利亚文学界再次引起热议。

《毒瘾难戒》是澳大利亚女性主义写作史上一个具有里程碑意义的作品,因为它的出版宣告澳大利亚一种新型的女性主义小说的到来,而且加纳由此被称为澳大利亚女性主义文学的偶像。澳大利亚著名传记作家柯琳·哥尔德斯沃思(Kerryn Goldsworthy)指出:海伦·加纳是"十多年来澳大利亚小说家中名声最大、知名度最高的作者之一","《毒瘾难戒》的成功为杰西卡·安德森(Jessica Anderson, 1916 – 2010)和西·阿斯特里(Thea Astley, 1925 – 2004)的作品提供了一种全新的生存机会。"②　澳大利亚著名作家和评论家伊丽莎白·韦比(Elizabeth Webby)也指出:海伦·加纳是运用新型的家庭现实主义手法写作的代表,她称《毒瘾难戒》

---

① Gerry Turcotte, *Writers in Action, the Writers' Choice Evenings*, Sydney: Currency Press, 1990, p177.
② Kerryn Goldsworthy, *Australian Writers: Helen Garner*, Melbourne: Oxford University Press, 1996, p14.

是一部现代派经典之作,是澳大利亚文学正典的一部分。但是,加纳本人认为,她直到写作《孩子们的巴赫》时才真正找到自己的作家身份。她特别对她的第二本书《荣誉和他人的孩子》不甚满意。她觉得那本书的写作是被《毒瘾难戒》的成功冲昏了头脑。所以,后来,她放慢了写作和出版的节奏,为了留出更多的思考的时间。1981 年至 1982 年,她以自由撰稿人的身份为多个出版物撰写专栏文章,其中包括《时代》(*The Age*)、《国家日报》(*National Times*)等重要主流刊物。1982 年,她翻译了法国剧作家理查德·德玛西(Richard Demarcy, 1942 –)的戏剧《家里的陌生人》,该剧同年在墨尔本安提尔大剧院(the Anthill Theatre)上演。1983 年,她又和詹妮弗·盖尔斯(Jennifer Giles)合作将电影《搬迁》(*Moving Out*, 1983)改成小说。所有这一切为她作家身份的建构做了铺垫。1984 年,《孩子们的巴赫》一出版就好评如潮,被评论家认为是 20 世纪澳大利亚十部最好的小说之一,并于 1986 年获得"南澳总理文学奖"(SA Premier's Literary Award)。接着,加纳获得了多种奖项。同年,《来自冲浪者的明信片》一书获得了"新南威尔士总理文学奖"(NSW Premier's Literary Award);1992 年,她出版了《小天地中的大世界》,并于 1993 年获得了"迈尔斯·弗兰克林奖"的提名。

对于海伦·加纳的这种女性主义作家身份的定位直接导致了对她后期作品的争议。1995 年,海伦·加纳转向非小说作品的写作,她的女性主义身份开始受到质疑甚至批判。《第一块石头》中的故事是发生在墨尔本大学奥蒙德学院的两位女大学生指控院长对她们性骚扰的案件。加纳写作中表达了对男性教师的同情,认为年轻一代女性主义者将身体用作对抗男性的武器、使男性成为女性主义的受害者。作为一个激进的女性主义者,加纳的态度立即遭到了来自于女性主义内部的攻击,许多女性主义学者在各大主流报刊及电台发表评论,对《第一块石头》中加纳的女性主义立场进行批评甚至批判,引发了关于女性主义理论中性与权力关系的大讨论,形成澳大利亚女性主义史上"一个有特殊意义的时刻"。《第一块石头》创下了澳大利亚非小说作品的销售量之最。在质疑、攻击甚至谩骂声中,加纳没有退缩,而是坚持着自己的女性主义原则。她在给予必要回应的同时,继续着自己的写作努力。1996 年,她出版了《真实故事:非小说作品选》,回顾了自己的成长经历,并重申了自己的女性主义姿态。2001年,她又出版了非小说集《钢铁的感觉》,表达了自己对人生、对社会的反思。2004年,非小说作品《乔·琴科的安慰》将视线从自我转向了社会,关注了一宗谋杀案,再次将女性主义代际矛盾呈现在读者面前,以一种超然的女性主义姿态探讨建构两性和谐的可能,成为后女性主义视角的文本。

  一些喜欢加纳的读者对她自从1984年以来就再也没有写过小说而表示遗憾,但是她有自己的解释。加纳坦言:我喜欢去探测别人的生活。在她看来,非虚构写作可以让她更多地贴近生活,贴近实际,可以将更多的笔墨聚焦于当代澳大利亚社会,更为关注个人责任与社会责任之间的关系,揭示隐藏在社会深处的矛盾。2006年,加纳在印度参加作家节时接受记者采访。当被问及今后会不会再写小说时,加纳回答:"我现在正处于生活的十字路口,我不知道该往哪边走。这与金钱无关,因为我相信我的名气已经够大,如果我再写小说多挣点钱并不难。"但是,她解释道,"作家通常是比较焦虑的,他们需要远离社会,冷静下来,对现实中的很多问题进行思考。"而且,她进一步说明,"男人和女人之间的差别将会永远存在,任何一种社会机制都无法改变它。"① 我们可以理解她当时的回答说明她没有转向写小说的打算,因此,当2008年4月她的最新小说《空余的房间》与读者见面,这着实让读者和评论者们吃惊不小,不仅惊讶于她写作方式的转变,也惊讶于她书写主题的改变。同年,该小说获得了多个奖项,成为当年出版的小说中最为引人注目的小说之一。由此可见,海伦·加纳的创作反映了她对现实问题的思考,也是她女性自我身份的表达。她的直率与真诚从某种意义上说比她的创作为她赢得了更多的读者。

---

① June Gaur, "I'm at the crossroads", *The Hindu*, Online edition of India's National Newspaper, Sunday, May 28, 2006.

第二章

海伦·加纳的小说创作

第一节 概述

海伦·加纳的小说家身份可以追溯到1977年,那一年,她的第一部小说《毒瘾难戒》出版,在沉闷的澳大利亚文坛引起骚动。尽管加纳本人认为当年写作《毒瘾难戒》时并没有明确的作家身份意识,而是直到写作第三部小说《孩子们的巴赫》时,这种身份意识才开始建立起来。但是澳大利亚文学评论界还是一致认为,《毒瘾难戒》宣告了澳大利亚一种新型的女性主义小说的到来,它标志着澳大利亚女性写作的一个转折点。《毒瘾难戒》无疑也是海伦·加纳人生的一个转折点。她承认:她的写作受到了女性主义的启迪,而当时的她处于"女性主义—自由主义者"阶段。加纳说:突然之间,我领悟到了人生的意义,理解了为什么我会遭遇那么多的挫折,为什么会感到如此愤怒。因而,从那时起,海伦·加纳作为"女性主义先锋作家"在澳大利亚文坛建立了自己的声誉。这种定位对后来的海伦·加纳研究影响深远。在将其归入女性主义作家一类之后,读者和评论家都依照女性主义理论的思路对其作品加以评判,这也直接导致了后来一些评论家对她的非小说作品中挑战女性主义观点的批判。从《毒瘾难戒》到《荣誉和他人的孩子》,再到《孩子们的巴赫》和《小天地中的大世界》,"加纳的小说一般没有什么情节,也没有推动情节发展的戏剧性动作,而集笔力于日常琐事、人物之间关系的变化、细微的感觉。在语言运用上自成特色,善于用形象而富有表现力的词把抽象的心理感觉传达出来,用词不同于一般作家。"① 海伦·加纳的小说都有半自传性特点,所有的小说都以女性为主人公,以个人化叙事形式讲述爱、性、孩子等与女性相关的话题,探讨女性生理以及心理的自由愿望。所以,关于她作品的争议也在所难免。从女性主义文学批评的角度去解读,"个人的就是政治的",身体和性爱都是政治的表现,客厅也是战场,从而可以突显加纳创作的意图。而另一些评论家从男权歧视的角度审视女作家创作,简单地认为女作

---

① 黄源深,《澳大利亚文学史》,上海:上海外语教育出版社,1997年,第501页。

家作品没有意义就因为她们把故事发生的场景设定在客厅,认为客厅是一个有标记的场所,也就是女人的场所。作为一个女性主义作家,加纳有意识地将小说中事件发生的场所安排在家里的客厅、卧室或是厨房,从而与男权话语形成对峙。她试图告诉读者:客厅是社会的缩影,是没有硝烟的战场。

在《毒瘾难戒》推向市场时,出版商将其贴上"女性主义小说"的标签,并同时将其定义为"一本可以改变女性生活的书。"① 作品以70年代的墨尔本城市生活为背景,通过男主人公贾沃(Javo)和叙述者诺拉之间的关系呈现,反映了澳大利亚历史上那个思想空前解放同时也空前混乱的年代,以及年轻人无视一切,将吸毒、性乱交、同性恋等视为新潮的特殊的生存状态。诺拉爱贾沃,贾沃爱毒品,贾沃对海洛因的依赖就如同诺拉对贾沃爱的依恋。因而无论对贾沃还是对诺拉而言,"毒瘾难戒"四个字都恰如其分地表达了他们心理和情感的矛盾:欲罢不能。在《毒瘾难戒》中,女主人公诺拉的性体验被作为中心事件来书写:性的吸引、性的欢愉、性的期待、性的背叛和性的觉醒,以诺拉的身体反射她挣扎的内心。最终,诺拉挣脱了贾沃爱的羁绊,带着她的女儿走向了新生活,预示着女性获得自由和新生的希望。对于20世纪70年代的澳大利亚而言,《毒瘾难戒》的主题以及加纳将自己的日记引入小说的做法都是极具争议的。

《荣誉和他人的孩子》是海伦·加纳的第二本小说,其中包括两个独立的中篇。两篇的主题均围绕着"分离(separation)"展开。《荣誉》中的女主人公是一个与丈夫分居了五年的女人——伊丽莎白(Elizabeth)。一天,分居的丈夫弗兰克(Frank)向伊丽莎白提出了离婚的请求,并告诉她有再婚的打算。伊丽莎白怔住了,因为尽管分居五年,她对丈夫还有些许情感,现在这份情感受到了真正的威胁。弗兰克说,他需要一个真正可以安居的地方。在那个称之为"家"的地方,他可以在后院里种些蔬菜,也可以亲手给自家的墙壁刷油漆,还可以养一条狗——不是一个像火车站样的该死的地方。② 然而,分手并不是一件容易的事。他们有过共同的

---

① Geoffrey Dutton, *The Australian Collection: Australia's Greatest Books*, North Ryde, NSW: Angus & Robertson Publishers, 1985, p356.
② "Helen Garner", *Contemporary Novelists*, 7th ed. St. James Press, 2001, Biography Resource Center.

体验,他们分享过共同的快乐,他们了解各自的习惯与爱好,他们之间许多共同的记忆一时间难以消去。当弗兰克的父亲将离开人世时,是伊丽莎白陪伴他走完了最后的人生旅程。他们的孩子生活在这样一种尴尬的三角关系中,希望他们和好,不能理解父母在婚姻境遇中的摩擦与窘境。故事的结尾暗示,伊丽莎白本能地意识到,她作为丈夫的前妻将会和他未来的妻子建立起一种友情。这是一种家族的荣誉,也是一种血脉的关联。

《他人的孩子》从异性恋的视角转向了同性之间的情感依恋。故事中两位女主人公斯科蒂(Scotty)和露丝(Ruth)同住一个屋檐下,渐渐地,斯科蒂对露丝的女儿——罗瑞尔(Laurel)非常关爱。但是,喜欢别人的孩子是不能保障你得到任何权利的。当她们最终分开时,斯科蒂并没有得到罗瑞尔的监护权。露丝与自我保护意识很强的丹尼丝(Dennis)的关系表明了一种在女性之间的男性主宰意识。而与斯科蒂做伴的麦迪根(Madigan)则是加纳所有男性人物中最具毁灭性的一个人物,他在厌恶女人与渴望被女人接受两种极端情感之间被撕扯。两位女性代表了女性主义反传统文化的两种人:斯科蒂是一位独立的职业女性,她拒绝传统意义上的家庭主妇角色;露丝是一位罗曼蒂克的、充满了母性温柔的女人。两个女人的丈夫都是毫无责任心的、有极强男性霸权意识的男人。露丝被前夫抛弃,斯科蒂则与一位靠别人供养和照顾的音乐家交往。作品探讨了新型的家庭伦理关系以及爱与责任对孩子的影响。

《孩子们的巴赫》是被评论界普遍好评的小说,也是加纳本人最为满意的小说。在接受坎蒂达·贝克采访时,加纳说:"这部小说不像以往的小说那样以自我为中心,也不是充满了哀怨的情绪。从技术上讲,小说的结构也比其他小说完美。"[1]《孩子们的巴赫》中的人物关系则更为复杂。福克斯一家恪守传统的家庭伦理,家中完全由丈夫德克斯特说了算。德克斯特和他的妻子雅典娜(Athena)生育了两个儿子,其中一个患有孤独症。但是这样一个普通的家庭却对他人有着非凡的吸引力,德克斯特的老友伊丽莎白(Elizabeth)、伊丽莎白的情人菲利普(Philip)以及她的妹妹

---

[1] Candida Baker, "Helen Garner" in *Yacker*, *Australian Writers Talk about Their Work*, Sydney: Pan Books Pty Limited, 1986, p139.

薇琪(Vicky)等人都被吸引在福克斯的家中。加纳描写这群人中错综复杂的关系：德克斯特与雅典娜的夫妻关系，德克斯特与伊丽莎白的同学关系，伊丽莎白与菲利普的情人关系，菲利普与他的女儿珀比(Poppy)的父女关系，伊丽莎白和薇琪的姐妹关系，以及雅典娜与菲利普的性关系等等。当伊丽莎白和菲利普之间虚情假意的时候，德克斯特努力与雅典娜编织着理想的家庭梦想——雅典娜虽然曾经逃离，但是最终还是重新回到德克斯特的身边。由于加纳在作品中对艺术和主题的探索，她被称为一个追求多种多样意义的后现代作家。她的作品以音乐为线索来表达人物不同的追求，主张保持间隙，留出空白，不要过细地去思考，也不要试图做任何解释，让音乐去完成那一切。

这种"保持间隙"的风格在她的短篇小说集《来自冲浪者的明信片》中也得到体现，明信片的隐喻便很好地表达了这个理念。这部短篇小说集中总共包括十一个故事，除了成为书名的"来自冲浪者的明信片"外，其他十篇分别是："明与暗"("The Dark, the Light")、"在巴黎"("In Paris")、"小海伦的星期天下午"("Little Helen's Sunday Afternoon")、"生存机会"("La Chance Existe")、"艺术人生"("The Life of Art")、"那些该死的年轻天主教徒"("All Those Bloody Young Catholics")、"千里之外"("A Thousand Miles from the Ocean")、"他付款了吗？"("Did He Pay?")、"文明与不满"("Civilisation and Its Discontents")和"幸福故事"("A Happy Story")。所有这些故事都短小精悍，意味深长。"来自冲浪者的明信片"讲述"我"在海边度假时给心中的爱人寄出明信片的故事。虽然"我知道你不会给我回信，我甚至知道这些明信片上的地址可能已经过期"，但是，"我"仍然要写，一张又一张，"我"要把生活中的每一个细节及时传达给"你"，"这就是爱"。在"艺术人生"中，加纳描述了两位女性的生活以及她们之间的友谊，还讲述了她们在女性主义运动前后所经历的一些事件，这些事件标志着女性主义运动的发展；"小海伦的星期天下午"讲述了一个发生在郊区的恐怖故事；"明与暗"只是一些闲言碎语；"那些该死的年轻天主教徒"是一个青年的戏剧独白；而"幸福故事"则言说了一个"难以言说的幸福时刻"。正像布鲁斯·班内特(Bruce Bennett)在《澳大利亚短篇小说：一部历史》(*Australian Short Fiction: A History*, 2002)一书中所指出的，海伦的规范叙述使得她的故事从现实主义的基础向诗意延伸,具有了音乐的和富有寓意的内涵。①

在《小天地中的大世界》中,海伦·加纳改变了她惯有的表现形式和主题,运用魔幻现实主义的手法,聚焦于人的精神世界,通过对梦想的描绘,让现实世界中的人生长出飞翔的翅膀,实现自我超越。评论家认为,《小天地中的大世界》"由现实主义转向现实主义和超现实主义的融合,"② 是一个作家致力于人物的精神世界追求的自然结果。《小天地中的大世界》中有两个短篇和一个中篇,它们分别是"记录天使"("Recording Angel")、"守夜"("Vigil")和"小天地中的大世界"("Cosmo Cosmolino")。三个故事以重复出现的人物和主题衔接,成为有机的整体。"记录天使"中女主人公叙述了对一位身患绝症的老友——帕特里克(Patrick)的拜访过程,随着老友逐渐丧失记忆、丧失思维,最终丧失生命,她对生命中的一些经历有了新的感悟;"守夜"写一位粗心的年轻人雷蒙德(Raymond)在被迫观看了女友的尸体被火化的过程后对死亡的重新认识;"小天地中的大世界"讲述了一个生命获得重生的故事,通过主人公简内特(Janet)的讲述,将前两个故事中的人物和情节与第三个故事有机衔接起来。"守夜"中死去女孩的母亲在此以简内特老朋友的身份出场,三个故事分别从不同的侧面探讨生与死的重大主题。在加纳所撰写的《真实故事:非小说作品选》里有一篇题为"梦、圣经和《小天地中的大世界》"("Dreams, the Bible and *Cosmo Cosmolino*")的文章,谈起她创作《小天地中的大世界》时,试图将梦境融入作品的努力。她写道:"我要超越过去我一直沿袭的心理现实主义的路径,进入一个更加精彩的世界。"③ 正像作品的题目所暗示的那样,作品想要传达给读者的主要思想就是"人"的世界是一个很小很小的世界,但是在我们每个人的小世界中存在着很多很多的可能性,你可以选择做天使也可以选择当魔鬼。加纳似乎确信通向地狱的路比去往天堂要来得简单。

从1992年出版《小天地中的大世界》到2008年出版《空余的房间》,

---

① Bruce Bennett, *Australian Short Fiction: A History*, St. Lucia:University of Queensland Press, 2002.
② 黄源深,《澳大利亚文学史》,上海:上海外语教育出版社,1997年,第502页。
③ Helen Garner, "Dreams, the Bible and *Cosmo Cosmolino*" in *True Stories: Selected Non-fiction*, Melbourne:Text Publishing, 1996, p122.

海伦·加纳的小说创作经历了整整十五年的休眠期。这十五年间,海伦·加纳写作出版了两部具有影响的非小说作品,而对于小说创作似乎减少了兴趣。人们纷纷猜测,海伦·加纳的下一部作品会是小说还是非小说呢?这个问题成为很多读者和评论者关心的问题,也使得她的作品给读者留下了更多的悬念。当2008年4月《空余的房间》与读者见面时,"海伦·加纳十五年间的第一部小说"成为一句颇有吸引力的广告词,同时,也许由于她前几年的非小说作品的影响以及她在《空余的房间》里故意营造的现实情境和刻意模糊小说与非小说的手法,使得人们在惊叹小说的现实意义时又不由自主地质疑作品的小说体裁,因此这部小说一经推出便被议论纷纷,并随即获奖连连。《空余的房间》中写了两个女人,一个是疾病中仍坚持优雅至死的尼古拉(Nicola),另一个是陪伴病友真情率性的海伦(Helen)。小说所表达的主题,用加纳自己的话来说,就是"死亡与愤怒",而用杰弗里·雷曼(Geoffrey Lehmann)的话来说,作品反映了人与死亡的抗争。[1] 作品中最为令人惊讶的就是主人公之一"海伦"——与作者同名,而且"海伦"单身、与女儿一家为邻、住在墨尔本郊区等细节与作者本人的背景也很相似。所以,人们像怀疑当年《毒瘾难戒》中的诺拉是否就是海伦·加纳本人一样,这次,一些读者和评论家认为书中的"海伦"就是作者本人。他们提出,海伦·加纳写的不是"小说",而是"非小说"——是她自己的故事。对此,海伦·加纳认为:《空余的房间》里有她的影子,故事的主人公尼古拉的原型也是她生活中的朋友,但是,故事中的情节和人物对话都是虚构的。也许杰弗里·雷曼的评论更为精到:"《空余的房间》所讲述的是一个并不十分令人愉快的关于爱和友谊的故事,作者以散文的笔调,精致地描写了人面临死亡时的不同态度:有的人有一种虚张的勇气,而另一些人却足智多谋。它的真实性胜过非小说作品。"[2]

---

[1] Geoffrey Lehmann, "Human Truths Revealed in Tale of Fight against Mortality", *Weekend Australian*, Saturday 29/3/2008.
[2] Geoffrey Lehmann, "Human Truths Revealed in Tale of Fight against Mortality", *Weekend Australian*, Saturday 29/3/2008.

第二节 《毒瘾难戒》(1977):爱如毒品

《毒瘾难戒》是海伦·加纳的第一部小说,出版于 1977 年 11 月。那一年,加纳三十五岁,是一个无固定职业的单身母亲,靠为一些不太知名的报纸和杂志写专栏为生。出版《毒瘾难戒》之前,加纳也写过一些短篇,但是都没有什么影响。她曾在多个场合坦言:她虽然有写日记的习惯,却从来没有想过要当作家,更没有想到自己会出名。《毒瘾难戒》是"一个在无意识之中写成的小说,"加纳说,它是一部"自传性很强"的小说,"我并不清楚自己在《毒瘾难戒》中到底写了些什么。我只是想,有这么一个故事(我知道故事中的那些人,因为其中一个就是我自己,因此,我可以权威性地叙述),故事中的很多细节都是来自于我自己的日记,因此故事的结构显得有点零散。我那时候没把自己当成一个作家。我只是整天混日子。"① 在写作《毒瘾难戒》的一年多的时间里,她将自己从早到晚都关在图书馆里,从自己的日记中提取素材,对记录下来的生活中的所见所闻所感加以取舍和整合,成为诺拉和贾沃的故事。《毒瘾难戒》流传的速度之快让她猝不及防,虽然她在《毒瘾难戒》出版后半年便去了欧洲,在法国、英国等地呆了一年半的时间,对于在澳大利亚国内关于她作品的评论和争议并不十分清楚,但是等她从欧洲回来,不少记者都等着采访她,她感到很"惊讶",也产生了一些作家的焦虑:

> 我从来没想过自己会成为作家,我当然没有想过自己会成为一个小说家。我不知道该怎样写小说,而且也没有什么人能帮我。第一篇评论《毒瘾难戒》的文章把这部小说评得糟糕透了,但是后来逐渐出现了一些正面的评论。所以,《毒瘾难戒》对我的影响就是我第一次明白:你写出来的东西是要被别人去解读的。在这之前,我没有

---

① Jennifer Ellison, "Helen Garner" in *Room of Their Own*, Ringwood, Vic: Penguin, 1986, p135.

想到过要被别人解读的事情,不仅是你的作品要让别人读,他们还要给出一些回应。拿《毒瘾难戒》为例,来自于读者的回应有各种层面的,他们中有的人对你充满了敌意,对你的作品特别不满,而另一些人对你则特别地认同,几乎有谄媚之嫌,这些都让人感到很不安。①

70年代是世界女性主义运动风起云涌的时代,澳大利亚自然也不例外。在接受瑞·威尔班克斯(Ray Willbanks)的采访时,加纳说:

> 那段时间我们几乎所有的人都是女性主义者。从70年代初开始,女性主义就成为我们的武器,成为我们看待世事的透视镜。我并没有刻意地去写一本女性主义的书,但是我想我受到了女性主义思想的束缚和启迪。现在,女性主义对我的束缚没有以前那么紧了,但是,它仍然对我有启迪意义。②

女性主义的启迪唤醒了加纳的女性意识,使她感到女人写作和表达是应该的、正当的。尽管她并不觉得自己在写作《毒瘾难戒》时是站在一个女性主义者的角度去审视问题的,但是,她不否认,没有女性主义的滋养,她可能成不了作家。詹妮弗·埃里森(Jennifer Ellison)在采访海伦·加纳时问她:"是什么促使你写了《毒瘾难戒》这部小说?"加纳回答:"很难说清楚到底是什么促使我写了这部小说。首先是我的生活中发生了一些故事,而这些故事足以能够写成小说。其次,也是因为那个时候我正好有时间来写作。"③ 加纳所指的那段"正好有时间写作的日子"是指她靠单身母亲救济金生活在合租社区的日子。她说,"我的第一次婚姻结束了,我还有个孩子要抚养。因此,为了不让自己发疯,我需要找人来合住,并分担一下带孩子的艰辛。这便是关键所在。住在合租房的年轻人听音乐、

---

① Candida Baker, "Helen Garner" in *Yacker, Australian Writers Talk about Their Work*, Sydney: Pan Books Pty Limited, 1986, p133.
② Ray Willbanks, "Helen Garner" in *Australian Voices: Writers and Their Work*, Austin: University of Texas Press, 1991, p92.
③ Jennifer Ellison, "Helen Garner" in *Room of Their Own*, Ringwood, Vic: Penguin, 1986, p135.

看戏,还吸毒。有很多乐趣。他们好像都不工作。我不想用'波西米亚'一词来形容他们,但是,他们每个人都掌握某种艺术方面的特长。我回顾一下我那时认识的一些人他们要么就是音乐家,要么就是演员。"①

  我写作《毒瘾难戒》的时候住在一幢合租房里,那里住着九个人,嘈杂不堪。为了安静,我不得不到屋外去。我经常去的地方是国家图书馆,我非常喜欢那里的工作环境,尽管在那里我无法打字。我只能在本子上写,不过,通常在开始写一篇东西的时候我都是写在本子上。但是,写作《毒瘾难戒》让我养成了一种走出屋子去工作的习惯。即便后来我住在巴黎,而我的女儿却已经回到澳大利亚的日子里——我一个人在巴黎呆了 8 个月——我仍然每天出门去上班。好像不走出家门我就无法专心工作。②

  将英文书名 Monkey Grip 译为《毒瘾难戒》是黄源深教授的贡献,这个译名非常精确、得当,既切合作品的主题,又符合人物的心境。加纳告诉威尔班克斯,"我们是小姑娘的时候玩过一种游戏。我们互相抓住对方的手,然后拉开,不停地转。我们越是用力地拉开,我们便拽得越紧。"③ Monkey grip 是形容瘾君子在毒瘾发作时的不堪情态,也用来形容一个人沉陷于爱之中不能自拔时备受煎熬的痛苦情形。从书名开始,加纳就确定了她作品的基调:一种后现代女性主义的话语追求。"话语"的概念来自于米歇尔·福柯(Michel Foucault, 1926－1984)。福柯用话语一词来指称一种物质的实践,这一实践既表述着构成社会生活和人类关系的原则、假定和惯例,又将这些原则、假定和惯例投入实际运作。福柯指出,权力是由话语组成的。他认为男权社会通过话语来实现对女性身体规训的内化,用话语来定义正常和反常,并通过标准化或者正常化过程来要求人

---

① Ray Willbanks, "Helen Garner" in *Australian Voices: Writers and Their Work*, Austin: University of Texas Press, 1991, p88.
② Candida Baker, "Helen Garner" in *Yacker, Australian Writers Talk about Their Work*, Sydney: Pan Books Pty Limited, 1986, p132.
③ Ray Willbanks, "Helen Garner" in *Australian Voices: Writers and Their Work*, Austin: University of Texas Press, 1991, p93.

对规范的遵从。而后现代女性主义的抱负之一就是要创造一套女性的话语,她们认为,身体的压抑是其他一切压抑的起始。她们指出:这个世界用的是男人的话语,女性主义者所要求的一切可以一言以蔽之,那就是她们自己的声音。安妮·莱克勒克(Annie Leclerc)则更为直接地表达:女性话语就是"令人难以想象的身体的快乐。"她说,"我身体的快乐,既不是灵魂和德行的快乐,也不是我作为一个女性这种感觉的快乐。它就是我女性的肚子、我女性的阴道、我女性的乳房的快乐。那丰富繁盛令人沉醉的快乐,是你完全不可想象的。""只有说到它,新的话语才能诞生,那就是女性的话语。"① 海伦·加纳自己也没有料到,她那种个人化的、零散的和快速变化的语言特点,以及她所讲述的没有明显的连贯情节并有半自传特点的故事,被女性主义者们拿来当作女性写作的佐证。弥漫在作品中的女性身体话语和思想的意识流印证了"妇女的身体带有一千零一个通向激情的门槛,一旦她通过粉碎枷锁、摆脱监视而让它明确表达出四通八达贯穿全身的丰富含义时,就将让陈旧、一成不变的母语以多种语言发出声响。"②

《毒瘾难戒》是一部半自传体小说。它以70年代的墨尔本城市生活为背景,以单身母亲诺拉为主要叙事人物,用一种简明的"日记体"纪实风格,叙述了诺拉爱上一位有吸毒爱好的演员贾沃的经历以及(诺拉)与多个男子的性爱关系,展现了诺拉在爱与期待被爱之间、在梦与现实之间、在自我身份的迷失和发现之间挣扎的心理历程,展现了一个女人的多元生活方式。故事的开始是诺拉被贾沃所吸引,爱上贾沃,在历经多次被贾沃疏远、亲近、再疏远、再亲近的反复之后,诺拉终于做出了"该怎样就怎样"的决定,不再依赖和纠缠于贾沃的感情。在加纳看似零散、琐碎的日记体文本中呈现了多层次的、富有立体感的故事结构。故事并不是直线的、单一的,相反,其线索丰富,人物关系交错。诺拉与贾沃的故事是一条主线,穿插着诺拉与其他几位男性的关系,比如诺拉与马丁(Martin)、弗朗西斯(Francis)、吉拉德(Gerald)等等,还有对贾沃以及另几位男性和其他女人的关系的描写。小说中爱的主题与性和毒品等社会敏感的话题交织在一起,加上不断出现的对性爱和吸毒场面的描写、女主人公与多个

---

① 李银河,《女性主义》,济南:山东人民出版社,2005年,第69页。
② 张京媛,《当代女性主义文学批评》,北京:北京大学出版社,1992年,第201页。

男子性关系的呈现及其性爱心理感受的坦白等等。小说一经出版便引起了评论界的广泛关注,各方评价褒贬不一。帕特里克·怀特在评价当年出版的好书时将其列入其中,但是也有人把它列为20世纪最为道德败坏的一本书。正是这种反差引发了议论,最终也成就了海伦·加纳的女性主义作家声名。这本被称为"坏书"的小说在出版后第二年就获得了澳大利亚"国家图书委员会奖",1982年又被改编成电影。并且,在1977年到1982年的短短五年间,小说售出了十万册。《毒瘾难戒》的成功奠定了海伦·加纳在当代澳大利亚文学界的地位和权威。柯琳·哥尔德斯沃思在《澳大利亚作家:海伦·加纳》(*Australian Writers: Helen Garner*,1996)中指出:海伦·加纳一直是澳大利亚小说界最为人所熟知的名字之一,她是妇女小说的领军人物,是她的小说《毒瘾难戒》的成功为杰西卡·安德森和西·阿斯特里的作品提供了一种全新的生存机会,使得她们意识到女人生活中那些家长里短的小事可以被写进小说里,并且可以引起别人的阅读兴趣,甚至能够引起争议。哥尔德斯沃思认为,加纳可以被看作是澳大利亚女性主义文学的一个偶像人物。

女性主义者们指出,在女性主义作品中,"无论是以浪漫的方式遮遮掩掩地表现,还是以自白形式直截了当地表现",性欲总是一次次成为揭示人的"真实"和"重要"本质的要素。①《毒瘾难戒》中对性的呈现应该是属于后一种。以加纳率真的个性她是不会采取遮遮掩掩的方式的。通过诺拉讲述她自身身体的细微感受变化以及通过她的眼睛观察男性的身体反应,加纳由此去折射男女之间的关系。诺拉的身体是她反叛内心的外在表现。当诺拉与贾沃最初相见时,双方身体就有一种接近的渴望。在贾沃用手摸着诺拉的后脑勺、凝视着她的那一刻,彼此心里就已经产生了一同回家的欲望。在随后的郊游中,诺拉看到贾沃趴在草地上,肌肤在烈日下闪着汗珠,泛着光亮,于是,"我在他的身边躺了下来,我们炽热的肌肤碰到一起","他的眼睛像一对蓝宝石又像是用某种强效的化学药剂着色过的水。我用自己干燥、发烫的臂膀搂住他油亮的背。他像一个小男孩那样蠕动着身躯。""我听到他的喘息声。"② 读者在贾沃的喘息声中

---

① 张京媛,《当代女性主义文学批评》,北京:北京大学出版社,1992年,第79页。
② Helen Garner, *Monkey Grip*, Melbourne: McPhee Gribble, 1977.

自然也听到了诺拉身体的声音。身体的声音便是心灵的呼喊,诺拉从此对贾沃的性爱充满了期待和依赖,就如同毒品对贾沃的吸引一样。在她亲近贾沃的同时,她的身体开始与马丁疏离。当她与马丁一起躺在床上时,两人心情十分平静,心里很清楚并不需要对方身体的接触了。但是,当后来贾沃冷淡并疏远她时,她的身体中又产生了接近其他男性的冲动。吸引、接近、欢愉、冷淡、期待,多次反复,诺拉最终挣扎着走出了身体困扰的漩涡,决定接受现实,直面贾沃的背离。在《毒瘾难戒》中,加纳通过对诺拉身体和性欲的书写来表达女性思想的抗争和觉醒,在诺拉个人欲望抒发的背后是一种政治要求的表达和对女性彻底解放的期待。

诺拉对贾沃的爱首先是贾沃一种本能的、具有原始意味的吸引。贾沃虽然只有二十三岁,但是看上去像一个四十岁的人,皮肤黝黑,双颊凹陷,从鼻翼到唇边皱纹明显,鼻梁上还有一道疤痕。他母亲曾安慰他说:"儿子,别担心,一个人的相貌并不能决定一切。"诺拉则叙述道:"当我对他说'你很美'时,他不敢相信。"但是,在诺拉的眼中,贾沃确实有一种难以抵抗的魅力,一种野性的魅力,一种法西斯的吸引。福柯指出,每个人的内心都有一种对于法西斯主义的渴求。这种法西斯主义不是历史的法西斯主义,也不是希特勒和墨索里尼的法西斯主义,而是尼采的"权力意志","是我们的言论和行动、我们的心灵和乐趣中的法西斯主义",它深埋在人的"肉体"之中,"正是这种法西斯主义导致我们喜爱权力,希求那种现在正统治和压榨着我们的东西。"① 几乎与福柯的思想如出一辙的是西尔维亚·普拉斯(Sylvia Plath, 1932 – 1963)的诗句:"每个女人都崇拜法西斯"②。诺拉正是被贾沃那燃烧着激情的蓝色的眼睛(也许是海洛因的令人眩晕的烟雾?)和他狂放不羁的表情所征服。诺拉坦白道,"我害怕他的躁动不安,害怕他的闲散和漫不经心,害怕他的情绪突变甚至失控。和他在一起就像是跟一个孩子在一起一样……我要听任他乖戾的本性的摆布,忍受他的失衡和捉摸不定。"所以,诺拉一直在"害怕被爱,又害怕不被爱"的矛盾中挣扎。盖勒·斯特劳森(Galen Strawson)在《泰晤

---

① 李银河,《福柯与性》,济南:山东人民出版社,2001 年,第 46 页。
② 美国女诗人西尔维亚·普拉斯是自白派诗人的代表。"每个女人都崇拜法西斯"是她的著名诗作《爸爸》(*Daddy*)中的诗句。

士报文学副刊》(The Times Literary Supplement)上撰文说,诺拉的内心是"碎裂的",她"是一个在日常生活的重大事件的缝隙间充实地生活的女性"。虽然她说,"我压根儿没想将来会怎样。我也不打算一辈子就爱一个人。"虽然她习惯于"放开一切"地去爱,就像贾沃放开一切地去吸毒一样,但是正像凯文·托马斯(Kevin Thomas)在《洛杉矶时报》(Los Angeles Times)上发表的文章中所写的:每个人都注重自由和独立,但是一旦随意的性让位于真感情时,每个人都无可避免地会受伤。女人是容易动真情的,因而也是容易受伤的。当诺拉陶醉在贾沃的爱中时,她感叹道:"哦,我想,没有其他什么能比现在这个时刻更美妙的了:两个孩子倚在膝前,一个男人在你身边,欢歌笑语地开始一场夏日旅行。"但是,当贾沃冷淡她甚至背叛她时,她又提醒自己不要对吸毒者抱什么幻想,并暗自下定决心:"我们都需要点儿什么,那是肯定的,但是我们谁都不知道自己到底想要什么。我期待一种完整和平衡。这很傻。对一个人来说,完整和平衡又意味着什么呢?没有这样的事,也没有这样的人。"但是在每次的挣扎过后,当她和贾沃重新相见,她又会情不自禁地投入他的怀抱。只有经过很多次的反复之后,她才终于下定决心回归自我,对自己说:"该回家了。"

后现代女性主义认为,女性身份认同是移动的、多层次的、可以变化的。伴随着诺拉的自我身份和"他者"身份的争斗,诺拉的母亲身份也一直无法回避。女人对自己母亲身份的认同是血与性斗争的结果,女人的心灵在独立身份和母亲身份两者之间被撕扯着,甚至"分裂"成"碎片"。但是,母亲身份一旦建立就很难再有什么外力可以将其摧毁,尽管它给女人的独立带来很多羁绊。《毒瘾难戒》中,女儿格丽斯(Grace)像一只小猴子盯牢在诺拉身边,经常坐在诺拉的自行车后座上,和诺拉一起去浴场、上剧院、拜访朋友、出外旅游等等。诺拉在作任何决定时都必须考虑到格丽斯的需要,同时当她感到孤独无助时,格丽斯又能像一个朋友那样给她以宽慰。诺拉说,"我不得不充当一个斡旋者的角色:在他(指贾沃)和格丽斯之间,在他和世界之间。""毒瘾难戒"既是孩子对母亲感情依赖的描述,也表达了单身母亲对孩子的那份无法舍弃的感情。

在《毒瘾难戒》中,加纳用"爱如毒品"的隐喻,书写了性、爱、毒品之间的关系,展示了诺拉对身份认同的挣扎和流变:作为情人,她在享受爱的同时忍受着爱的背叛;作为母亲,她在付出爱的同时期待着被爱的温暖;而当她决定做自己之时,实现身心自由的代价竟然也伴随着身心的痛苦。后现代时期,人的幸福和痛苦是多种多样的。所以,对于女人来说,做情人、做母亲还是做自己的问题并不一定是一个单选题,也可以是一个多选题,三者之间并非总是相互排斥,也可以互相支撑。身份的问题困惑着女人,而女人在身份的挣扎中成长。《毒瘾难戒》中,诺拉与贾沃、格丽斯之间的关系呈现建构了诺拉的三种不同身份:诺拉本人、贾沃的情人和格丽斯的母亲。诺拉对贾沃的爱仿佛毒品渗入了她的身体和心理,令她欲罢不能,尽管对于贾沃来说,他对海洛因的依赖远远胜过对诺拉的爱。在贾沃这个瘾君子的眼里,毒品是一切,是他的生命,他可以为了毒品而放弃生命,但是他无法为了诺拉而放弃毒品。所以,他对诺拉坦白道:"我不能答应你戒毒","我已经与毒品打了两年的交道了,我不能与过去一刀两断","因为……在酷寒的冬夜里,它使我感到温暖;它也让我感到生理上的年轻和活力。"尽管他的身体因吸毒而羸弱不堪,他的情绪因吸毒而变得躁动不安,他的生活因吸毒而失去目标和意义,他却依然陶醉于毒品所带来的迷幻之中。他甚至把与诺拉在一起做爱时所感受到的快乐都归因于毒品的作用。他对诺拉这样解释他们之间所出现的不协调:"你喜欢我没有吸毒时的状态,而我自己则是在吸毒时才更加快乐。"

　　作为澳大利亚女性主义写作的先锋与偶像,《毒瘾难戒》是加纳这种作者身份建构的起点,也是造成后来女性主义内部对她的这种身份表示质疑的前提。德利斯·柏德(Delys Bird)在"新型的叙述形式:当代小说"一文中称《毒瘾难戒》是当代澳大利亚第一部关于异性恋的女性主义小说。[1] 所以,《毒瘾难戒》享有"澳大利亚现代派经典作品"之称。事实上,在加纳之后,澳大利亚文坛出版了许多以女性主义为主题的女作家作品,特别是在进入80年代之后,很多表达女性解放愿望、传达女性多种声音的作品相继问世,形成澳大利亚女性写作史上一段精彩纷呈的时光。

　　70年代中期的澳大利亚文坛,男性作家依然是中心,其中尤以彼得·凯里(Peter Carey, 1943 –)的寓言风格和弗兰克·穆尔豪斯(Frank

---

[1] Elizabeth Webby, *The Cambridge Companion to Australian Literature*, Cambridge: Cambridge University Press, 2000, p198.

Moorhouse，1938-)的"间断叙述"为流行主旋律。虽然同时期的作品中有三分之一出自女作家之手，她们却只能在边缘呐喊，忍受读者、评论界以及媒体的冷淡甚至是故意的疏远。在澳大利亚权威的文学评论杂志，如《米安津》(Meanjin)、《澳大利亚文学研究》(Australian Literary Studies)等，关于女作家作品的评论极少，因而，也没有哪个女作家像彼得·凯里和弗兰克·穆尔豪斯那样引起全社会的关注，成为讨论的热点。这种状况一直持续到1977年。凯文·布洛菲(Kevin Brophy)在"海伦·加纳的《毒瘾难戒》：一个作者和她作品的建构"一文中探讨了《毒瘾难戒》从反主流文化的个人生活陈述到现代文学经典的评判转变，也对评论界围绕《毒瘾难戒》的争议进行了理性的分析。布洛菲认为，今天《毒瘾难戒》在澳大利亚文学史上的地位应该归功于作家、读者和评论家以及媒体的合作。他认为，当时读者和媒体的热情从某种意义上说造就了《毒瘾难戒》乃至于海伦·加纳本人的声誉。根据布洛菲的观察和研究，媒体关于《毒瘾难戒》的评论主要是围绕着四个方面的内容展开的：第一，把《毒瘾难戒》仅看成一部爱情小说来讨论；第二，认为《毒瘾难戒》讲述了一个恋爱着的女性主义者的故事，着力探讨女主人公的女性主义气质和追求；第三，《毒瘾难戒》是一部关于性和毒品的反主流文化的读本，呈现了边缘人的反叛生活；第四，《毒瘾难戒》是海伦·加纳自己的人生经历的记录，诺拉的故事就是加纳本人的故事。① 在这种种争论之间，《毒瘾难戒》吸引了更多的读者，无形之中对该书的流传和加纳的出名起了推波助澜的作用。用当今一个时髦的词语来描述这种现象便是"炒作"的结果。而评论家更多地是对作者本人把握现实脉搏的努力和抗争。彼特·克雷温(Peter Craven)在《米安津》杂志上撰文赞扬加纳的作品"是经验和想象的回音，是一种经验的表达，而不是创造和发明"。瑞·威尔班克斯在1992年对加纳的采访中也谈到《毒瘾难戒》，称"小说中以一种性感的节奏代替了传统的叙述模式"。柯琳·哥尔德斯沃思在《澳大利亚作家：海伦·加纳》一书中认为《毒瘾难戒》扩大了女性艺术的层面，女性写作为女性提供了活动的空间，十分重要。

---

① Kevin Brophy, "Helen Garner's *Monkey Grip*: The Construction of an Author and Her Work", *Australian Literary Studies*, 15：4, (1992 Oct), p271.

多数评论家认为《毒瘾难戒》讲述了一个爱情故事,一个我们每个人都能理解的爱情故事。安娜·拉特蕾侬(Anna Latreille)在《时代》上撰文评论说:《毒瘾难戒》是一个女人迷恋一个瘾君子的故事,大家都能读懂。约翰·拉金(John Larkin)也在《时代》上发表文章,批评一些评论家将该书归为与毒品有关的书一类,他认为这是一种误导,没有真正抓住该书的要旨。他说,《毒瘾难戒》是对人生起起落落中各种复杂关系的提炼。这种对"人与人之间的关系"的描述将这本书的主题提升为一种心理浪漫小说,使它具有一种普遍的吸引力。巴巴拉·盖尔斯(Barbara Giles)也认为《毒瘾难戒》是一部浪漫爱情小说。她写道:"诺拉被爱牢牢地套住了,就像她的贾沃被毒品牢牢地套住了一样,无法脱身。"她认为作品的主题不是关于毒品的描写,而是爱的问题。"爱与亲善、友好的关系才是这本书有别于其他同类非主流作品的主要原因。"因此,在这些评论家看来,《毒瘾难戒》的成功很大程度上是因为它与生活有关,而不是因为它与文学有关。此处,生活的含义是指与生活相关的常识,比如人人皆有的爱的体验。盖尔斯还坚持认为,将《毒瘾难戒》定位为一本女性主义的读本是不合适的,因为诺拉只是纠缠在一些平常的女性关系中,如抚养孩子的责任、对爱的要求等,她的态度与平常生活中的女性的态度没有太大差别。但是,也有一些评论家认为《毒瘾难戒》讲述了一段失败的爱情故事。

另一些评论家强调《毒瘾难戒》中女性主义的、另类的倾向。苏珊娜·埃德加(Suzanne Edgar)在《堪培拉时报》(*Canberra Times*)上发表了一篇题为"一种几乎接近于自负的女性主义"的文章。在埃德加看来,《毒瘾难戒》是墨尔本女性主义者另类生活方式的展现。她指出,诺拉在全书中所做的所有努力就是拒绝传统意义上婚姻中的责任、互惠、合法、嫉妒和拥有等特性。当她的情人像对待一条狗那样对待她,向她猛扑过来的时候,她无能为力,同时又不甘心扮演一个唠叨的妻子的角色。埃德加认为,诺拉就是处于这种困境中。罗斯玛丽·科里斯维尔(Rosemary Creswell)认为把《毒瘾难戒》界定为一本关于女性主义的书则更为合适。她写道:诺拉的生活是反映社会性别实际情形与女性主义理想以及反传统文化社区边缘人生活的一场全面战争。她认为,意识形态方面的一些焦点问题通过诺拉的爱情生活得以展现。在她看来,诺拉担心的是,当她的本能与理想中的纯洁不相一致时她该作出何种选择。诺拉被爱所困，是一个对爱有瘾的人。在《澳大利亚书评》(Australian Book Review)杂志上，维罗妮卡·施瓦兹(Veronica Schwarz)称《毒瘾难戒》是一个关于爱与忠诚的故事，她在这本书中看到一种特殊的爱与忠诚。她指出，"诺拉是女性主义世界中的一个女性主义者"，《毒瘾难戒》是一本描写女性之间的友谊、爱情和支持的书，没有对手，她们和她们的男性朋友们可以互享友谊。施瓦兹认为它书写了一种新型的爱，一种另类的、有别于结婚、离婚和做单身母亲的生活方式。

有的评论家认为《毒瘾难戒》是一本有关生活的书，这里的生活是指边缘人反传统文化的生活方式。如艾琳·邓恩(Irina Dunn)，在《国家评论》(National Review)杂志上发表文章称《毒瘾难戒》是一本关于毒品的书。她认为，这本书中所有的人物都对不同的毒品有依赖。邓恩甚至调侃道，读者在欣赏这部作品时恐怕也需要吸毒。罗纳德·康威(Ronald Conway)也发出了批评的声音。1978年5月，他为《象限仪》(Quadrant)杂志撰写有关《毒瘾难戒》的评论文章，这篇文章在后来的海伦·加纳研究评论中经常被引用。首先，他对《毒瘾难戒》入选1977年墨尔本好书书单表示"惊奇"。他认为，《毒瘾难戒》反映了一群边缘人的生活状态，在加纳的笔下，性是一种交流的方式，她所思考的，是一种病态的迷恋毒品的人群中男性反英雄形象，他们一副骨瘦如柴的样子，像个软体动物，粘在具有双性同体特征的女人身上。这些评论家强调，《毒瘾难戒》不是一本关于普通人共有的生活方式的书，它突显了许多新一代澳大利亚小说家们所有的问题：他们不能用规范的叙述形式来表达共同的主题。康威指出，这本书主要就是描写一群吸毒者的性生活，是腹股沟和腋窝的放大。

最后一种观点是将《毒瘾难戒》看成一本关于海伦·加纳本人的书。持这种观点的评论家往往对加纳本人和她的书都不表示认可，甚至进行诋毁。彼特·柯里斯(Peter Corris)在《澳大利亚人》(The Australian)上发表文章称，海伦·加纳出版了她的日记，而不是写了一部小说，诺拉毫无疑问就是加纳本人。佩内洛普·罗(Penelope Rowe)提出在《毒瘾难戒》中，加纳应该说点别的，而不是这些关于一群无聊的人的无聊的事。苏珊娜·埃德加在评论作品中女性主义表达的同时指出诺拉的个性"与作者很接近",并且因为太接近作者本人而显得不像是小说。罗纳德·康威也称诺拉是加纳的面罩。这些评论家认为,《毒瘾难戒》缺少艺术上的吸引力。从俄国形式主义理论的角度去看这部作品,它的自传性叙述技巧让人感到很陌生。

尽管加纳自己并不完全认同,但是从《毒瘾难戒》开始,她的女性主义作家身份就已经被确认。她这样形容创作过程:"关于《毒瘾难戒》的一切都是在无意之中发生的。我看着这本书心想,哦,好像它是在梦中写成的。你的第一本书出来了,你永远也不会再重复自己。我是说,所有的一切都是一气呵成的。"加纳自己认为,写作《毒瘾难戒》时并没有作家身份,直到写完《孩子们的巴赫》之后才逐渐意识到自己写的作品是要被人解读的。然而,评论界对她早期女性主义身份的定位对她后期的作品还是带来了影响。当《第一块石头》出版之时,她的这种女性主义身份受到了普遍的质疑,遭到来自于女性主义内部的攻击甚至谩骂。1971年,吉尔门妮·格里奥的《女太监》和 凯特·米立特(Kate Millett,1934 -)的《性政治》(Sexual Politics,1968)出版,成为70年代两个重要女性主义政治文本,建构了读者与作者之间的关系。1976年,麦克菲·格里博出版社出版了格伦·托马塞提(Glen Tomasetti,1929 -)的《完全体面的人们》(Thoroughly Decent People,1976),将澳大利亚文坛的女性作家的创作引入公众的视野。布鲁斯·班内特指出,这段时期澳大利亚文坛总的特征是各种来自于不同地区、不同种族、不同性别的声音淹没了原有的中心界限,在这个阶段,新作品中有三分之一出自女作家之手,但是在文学批评类的杂志上却对她们只字未提。①

加纳后来的作品得到一些重要的文学评论家的关注,如彼特·皮尔斯(Peter Pierce)、海伦·丹尼尔(Helen Daniel)、伊丽莎白·乔利(Elizabeth Jolley)、旦·安德森(Don Anderson)和彼特·克雷温等等。但是,关于《毒瘾难戒》的评论已经给人们留下了太深的印象,对其后期作品的评价和评述在很大程度上受到了关于《毒瘾难戒》的评论的影响。随着《毒瘾难戒》在文学界地位的提升,人们逐渐不再将其看作是一部纯粹的爱情

---

① Bruce Bennett, *Australian Short Fiction: A History*, St. Lucia: University of Queensland Press, 2002.

小说,而在一系列涉及女性主义文学和地位问题讨论中,加纳以及她的作品被进一步的女性主义化,一些评论家甚至责难加纳的反主流文化主题的选择。因此,她后来的作品主题也不断被质疑。她的小说被认为主题狭窄、令人难以置信、有政治意图、不完整、自恋等等。这种关于加纳作品主题的评论实际上是将其进一步女性主义化的一部分,在那些评论家们看来,女性作家不能融入宏大而具有政治严肃性的重大主题中,她们难以驾驭艺术,总是受到各种各样的局限。

即便是在今天,《毒瘾难戒》在文坛的位置还是有些尴尬。一方面,读者对此书充满热情,将它作为一本文学的经典文本争相阅读,但是同时这却削弱了它的政治力量。比如,企鹅出版社的新版本为该书的包装设计了幻彩发光的粉红色,又加上推荐广告语,引发人们的怀旧之感:"那是在70年代……"已经远离了颠覆的年代,只想呈现当年的时代本质特征。彼特·克雷温在《米安津》上评价说:就如同60年代的最棒的流行音乐,《毒瘾难戒》有一种令人窒息的震撼力。

第三节 《孩子们的巴赫》(1984)：婚姻的乐曲

《孩子们的巴赫》被一些评论家认为是"20 世纪最优秀的十本书之一"。虽然《毒瘾难戒》让海伦·加纳一举成名，但是《孩子们的巴赫》才是进一步确立加纳女性主义作家身份、真正找到了自己的作家声音的一部作品。然而，找到作家声音后的加纳并没有一鼓作气写出更多的小说，而是在八年之后的 1992 年才出版了另一部小说《小天地中的大世界》。这也从某种程度上证明，加纳的创作态度是认真、严谨的。

《孩子们的巴赫》被认为是"加纳所有的小说中结构最精妙的"①。较之《毒瘾难戒》，《孩子们的巴赫》涉及了更多的人物和人物关系，挖掘了人性中更深层的哲学内涵，展示了更为平和、开放的人生态度。作品中道德的主题与音乐融合在一起，复调式地展现了八个人物之间错综复杂的关系：德克斯特与雅典娜之间的夫妻关系、伊丽莎白与菲利普之间的情人关系、德克斯特与伊丽莎白之间的同学关系、雅典娜与菲利普之间的性关系、雅典娜与比利(Billy)之间的母子关系、菲利普与珀比之间的父女关系、伊丽莎白和薇琪之间的姐妹关系等等。这种种关系如同交响乐中多个声部，各个声音都有独立且无可替代的作用、地位和价值。加纳通过"多声部"表达音乐对于每个人的不同意义，从而传达每个人的存在价值，对于男性，它是掌控权力的象征；而对于女性，它是从边缘进入男权中心的途径。总之，音乐是一种语言，一种表达的方式，一种沟通的媒介，一座理解的桥梁。《孩子们的巴赫》的这种"复调"结构所要表现的主题完全不同于《毒瘾难戒》。在《毒瘾难戒》中，人与人之间是分离的、孤立的、多变的，诺拉以身体越界谋求自由的话语和权力，她的声音是唯一强劲、响亮的声音，盖过了其他一切。而在《孩子们的巴赫》中人与人之间的"沟(gap)"在音乐中实现了连通和融合，读者可以清晰地感受到所有人

---

① William Wilde, Joy Hooton & Barry Andrews, *The Oxford Companion to Australian Literature*, Melbourne：Oxford University Press, p308.

的声音和意识。① 在谈及《孩子们的巴赫》的创作经验时,加纳坦言,她非常享受写作《孩子们的巴赫》的过程。也许一个重要的原因就是她的心灵在音乐中褪去了浮躁的越界企求,达到了超然的和谐和宁静。

复调(polyphony)本是音乐术语,指欧洲18世纪(古典主义)以前广泛运用的一种音乐体裁,它没有主旋律和伴声之分,所有声音都按自己的声部行进,形成相互层叠的音乐现象。将"复调"概念引入文学评论的首创者是巴赫金(M. M. Bakhtin, 1895－1975)。他借此词来概括陀思妥耶夫斯基(Mikhailovich Dostoevsky, 1821－1881)创作的基本特征,他认为:陀思妥耶夫斯基笔下世界的完整统一,不可以归结为某一个人感情意志的统一,正如音乐中的复调也不可归结为某一个人感情意志的统一一样。他提出复调的实质在于:不同声音保持各自的独立,作为独立的声音各个人的意志结合在一个统一体中。他进一步提出,复调小说,其实就是指作者自己多个人格的对话。他认为这种复调式的小说创作理念更契合当今社会特征,其作品更能反映人性在现实社会的真实状态。世界是多元的世界,社会是多元的社会,生命个体的内心世界更是纷纭复杂。作为对世界、对社会、对现实生活的反映的小说,那就应该全是"复调"式的而不是的单一的或者"独白"式的。

福克斯夫妇的声音是《孩子们的巴赫》的"多声部"中相对较强的一组声音。加纳有意识地将德克斯特和雅典娜夫妇居住的街道称为"邦克街"(Bunker Street)。英文"bunker"意为"碉堡"或"堡垒",在此,加纳暗示德克斯特的家就像是一座混凝土建造的堡垒或者囚牢,它阻挡了现实生活的入侵,维护了德克斯特的男性霸权,囚禁了雅典娜的身心。在德克斯特那个近乎与世隔绝的家里,丈夫掌控着一切权力,而妻子只有恪守妇道、竭尽全力履行自己对丈夫以及对儿子的职责,成为"房子里的天使"。德克斯特的男性中心思想弥漫在家庭的每一个角落,渗透到家庭成员的每一个细胞中。他的一举一动无不表现出他在家庭中的权威和地位。

小说一开始,加纳通过描述贴在德克斯特家厨房里墙上的一张英国诗人丁尼生(Alfred Tennyson, 1809－1892)的全家福照片,把德克斯特

---

① Gerry Turcotte, *Writers in Action, the Writers' Choice Evenings*, Sydney: Currency Press, 1990, p174.

与妻子及其孩子之间的关系做了初步的、生动的呈现:

> 德克斯特在一本杂志上发现了一张诗人丁尼生夫妇和两个儿子在怀特岛上自家屋前花园里散步的照片。以现代人的眼光去看这张照片会让人感到有些吃惊:照片上除了中间那个高大的男人以外,其他的人都将自己裹得结结实实的,动弹不得。他们的目光和眼神各不相同:丁尼生注视着前方;他的妻子,挽着他的手臂,紧靠他站着,凝视着他的脸;一个男孩拉着父亲的手,盯着他的父亲;另一个男孩拉着母亲的手,带着隐约悲伤的表情注视着镜头。在他们的身后,有一个大花园的模糊影子,树叶在风中飘荡。他们走了过来,身影投射到草地上留下一些斑驳。丁尼生宽大的手掌张开着放在肚子前。他妻子脸庞清瘦,眼窝深陷。这是一张全家福。风吹起女人宽大卷起的袖口,注视着他父亲和母亲的男孩的额前的长发被吹到脑后,尽管他拉父亲的手,他与这群人感觉有些分离,他僵直的身体和他父亲的腿之间有一些间隙。
>
> 德克斯特将这张照片贴在厨房里灶台和卫生间的门之间的墙上。照片有些破损,上面有些斑点,还沾了不少烧菜时溅上去的油污。照片已经贴在那儿很久了。它经常会脱落,在墙上挂着,晃来晃去的。但是总是有人在它完全掉下来以前及时地发现了,并将它在墙上又粘贴好了。①

这张照片是父权制社会中家庭的真实缩影:丁尼生处于照片中央,是众人目光的焦点所在,表明了他在家庭中的主宰地位;妻子挽着他、靠着他、凝视着他,一副忠贞不二、唯夫命是从的样子,然而她"脸庞清瘦,眼窝深陷",暗示她内心受到矛盾的煎熬;拉着父亲手的男孩看着父亲却不敢靠近父亲,表现出对父亲权威的惧怕。德克斯特对这幅照片爱不释手的原因是,和丁尼生一样,他也有一个忠贞的妻子和两个儿子,而且他也是家庭的中心、众人注意力的焦点。

加纳在一次接受采访中介绍了自己是如何选择到这张照片,又是如

---

① Helen Garner, *The Children's Bach*, Melbourne: McPhee Gribble, 1984, p1.

何确定要将这张照片用于小说的开头的:

> 那天,我独自一人驾车去昆士兰。临近傍晚的时候到达了一个海滨小镇。我在汽车旅馆住了下来,准备第二天继续赶路。我向别人借了一本有关爱德华·利尔的书来看。临睡前,我翻阅此书,发现了我的书中开头描写的那张照片。我觉得那是一张能够给人留下特别印象的照片。我不是十分清楚为什么它能够那么打动我。那天,我在我的日记里写下了自己的感想。第二天,我继续驱车往昆士兰赶去,在那儿工作了几天之后便回家完成了这本书。
>
> 当我完成作品的草稿的时候,我心想,我得在书中那个厨房的墙上贴一张照片。于是我想到丁尼生一家的那张照片。我的笔记本中有关于这张照片的记载。我把那段文字一直保存着。用音乐的术语来表达的话,它是主题的表达。原来关于这张照片的描述是在书中将近第二十页的地方。我阅读草稿的时候觉得:如果我将关于这张照片的描述抽出并置于作品的开头,这样就把作品的主题表达出来了。这张照片仿佛就是我的小说的描述。我在照片前踟蹰时并没有发现这种关联。当我将这一描述移至作品开头时,我感觉这正是我的作品所需要的。这张照片表达了一种有关家庭的主题,他们在照片中手怎么放、眼睛怎么看,这些身体语言表现了家庭里互相之间的关系。这张我偶然发现的全家福的照片表达了我的作品的主题。①

这张照片放到小说的开头确实起到画龙点睛的作用,让人一下子就感受到了男性的权威以及女性的压抑。随后,加纳进一步借用音乐来强化这种男权中心的人物关系。德克斯特精通音乐,当他在街上漫步时,他唱着《唐·吉奥瓦尼》中的咏叹调,歌声嘹亮、高亢,充满了男性的雄壮意蕴;雅典娜对音乐却不那么擅长,德克斯特曾抱怨她,"你从来不唱歌",她只能弹奏一些最最简单的巴赫小调的序曲,对节奏和主题的把握还不得要领。

---

① Gerry Turcotte, "Helen Garner" in *Writers in Action*, *The Writers' Choice Evenings*, Sydney: Currency Press, 1990, pp174 – 175.

在雅典娜的手指下,这些简单的曲调成为胜利的呐喊,她的脸会因兴奋而涨得通红。她会冲到窗前,将头伸出窗外。但是也有的时候,她演奏这些曲子时,带着一种落寞的神情,弹奏得断断续续、不成曲调,她会因此感到很惭愧,仿佛她玷污了音乐的祭坛。①

就雅典娜而言,音乐不是用来炫耀和吸引别人注意的手段,而是能让她暂时逃避死水般的生活、表达内心感受的唯一途径。然而由于她对音乐缺少领悟力,遭到以精通音乐自居的德克斯特的嘲笑。德克斯特曾当着客人的面半开玩笑地建议雅典娜应该在家中无人的时候弹琴,因为听人小心翼翼地弹奏那些曲目有些乏味;当雅典娜专心致志地弹琴时,他竟然把穿着破袜子的脚"砰"的一声跷在琴键上,对雅典娜视为圣坛的音乐完全不屑。当德克斯特责备雅典娜"不会唱歌"时,实际上他是在强化自己在家庭中拥有主宰地位的合法性。音乐是一种语言,一种文化,而文化从来就是属于男人的领地。"不会唱歌"意味着"不会说话",也就意味着失去话语权。雅典娜对音乐的失控,实际上也是对话语权的失控,也就是对社会地位的失控。

伊丽莎白和菲利普所构成的音乐旋律与福克斯夫妇完全不一样。有评论家认为,如果说福克斯夫妇代表着"白昼",那么伊丽莎白和菲利普则代表"黑夜"。② 伊丽莎白和菲利普的到来打破了福克斯一家平静的生活,揭开了德克斯特和雅典娜两人之间的不和与矛盾,也让雅典娜身上的"魔鬼"特性暴露无余。伊丽莎白和菲利普的主要活动场所是"天堂酒吧"。用菲利普自己的话来说,"天堂酒吧"在白天是理智和体面的天堂,而到了晚上则是充满了危险和肮脏的地狱。所以,菲利普不断地告诫他的女儿:"珀比,你要用你的脑子工作。"③ 菲利普用摇滚乐表达他对世界的理解,他的音乐表现力深深地吸引了雅典娜,激活了她那颗被长久囚禁

---

① Helen Garner, *The Children's Bach*, Melbourne: McPhee Gribble, 1984, p2.
② W. D. Ashcroft, "The Language of Music: Helen Garner's *The Children's Bach*", *Australian Literary Studies*, 14:4 (1990 Oct), p493.
③ Helen Garner, *The Children's Bach*, Melbourne: McPhee Gribble, 1984, p10.

在"碉堡"中的心。在夜总会里,雅典娜被菲利普的演奏完全地吸引住了,她感到,"他不只是用乐器在演奏,而是听到他的心在唱歌,看到每个音符都在跳跃。"① 他浑身上下都在表达着一种自信和控制,这让雅典娜很是妒忌,因为她所缺少的正是这些特质,而这些特质只能在她所被拘留的那个"堡垒"似的洞穴之外才能获得。她先是在德克斯特想带她离开夜总会时提出要留下,让他一人先去车内等着;后来中止了两人夜间的散步,她开始独自一人夜间外出;再后来,带着体验自由和快乐的渴望,雅典娜跟着菲利普私奔了。是菲利普的激情最终让雅典娜选择了与他私奔,从"堡垒"中逃离,摆脱丈夫的控制,进入音乐殿堂,探求自身的价值。

从雅典娜第一次到夜总会里听菲利普的演奏,她就开始了对菲利普夜晚音乐世界的探索旅程。那是一个与德克斯特格格不入的世界,尽管它们具有同样的力量。因为忍受不了那份喧闹、那种反传统的音乐表现,德克斯特从天堂酒吧里退回到自己的车里,打开汽车音响,让自己沉浸在莫扎特的黑管五重奏中。车子里到处都有雅典娜的气息,他想着他们的生活,他们的房子和他们的婚姻。德克斯特从菲利普音乐中的撤退也暗示他对菲利普掌控权的妥协。

> 她开始晚间独自一人出去散步,她似乎在屋子里再也呆不下去了,迫不及待地想要出去……德克斯特知道雅典娜不会邀请他同行……在热得让人喘不过气来的夏夜,男人们穿着白色的内裤在楼道里溜达,而她竟然要在这个时候独自一人到天堂酒吧去,去听那些稀奇古怪的、令人心悸的音乐,那些探戈曲,那些铿锵有力、充满激情、令人心智大开的音乐……②

在菲利普的夜晚世界中,雅典娜陶醉在他迷幻的音乐里。她越是想接近那个世界,就越是感到那个世界离自己很远,也就越有接近它的冲动。当她凌晨时分从天堂酒吧回家,她的情绪还沉浸在夜与日争斗的世界里。夜的激情还没有褪去,白日的理智已经袭来,她完全清楚菲利普的世界是

---

① Helen Garner, *The Children's Bach*, Melbourne: McPhee Gribble, 1984, p52.
② Helen Garner, *The Children's Bach*, Melbourne: McPhee Gribble, 1984, p64.

一个只有性没有爱的世界,但是她不能自已。然而这种激情并没有持续很久,雅典娜很快就感受到了生命的无意义。菲利普对她并没有真感情,她对于菲利普只是伊丽莎白所说的"新鲜血液"。在菲利普的身上,雅典娜看到菲利普可以同时和几个女人做爱,把女人只是作为满足自己性欲的玩物而已。她原先对他存有的景仰和崇拜随之化为乌有。她明白了只有依靠自己的努力才能在音乐领域有所进步,也明白了自主权不是别人赋予的,而要通过自身的不懈努力才能获得。雅典娜最终还是回到了德克斯特的身边。但是雅典娜不再是过去的雅典娜,德克斯特的家长地位已经动摇。当德克斯特请求她回家时,她没有答应,因为如果答应,那表明她依然是个被动地接受别人摆布、没有主见的女性。而她自己回到家中则表现出她已经成为有独立人格、有自主权、愿为自己的追求付出不懈努力的女性。

就这样,在《孩子们的巴赫》中,海伦·加纳以昼与夜的音乐对话形式呈现了德克斯特与雅典娜、菲利普与伊丽莎白等人的精神世界的矛盾与憧憬:性的焦虑、爱的迷狂、婚姻的束缚、自由的渴望等等。正像书名所暗示的那样:孩子们的巴赫是一个音乐童话的世界,但是它同时也是一个男权的世界,因为音乐作为文化的一种形式本来就属于男人的领地,女人在这个世界里无所适从,找不到自己的方位,像孩子一样显得稚嫩而笨拙。雅典娜最终对音乐的态度从过去的自惭形秽变为以主人公的姿态弹琴,这是加纳对女性未来的一种展望。当雅典娜的手指在琴键上舞动,一连串的音符飞向空中,我们仿佛看到雅典娜自由的身影。

加纳的这部《孩子们的巴赫》与她前期的作品有所不同,用克里斯·蒂芬(Chris Tiffin)的话说,这部小说中至少有一对夫妇的婚姻生活非常幸福。书中的主人公德克斯特·福克斯和雅典娜·福克斯带着两个孩子住在墨尔本郊区,过着幸福的家庭生活,但是一个大学老同学的来访却打乱了他们这种平静的家庭生活。愤世嫉俗、不想墨守成规的伊丽莎白与她的音乐家男友菲利普,还有伊丽莎白与她妹妹——薇琪(她与德克斯特有染)搅乱了福克斯夫妇的家居生活,动摇了他们貌似密切的夫妻关系。"德克斯特的家庭依然存在,但是他们的关系时好时坏,"威廉姆·瓦尔德(William H. Wilde)评论道,"《孩子们的巴赫》是在当代社会许多震惊的语境下对家庭生活的庆祝。""加纳夫人似乎在暗示生存并且在当代生活中保持一贯,一个人必须要学会在不和谐中发现美。"《纽约人》(*The New Yorker*)的一位评论员也注意到加纳在《孩子们的巴赫》中试图通过她的人物来表达这种人生哲学的努力:"不要做任何解释。留有余地。让音乐去诉说一切。"所以,正如蒂芬所言,"音乐在小说中与大多数人物都有关联,它预示着通情达理、和谐相处。"

第四节 《小天地中的大世界》(1992)：爱穿越一切

《小天地中的大世界》是加纳 90 年代初出版的一本三部曲中篇小说，其中包括三个短篇："记录天使"、"守夜"以及"小天地中的大世界"。与加纳的前几部小说有所不同的是，《小天地中的大世界》既不像《毒瘾难戒》那样描写一群合租楼里的另类青年的生活，也不像《孩子们的巴赫》那样聚焦人们在传统与非传统之间挣扎的家庭生活。在《小天地中的大世界》中，人物之间有一种松散的、流动的、纠缠不清的联系：他们是最好的朋友，但是互相之间的了解却有很多错位；他们是亲人，但是却冷眼相待、相互折磨；他们不是一家人，却生活在同一个屋檐下，互相鼓励给予对方温暖和激情。《小天地中的大世界》展现了人与人之间一种"剪不断，理还乱"的无秩序的生存状态，它通过对生与死、背叛与惩罚、复活与拯救等主题的书写，探索了人物精神世界里深层的困惑，表达了后现代时期人们对 70 年代生活的怀旧情绪和对青春根深蒂固的依恋。在这部小说中，加纳的创作方法也有所变化。她不再拘泥于现实主义的叙事与描绘，而是用魔幻现实主义的手法为作品添上了超现实主义的元素，使得作品更具想象力，更富理想主义色彩。小说的题目《小天地中的大世界》直接地点明了作品的主题：现实中的世界很小，人心的世界却很大。人生中充满了梦想，生活中充满了可能性，每个人每一次的选择和决定都是一种冒险，每一段人生路都会留下特殊的印迹，每个人都过着只是属于自己的独特生活，每一种生活都是值得收藏的记忆。

魔幻现实主义是上个世纪 50 年代前后在拉丁美洲兴盛起来的一种文学流派，它受到欧洲超现实主义文学的影响和启迪，与表现主义、印象主义和象征主义有着千丝万缕的联系。这一流派的作家既在作品中坚持反映社会现实生活的原则，又在创作方法上运用欧美现代派的手法，执意于把现实投放到虚幻的环境和气氛中，使现实披上一层光怪陆离的魔幻外衣，用神奇、怪诞的幻景营造近乎荒诞的氛围。在魔幻现实主义的作品中，往往是现实与神话，现实与梦幻、幻想相杂糅，把现实当作梦幻、当作神话来描写,把神话和梦幻当作现实来表现,现实社会成为一种"魔幻现实"。米格尔·安赫尔·阿斯图里亚斯(Miguel Angel Asturias,1899 – 1974)① 曾对"魔幻现实"做了这样的阐释:"简而言之,魔幻现实是这样的:一个印第安人或混血儿,居住在偏僻的山村,叙述他如何看见一朵彩云或一块巨石变成一个人或一个巨人……所有这些都不是外村人常有的幻觉,谁听了都觉得荒唐可笑、不能相信。但是,一旦生活在他们中间,你就会意识到这些故事的分量。在那里,尤其是在宗教迷信盛行的地方,譬如印第安部落,人们对周围事物的幻觉印象能逐渐转化为现实。当然那不是看得见摸得着的现实,但它是存在的,是某种信仰的产物……又如,一个女人在取水时掉进深渊,或者一个骑手堕马而死,或者任何别的事故,都可能染上魔幻色彩,因为对印第安人或混血儿来说,事情就不再是女人掉进深渊了,而是深渊带走了女人,它要把她变成蛇、温泉或者任何一件他们相信的东西;骑手也不会因为多喝了几杯才堕马摔死的,而是某块磕破他脑袋的石头在向他召唤,或者某条置他于死地的河流在向他召唤……"由此可见,在魔幻现实主义作品中,作者运用夸张、象征等具有魔幻特征的手法营造一种神奇氛围,使作者不受拘束地设置许多富有寓意的事件人物,从而深化作品的主题,并增强作品的艺术感染力。加纳在这部魔幻现实主义作品中,正是通过魔幻特征主要体现在场景的设计上,如"记录天使"中帕特里克接受开颅手术的情景,"守夜"中金(Kim)的尸体被焚化的情景,以及"小天地中的大世界"里,马可欣(Maxine)幻想自己怀上上帝的孩子的情景。

"记录天使"里讲述了一个耐人寻味的故事。"我"离了婚,到悉尼拜访老友帕特里克,得知他罹患了脑瘤,即将手术。"我脑袋里的某个部件出了大问题,"帕特里克说。② "我"于是想起多年来与帕特里克的交往,想起他对"我"以及"我的生活"的熟悉和评价,想起我的历史写在他的记忆中的事实,因此,对于他要做开颅手术并且有可能会失去记忆、甚至不

---

① 米格尔·安赫尔·阿斯图里亚斯(1899 – 1974)危地马拉著名诗人、小说家。他一生写了十部小说、四部诗集和几个剧本,在危地马拉以至拉丁美洲现代文学史上占有重要地位,是超现实主义写作流派的重要人物,代表作品有《危地马拉的传说》、《玉米人》等。1967 年获得诺贝尔文学奖。

② Helen Garner, *Cosmo Cosmolino*, Ringwood:McPhee Gribble,1992,p4.

久于人世感到纠结。"我"与帕特里克是好友,却是完全不同类型的人。"帕特里克是那种天生就是当主人而不是当客人的人,他总有自己的座位,并且总是坐在位置上纹丝不动。我的房子和我的生活让他感到不安,因为它们总是不固定,不像他对我过去的记忆一成不变。我总是将生活中一些东西撞碎,再将那些碎片捡起来,然后再往前走。他玩不起好奇心,因为好奇的结果就是内分泌失调……他是我交往最久的朋友,也是我最忠诚的朋友,他爱我,看起来也希望我好,但是忠诚并不像它看上去那么简单。事实上,为了方便比较,他需要将我想像成一个孤独、混乱、被人抛弃、无所追求的人,一朵'枯萎了的石楠花'"。① 多年来,帕特里克一直以他对"我"的判断掌控着我的生活。"帕特里克对我的生活熟悉的程度就像一首他背熟了的诗。"② "他记得我生活中所有的事和我所认识的所有的人。他把我的所做、所见、所梦、所听和所读都进行了简单的分类,将它们收藏在格子形状的记忆盒里,用铁钉将它们固定住,排好顺序,注好标题。真让人恐怖。"③ 帕特里克那些关于"我"的印象永远不容"我"争辩,也丝毫不发生改变,就像那些记录了"我"的情绪和经历、如今收藏在他的抽屉里的明信片:

"就在昨天,二十年里第一次,我整理我的书桌时发现了好几十张你寄给我的明信片。一大捆的明信片,现在就放在我的那些字典的旁边。如果你还想看的话可以去拿来看。"帕特里克一边说着一边转身上楼。

"哦,别再将它们留在那儿了。"我说。"现在再读那些明信片肯定恶心极了。"

"恶心?"他问,"我好像从来没有给你回过信吧?但是你依然不顾一切地给我寄。意味深长啊!你不会认为我会就这样将它们扔了吧?"

"你不会愿意再看这些信的。"当帕特里克上楼去了的时候,娜

---

① Helen Garner, *Cosmo Cosmolino*, Ringwood: McPhee Gribble, 1992, p8.
② Helen Garner, *Cosmo Cosmolino*, Ringwood: McPhee Gribble, 1992, p4.
③ Helen Garner, *Cosmo Cosmolino*, Ringwood: McPhee Gribble, 1992, p6.

塔莉对我说。"我看过。那玩意儿像是我们在牙医诊所里翻看的过期杂志。言辞热烈得很过分,让人浑身起鸡皮疙瘩。"

"我会烧了它们,"我打断她的话说,"趁他看不见的时候。你觉得怎么样?"

"我倒是无所谓。"她说,"你已经给他留下了这样的印象。你烧了这些明信片也改变不了他对你的看法了。"①

每一个人的大脑中都藏着一个"记录天使",每个人的大脑都是"一个画廊",没有人知道另一个人的脑袋里画着怎样的画。如今,帕特里克的大脑要被医生用钻头钻开,他脑子中的那些秘密要被揭开了吗?要是医生在动手术的过程中出了差错怎么办?要是他出了手术室以后完全失去了记忆又怎么办?然后,"我"是否就完全失去了历史?或者"我"可以从此摆脱了留在他记忆中的阴影而开始全新的生活?"我"想像着手拿器械的大夫穿着淋浴帽似的软底拖鞋向伏在手术台上的帕特里克走去。有一种想法在心里生长。"我"问娜塔莉(Natalie,帕特里克的妻子):"你是否曾经期待过你爱的人死去,让那些令人感到羞耻的记忆从此消失?"她回答:"在这个世界上记录下你所有羞耻的人不是别人而是你自己。你可以烧掉所有的物品,甚至诅咒一切。但是,过去的一切依然不会改变。你还是你。"② 是的,你的历史不会随着那个记着你的人的离世而消失。这既是人生的可喜之处,也是人生可悲之处:留在信上的只是文字,可以被擦拭,可以被修改,也可以被销毁,但是它不会影响你的人生;留在人生路上的脚印将是永恒的印迹,可能暂时被覆盖,却永远不会改变,也没有机会去修正或者重整。不管别人怎么看你,你只要坚持自己,便无所畏惧。

"守夜"几乎是一个惊悚故事。妓女欧苏拉(Ursula)的女儿金遭到父亲的冷漠,被男友抛弃,在悲惨中吸毒致死。欧苏拉美丽、妖艳,却是一个极其爱慕虚荣的女人,即便在女儿的葬礼上,她还是将自己打扮成一个妖怪样,说着"这么多人来参加这个……聚会!"之类的很不得体的话。但是,面对背叛了她女儿的雷蒙德,她却卸掉了所有的伪装,呈现了她对女

---

① Helen Garner, *Cosmo Cosmolino*, Ringwood: McPhee Gribble, 1992, pp12-13.
② Helen Garner, *Cosmo Cosmolino*, Ringwood: McPhee Gribble, 1992, p19.

儿死去撕心裂肺的痛和对雷蒙德的憎恨。在她的指使下,两个穿着破旧黑靴子的焚尸工将雷蒙德逼迫到焚尸炉前,目睹了装着金的尸体的棺木在炉内被焚烧的过程。吓瘫了的雷蒙德拖着沉重的脚步,跟跟跄跄地往前移动,脑子里一片空白,不知道自己身在何处,也不知道自己要去向何方。所以,当从停车场那边传来沉重的、嘎嘎的靴子声时,他浑身汗毛直竖起来,但是他并没有抬头。他想,也许来了一个园艺工,也许是来参加葬礼的人。他让自己镇静。他让自己别想太多。他等待着,蜷紧双肩,等待着靴子声经过。终于,靴子在他前面停了下来。一个声音说,"我要给你看点东西。"他被两个焚尸工提拉着到了炉前:

> 里面什么东西皱了起来。是棺木的一端,像蛋壳那么薄,卷成小卷。雷蒙德惊愕地注视着,棺板烧碎了,腾起一团橘黄色的火焰,离他仅一臂之远。另一处原本在冒烟的地方现在也燃起火焰。两团火将棺木完全烧变了形。它先是松了,后是开裂了,最后散架了……他张开嘴巴想叫,但是他觉得被炉子里的火焰窒息得喘不过气来。[1]

在棺木燃起的烈火所制造的恐怖氛围中雷蒙德经历了心灵的净化。在这个故事中,可以感受到加纳作为一个女作家别样的胆识:她在小说中对女孩的尸体被火化过程的描述令人毛骨悚然。在她的笔下,这个怪诞的时刻充满了狂欢的色彩。

> 炉门"嘭"的一声被关上了。他像一个洋娃娃似的趔趄了一下,差点摔倒。两个焚尸工将他拽了起来,拉他坐到后面的椅子上。他那受到火烤的皮肤松了下来,变得汗津津的。两个工人仍然拉着他的肩膀。他耷拉着脑袋,陷在自己的幻觉之中,对其他一切视而不见。有音乐?有人在吹口哨,不成曲调,但是拖得很长。雷蒙德的眼前出现了金的鞋,系着漂亮的鞋带,双排铜的锁眼,她的手指动得飞快,将鞋带系好。一个男人的声音在哼歌,火苗在不停地往上蹿,他

---

[1] Helen Garner, *Cosmo Cosmolino*, Ringwood: McPhee Gribble, 1992, p44.

耳边手表在滴答滴答地响,时隐时现。①

卡罗琳·布利斯(Carolyn Bliss)在《今日世界文学》(*World Literature Today*)杂志上撰文评论道,"在这个故事中,现实主义与超现实主义天衣无缝地结合起来。"。

在最后一个故事"小天地中的大世界"里,前两个故事中的人物再次出场。第一个故事中的"我"就是第二个故事中雷蒙德的哥哥的前女友、记者简内特(Janet)。这个故事里,简内特在目睹了帕特里克的病死之后进一步理解了人活着的意义,决意从自己原本超脱了一切的精神生活中回归自然,回归世俗的生活。她那曾经熙熙攘攘的"甜豆楼"(Sweetpea Mansions)里如今已是空无一人,她意识到,她的未来就是孤孤单单地在这样一座空楼里度完余生。闯进她寂寞生活的是两位青年:一个是在"守夜"中见证了金的死亡之后得到净化和再生的、对生活不再抱有任何希望的工人雷蒙德;另一个是疯疯癫癫的、一天到晚乐呵呵的女工马可欣,她相信雷蒙德是一个天使,是上帝派来使她怀孕生圣子的,但是简内特对此完全不以为然。尽管他们本身都是对生活不再抱有任何希望的人,但是他们的到来却给"甜豆楼"带来了活力。愤世嫉俗的简内特从"甜豆楼"里走了出来,在雷蒙德和马可欣的影响下逐渐地改变自己。随着三人之间交流的增加,三人之间的关系也逐渐地转变。在绝望和孤独无助中他们生活在同一屋檐下,感受着同居室友的幸福。于是,怀疑一切的简内特与大大咧咧的马可欣以及痴迷宗教的雷蒙德一起等待着"转世天使"的到来。随着时间逝去,人们逐渐面临死亡,身体和心灵在等待的折磨中被净化。最终,简内特,故事中唯一的幸存者,"甜豆楼"的主人,也寂寞地死去。

在1992年《小天地中的大世界》出版的同时加纳撰写了一篇创作笔记,题为"梦、《圣经》与《小天地中的大世界》",其中透露了她写作该书过程中一些有趣的细节。她告诉读者,早在着手写作《小天地中的大世界》之前好几年,她就在一个梦境中想到过这个题目。那个梦境很离奇:

---

① Helen Garner, *Cosmo Cosmolino*, Ringwood: McPhee Gribble, 1992, p45.

在那个梦中,我的一个女友马上就要生孩子,我为她四处奔跑寻找医生。我跑啊,跑啊,可是怎么也跑不快,焦急得不得了:找不到医生,也找不到护士。我自己不得不为她接生。女友很镇静,一点也不慌张,她做好了产前的准备。"使劲往下蹲,使劲,"我叫道,脑子里浮现出农民耕地的情形。我将两个破旧的蓝色睡袋铺开,在房屋平台的玄关处又铺了一条毛巾。我摁住她的双肩以便她可以使劲。她真的非常镇静,也很放松。我在她蹲下来的地方放了一面镜子,只见她的阴道口已经露出来了一个婴儿的半个小脑袋,但是那个脑袋并不在继续往外动。于是,我像挤一个面部疱疹那样去挤她的阴道,"啪"的一声,婴儿的脑袋整个出来了,是个奇怪的光头,鼻子在呼吸着空气。婴儿的身体一下子滑到我的手中:突然之间,我们手中多了一个小宝宝,还用被子包着,那个小家伙长得很快,没过多久他就在地上爬着啃苹果了。我们将这个婴儿取名科兹莫(Cosmo 一词的音译,笔者注),又叫科兹莫里诺(Cosmolino 一词的音译)——世界,小小的世界。①

就是这样一个梦让海伦·加纳有了写作《小天地中的大世界》的冲动。写梦从来就是加纳所热爱的。早在她的第一部小说《毒瘾难戒》中,我们就曾经读到过很多梦境。她也曾告诉采访的记者自己经常被梦中的情景所吸引。在她看来,梦境是一种语言,一种诗的语言,它们很生动,又有些怪异,"我常常在床边放一个笔记本,梦醒之后就坐起来记下梦中的情景,在那种珍贵而又短暂的半梦半醒的状态中。"② 所以,加纳说,当她着手写作这本《小天地中的大世界》时,想做的一件事就是要找到将梦境融入写作的方法。

有一种写作风格我一直希望去尝试一下。这种风格是紧要的、

---

① Helen Garner, "Dreams, the Bible and *Cosmo Cosmolino*" in *True Stories: Selected Non-fiction*, Melbourne: Text Publishing, 1996, p120.
② Helen Garner, "Dreams, the Bible and *Cosmo Cosmolino*" in *True Stories: Selected Non-fiction*, Melbourne: Text Publishing, 1996, p121.

直接的、简单的,没有华丽的装饰,却富于想象力的,在句法和语法上又是没有什么错误的,结构优雅,词汇丰富,简洁但不枯燥,区分得体不显得挑剔或者卖弄,各种不同的用词显得游刃有余。

总之,那是一种我想要却没能达到的风格。①

在这里,加纳强调说,她特意说是将"梦""融入写作"而不是"融入故事"。她解释道,在故事里写一个梦是一件很简单的事情——也就是让一个人物做一个梦。但是,在《小天地中的大世界》里,她试图去做的是丰富故事的内容,超越她以前一贯的心理现实主义写作方式,而进入一个奇幻的世界,而那个世界仍然是今天这个世界的一部分。她要写一个悲惨得让人震惊的故事,所有这一切写起来都不那么简单。1992年,在接受采访时,加纳为自己的写作风格进行了辩护。她说,"有人认为这部小说写得比较花哨,有些华而不实,"但是,"有谁知道紫色意味着什么吗?"

>……那是与暗色相对应的一种色调。当你在写作的时候用一些很花哨的词句的时候,就被称之为紫色……有些我所尊重的人,他们提出,我这本书写得有些花哨。但是,他们尽管这样评论好了,我不会在意。如果这种写法给人以花哨的印象,那我要说这真是很爽,棒极了!很有趣!我在写这本书的时候比写其他任何作品的时候都要快乐。但是当你想写类似于忏悔或者涉及灵魂净化之类的主题时,你必须要寻找一种新的表达方式。我是说,对于你自己来说是一种新颖的表达方式。那些事情让我感到震惊,因此我必须要找一种新的语言去表达。我是说,当马可欣在最后飞走的场景,这是极其花哨的……我不会直接说"她站起身来,走了几步,然后飞走了"这样的描述对于马可欣变成天使的情节是最低的要求了。②

---

① Helen Garner, "Dreams, the Bible and *Cosmo Cosmolino*" in *True Stories: Selected Non-fiction*, Melbourne: Text Publishing, 1996, p122.
② Kerryn Goldsworthy, *Australian Writers: Helen Garner*, Melbourne: Oxford University Press, 1996, p63.

事实上,后来回忆起《小天地中的大世界》写作的时候,海伦·加纳认为作品多少还是有点花哨,有些矫情。她承认,写作时,她在遣词造句上下了很大的工夫,不断变换着句式,但是,它没有达到在梦中所长久期待的那种写作风格。这让她多少感觉有些遗憾。梦中,人们想象着天堂与地狱,向往着未知,惧怕着生老病死,就像惧怕地狱一样。重生的希冀也许隐藏在每个人的内心深处,正像埃莱娜·西苏(Hélène Cixous,1937—)在"从潜意识场景到历史场景"一文中所写的那样:

> 对我而言,写作的故事一如生活的故事,似乎总是首先始于地狱。最初是始于自我(ego)的地狱,始于我们内在的原始而悠远的混沌,始于我们年轻时曾与之搏斗过的黑暗力量,我们也正是从那里长大成人。不论这是座真实存在的地狱,抑或仅仅是潜意识中的地狱,从这地狱中浮现而出的,乃是天国。但是天国又是什么?描写和刻画地狱要容易得多,因为我们已经从但丁那里了解了地狱。地狱是不可理喻的,它可怖而神秘,同时给人一种你什么都不是、什么都不能控制的梦魇般的或疯狂的感觉。你无形、微末、无着无落、无可归属。你感到自己坏,甚至邪恶。我们的邪恶是那些打开了写作的空间的无数令人眩晕的主题之一。①

在《小天地中的大世界》中,加纳通过记忆和梦来构建"魔幻现实":"我"在别人的记忆中;精神在肉体成为灰烬时积淀;孤独的不是人,孤独的是心。一个人的死亡是一段历史的消逝,见证死亡是重生的前奏。通过将三个故事衔接起来,加纳让她的主人公穿越了死亡,重生后得到了她的爱情,实现了生命的奇迹。

---

① 张京媛,《当代女性主义文学批评》,北京:北京大学出版社,1992年,第221页。

第五节 《空余的房间》(2008):女人优雅至死

1992 年出版了《小天地中的大世界》之后,海伦·加纳就没有再出版过小说,直到 2008 年《空余的房间》让人们再次记起了她的小说家身份。其间,足足十五年的时间,加纳除了写了几个短篇故事以外,将全部的写作热情投入到非小说的写作中,她似乎再也不会回到小说读者的视野中。就在 2006 年的阿德莱德(Adelaide)读书节上,她接受记者的采访时被问到是否会重新写小说,她的回答还是充满了不确定性。"我正徘徊在十字路口,"她说,"我不知道自己应该写小说还是非小说。"

2008 年初,《空余的房间》刚刚出了校样稿,笔者有幸在这本新书真正与读者见面之前就拜读了。在对加纳采访时,笔者问起是什么促使她又重新写小说了,加纳的回答让人颇为吃惊。她说:我其实一直都没有停止写小说,我一直都在写故事。她特别解释说:起初,我想将这本书中的故事以非小说的形式来呈现,我开了个头之后发现写这个故事必须是小说的形式。那么,在加纳看来,小说和非小说到底有怎样的差别呢?她是更愿意写小说还是更愿意写非小说呢?从她过去三十年的创作来看,恰好是前十五年写小说,而后十五年写非小说,在现在这个时间重又转向小说创作似乎也是有某种必然。总的说来,加纳不是一个乐意以写作为职业的人,而是一个以写作为乐趣的人。在她看来,职业是没有多少乐趣而言的,因为职业只是生存的必要手段。"我不想用'职业'一词来形容我的写作生活。'职业'只能被别人用来形容你的工作。'职业'所隐含的意思是速度和确定性,一种均衡的力量,就像从远处观看彗星的运行轨线一样。"① 以写作为职业意味着要靠卖字来养活自己和家人,所以要多写而且不间断地写以便赚得更多的钱来养家糊口,这便是"速度和确定性",这样,写作自然就有些无奈,也就失去了一些乐趣。所以,加纳并没有将

---

① Helen Garner, "On Turning Fifty" in *True Stories: Selected Non-fiction*, Melbourne: Text Publishing, 1996, p139.

写作当作一份职业去做,她只是完全凭着自己的兴趣,写写停停,不介意速度,忽略任何确定性。有的时候,她一年写一本书;另一些时候,她两三年才写一本书;还有的时候,她一连几年里什么都不写。有的时候,她写小说;而另一些时候,她可能就写散文、随笔或是新闻报道之类。总之,她不会为了成为某种形式的写作专家而刻意地去限制自己的写作兴趣,她以一种觉得有意思就写,没有意思就不写的心态尝试着各种写作形式,虽然在三十年的时间里只写作了十来本小说和非小说,而且每本书中的故事都不算宏大,但是每本书的主题和形式都不雷同。与一些多产作家相比,她的产量是微不足道的,因为她不追求速度,经常在一部作品出版与另一部作品问世之间留有"空白"。有的评论家警告加纳,在一个职业作家的生涯中时常留下空白是"危险"的,但是,加纳却并不以为然。她说,"那种从不停顿的、还经常回头听听别人的脚步声的、跑步机式的工作习惯即便不让我厌烦透顶,也完全与我不相干。"① "我想,"她说,"如果在我所谓的作家职业生涯中留有空白,原因只有一个,那就是我真的没有什么故事可写。"永远不勉强自己,永远随着自己的心愿做自己想做的事,这就是海伦·加纳的特质。她认为,写作风格可以是褒义也可以是贬义,因为,既然你有这种风格可能意味着你不会以另外的方式去写作。所以,她会"厌倦自己的风格"②,她会学习一些新的东西,并且谋求改变。她说,

> 职业的概念还忽略了一点,这一点是写作生活教给我的:你写了一本小说以后,你就认为,好,我现在能写小说了。其实你错了。你发现你知道怎样写那本小说了,但是,你琢磨出来的写那本小说的方法并不一定就能帮助你完成下一步小说。每一本新书要求你用一种新的方法。你必须每时每刻都要学习一些新的东西,当你学到了一种新的方法,你会教会你自己更多。③

---

① Helen Garner, "On Turning Fifty" in *True Stories: Selected Non-fiction*, Melbourne: Text Publishing, 1996, p139.
② Helen Garner, "On Turning Fifty" in *True Stories: Selected Non-fiction*, Melbourne: Text Publishing, 1996, p140.
③ Helen Garner, "On Turning Fifty" in *True Stories: Selected Non-fiction*, Melbourne: Text Publishing, 1996, p140.

也许正像十五年前她转向非小说写作时是因为她厌倦了自己的风格一样,十五年后她再次转向小说写作也不能排除这个因素:毕竟十五年没有出版过小说了,再回到创作小说的生活中还是有很多乐趣的。尽管"写小说要比写新闻寂寞一些,"① 但是,小说的形式,毫无疑问,赋予作者更大、更多的创作和想象的空间。"在非小说中,作者与读者之间的契约关系与小说里不一样。小说读者希望在小说中看到一个与现实世界并列的另一个新世界,读者可以沉浸在那个虚拟的世界里,忘记自己所处的真实世界。作为一个非小说的作者,在写作故事中的人和事时必须机智地在事实和诚实之间找到平衡。你既有责任去呈现事实,你也有义务将你所不能发现的事实说清楚,不要造成误解,不要给当事人带来的痛苦。"②所以,写作非小说并不比写作小说来得容易,在非小说中你受制于很多规范和规则,不能自由地去发掘那些涉及道德的、审美的、现实的深度。而小说则不必顾忌这些,只要在开篇写上这样一句便卸掉了所有的包袱:本故事纯属虚构,情节如有雷同,实属巧合。但是,加纳的创作从一开始就是一种杂糅:在小说中有她的自传和日记,在非小说中又有一些人物的虚构以及场景的想象。可以说,加纳的书写是一种介于小说与非小说之间的书写,关于这一点,后文中将以专门的章节来讨论。在加纳 2001 年出版的非小说作品《钢铁的感觉》中有一篇题为"戴绿色斗篷的女人"("Woman in a Green Mantle")的文章,加纳在其中写道,"小说与非小说之间的界限以及审美与技术之间的区分正在消解,这种消解让人感到有些危险,但是更让人兴奋。我想,至少目前看来,人们越来越觉得读小说是一种体面和荣耀。"③ 这也许帮助我们明白为什么在停止写作小说十五年之后,加纳又转向了小说写作。

《空余的房间》是海伦·加纳最近十五年里的第一本小说,一本只有

---

① Helen Garner, "The Art of the Dumb Question" in *True Stories: Selected Nonfiction*, Melbourne: Text Publishing, 1996, p10.
② Helen Garner, "The Art of the Dumb Question" in *True Stories: Selected Nonfiction*, Melbourne: Text Publishing, 1996, p6.
③ Helen Garner, "Woman in a Green Mantle" in *The Feel of Steel*, Sydney: Picador, 2001, p42.

195页的中篇小说,一个以两个老年女人为主人公的、反映她们两人面对衰老和死亡时的不同心态的故事。但是,就是这样一个简单的故事将海伦·加纳再次推上了小说家的领奖台,2008年,这部小说同时获得了"昆士兰总理文学奖"(Queensland Premier's Literary Award)和"维多利亚总理文学奖"(Victorian Premier's Literary Award)。这部十五年后的第一本小说出版之后引起如此的关注似乎有点出人意表。但是,仔细想想也在情理之中。尽管十五年间,加纳没有出版过小说,但是,她并没有停止过写作,而且她的非小说作品一直牵引着读者的视线,她的小说家身份一直让人们期待着她的下一部小说。所以,当《空余的房间》以海伦·加纳"十五年里的第一部小说"推向市场时,它便立刻赢得了众多的读者,评论家们也对她的转向表现出好奇、支持或者质疑,引起了对《空余的房间》的热议。它不仅被澳大利亚著名作家彼得·凯里称为"一部杰出的作品"①,更赢得了其他众多评论家的赞誉。澳大利亚著名评论家杰弗里·莱曼(Geoffrey Lehmann)在2008年3月29日的《周末澳大利亚人》(Weekend Australian)报纸上发表了题为"讲述人与死亡抗争的现实"一文。在文章的最后,他呼吁读者去阅读《空余的房间》,称它为"一本比非小说更为真实的小说。"② 而另一位澳大利亚评论家罗伯特·德塞克斯(Robert Dessaix)则于同年四月在澳大利亚著名的杂志《月刊》(The Monthly)上撰文称《空余的房间》是一本"具有平静的破坏性的书"。他指出,这本书探讨人的衰老、女性的友谊以及人如何面对死亡等主题,"朴实中蕴藏着壮丽的优雅"。③

　　海伦·加纳自己则称《空余的房间》里的故事"掺杂着我们自己的生活和别人的生活。那些事情我们自己半夜里会想起,也在别人的日记里有出现过。"她故意地将小说中的叙事人的名字叫做"海伦",而那个海伦的个人经历也与生活中的海伦·加纳很相似:离过三次婚,住在墨尔本郊区与女儿家相邻,小孙女时常从隔壁来她家与她做伴。所以,有人质疑

---

① Helen Garner, *The Spare Room*, Melbourne: Text Publishing, 2008, the back cover.
② Geoffrey Lehmann, "Human Truths Revealed in Tale of Fight against Mortality," *Weekend Australian*, Saturday, 29/3/2008.
③ Robert Dessaix, "Kitchen-Table Candom", *The Monthly*, April 2008, p58.

《空余的房间》到底是小说还是非小说？甚至有人很确定地说，这个海伦的故事就是海伦·加纳自己的故事。海伦·加纳并不否认《空余的房间》里有她自己和她朋友的影子。2007年笔者采访加纳时曾问她是不是故意地将小说中的叙事人叫做海伦，而那个海伦的身上是不是有她自己的影子，她都给了肯定的回答。但是，她强调说，尼古拉是生活中很多人的合成，"她的身上集聚了我生命中很多人的影子，如我的朋友，我的妹妹，还有我的母亲。当一个人面对衰老和死亡时会有怎样的表现？我现在无法想象要是我在尼古拉的那种境地我会怎么办。其实我们永远都无法设身处地。"在《空余的房间》里，虽然两个女人都已年过花甲，但是她们的人生态度却有很大差别。加纳将海伦塑造成一个善良并善解人意但是却现实并怀疑一切的主观性极强的女人，而尼古拉却是一个浪漫而富于幻想的、轻信而乐观的女人。她们的共同点在于她们爱生活，爱人生，爱身边的人，虽然没有男人的呵护和帮助，她们并不感到生活中有缺憾，在历经磨难之后仍然保持着乐观和信心，她们内心的坚强让人觉得不可思议。海伦和尼古拉之间有着深厚的友情，但是她们之间也有许多冲突，特别是对于尼古拉的盲目乐观，海伦几乎到了痛恨的境地：

> 我必须赶在凌晨两点之前睡觉，否则，各种稀奇古怪的思绪会来侵扰我使我无法入睡。我会想到旱灾，想到难民营，想到即将毁灭的星球，还有那些隐藏在我心底里的各种缺点，甚至卑贱的念头全都冒出来了。①

在加纳写出海伦所有这些"卑贱的念头"时，海伦竟然更为真实、靠谱了，所以帕米拉·波恩(Pamela Bone)写道："我并不觉得加纳将她的人物写得很卑贱。"

从1992年到2007年的十五年间，加纳一直以一种文学性新闻的形式写现实生活中的真实故事，她的非小说作品兼有文学和新闻的特点，也成为加纳的写作特色。这种文学性新闻文体形式突破了固有的文学或者新闻写作的框架，成为一种既具文学特色又兼有新闻特点的或者说非文

---

① Pamela Bone, "Unsentimental dedication", *Australian*, Wednesday 2/4/2008.

学非新闻的边缘创作方式，为作者，特别是加纳这样的女性主义作者，提供了更多的写作想象的自由空间。虽然这种写作方式从一开始就使她受到了很多的批评，但是她依然乐此不疲地写了十五年。《空余的房间》与读者见面后遭遇到的第一个质疑就是这本书到底是小说还是非小说。大概由于人们对加纳的小说家身份有些淡忘的缘故，不少读者还是将《空余的房间》看作一部非小说，认为书中关于海伦和尼古拉的故事就是生活中海伦·加纳和她的朋友的故事，尽管出版商在校样稿上赫然印上了"小说"的字样，并在内里还加上了一句说明："《空余的房间》是一部小说，书中人物如与现实生活中有雷同，无论是活着的还是死去的，纯属偶然。"后来正式出版时，出版商虽然去掉了封面上的"小说"二字，但是保留了书里的说明。其实，就加纳的写作风格而言，她将小说和非小说两种形式杂糅在一起以至于让人搞不清到底是小说还是非小说，或者说作品中既有小说的想象，又有非小说的真实，这是她创作中最为拿手的地方，也是真正体现了她的成功之处：艺术源于生活，并且高于生活。在《空余的房间》里，她将叙事人就叫做海伦，而这个海伦的个人经历与作者海伦有很多相同：经历过三次失败婚姻之后独自居住在女儿家隔壁。这是加纳的构思和设计。

《空余的房间》是关于两个女人的故事：海伦和尼古拉。在故事开始之前，加纳在扉页上引用了伊丽莎白·乔利的一句话："为别人提供一个过夜的地方是一种优待。"不错，你如果健康并富足得能够给别人一个睡觉的地方，那么你是比别人优越的，你应该知足。故事以海伦为尼古拉准备房间开始。尼古拉罹患了不治之症肠癌，她要从悉尼来到墨尔本接受一种治疗，据说那种治疗方法很特别，最终会治愈她的病。但是，一个晚期癌症病人到底有多大的治愈希望呢？在咨询心理医生的时候，海伦得到的答复是："告诉她将不久于人世。"然而，作为尼古拉的朋友，海伦还是将信将疑地、带着希望和失望交错的复杂心情为尼古拉准备了家里空余的房间。治疗要持续三周的时间，在尼古拉到来之前，海伦已经设想了去面对一个晚期癌症病人的种种可能，但是，当海伦在机场见到尼古拉时还是被她那被病魔折磨得变了形的样子惊呆了。她步履蹒跚，憔悴不堪，看上去就是"一个满脸皱纹的丑老太婆"。[1] 海伦和尼古拉都是六十多岁

---

[1] Helen Garner, *The Spare Room*, Melbourne: Text Publishing, 2008, p11.

的女人。女人到了这个年龄连偶然照一下镜子的勇气都没有,即便是你看上去身体很好,也已经意识到生命并不可能在前面无限延伸。当你迈进六十岁的门槛,这种衰老无法抗拒的意识会十分强烈。所以,当衰老和疾病同时降临到一个人的身上,她所承受的压力有多大便可以想象。而这种不幸就已经降临到尼古拉的身上。海伦此时开始意识到在接下来的三个星期里,她将面临着怎样重大的责任。将尼古拉带到家里之后,海伦帮她脱掉破旧的毛线外套,换掉破了洞的内衣,让她躺在床上,给她将被子掖好,以便使她温暖。尼古拉带来为数不多的几件衣服——一件短的毛线外套,一件褪了色的粉红色法兰绒睡衣,一件亚麻的T恤——都曾经拥有华丽的贵族气,曾经彰显主人的高贵血统和艺术家的另类个性。但是,现在,"所有的衣服都肮脏不堪,好像被丢弃了很久,衣服上破了很多洞,像是难民的物品。""没有人关心照顾她。她已经被遗忘了。"① 这就是一个老年人的生活现状,一个难以置信却又是实实在在的现状。海伦因而有些愤怒,但是,更让她愤怒的是尼古拉自己:在一个被人遗忘的悲惨世界里尼古拉还在做着不切实际的梦,幻想着奇迹的出现,表现出令人难以接受的乐观。

　　在随后的三个星期里,海伦与尼古拉之间展开了一场关于信念的激战。在来墨尔本之前,为了配合医生治疗,尼古拉已经拔掉了几颗牙,因为医生告诉她癌细胞可能就是她牙里的填充物所滋生的。在墨尔本,尼古拉所接受的一种药物治疗据说可以将折磨她的癌细胞从她的体内赶走,并让她在一两周之内"完全恢复健康"。海伦本能地意识到这种所谓的新方法治疗可能是骗人的把戏,但是尼古拉对此却坚信不疑。每天,海伦陪同尼古拉去医院治疗时,她便在一边听希尔度(Theodore)医生讲解着癌症的起因,一边在心里质疑这位希尔度医生真正的医学水平。一天,她听希尔度医生说,如果癌症病人遭遇雷击而幸存下来,那么她身上的癌细胞就会萎缩并且最终消失。海伦听着便愣在那里了。她转身看看周围的人,他们一个个都听得特别认真。当希尔度医生说,"压力是癌症的最大诱因"时,海伦心想,这种解释已经为众人所知了,没有什么新奇的,但是也没有证据证明压力就是癌症的诱因。就是面对这样一个医生,尼古

---

① Helen Garner, *The Spare Room*, Melbourne: Text Publishing, 2008, p14.

拉还是信心满满。她嘲笑海伦的怀疑态度,并坚信大量注射维生素 C 给她的身体所带来的伤害只是摧毁了肿瘤并将它们从体内驱逐出去。然而,那种治疗都是用的些什么药物啊? 芦荟油,咖啡因灌肠剂,杏仁,中国茶,臭氧桑拿浴等等。尼古拉问护士:"臭氧有什么用呢?"护士回答:"杀癌细胞。"尼古拉答应道:"哦。是的。"护士说:"还有维生素 C。它们都能将癌细胞从你的身体里抽出来。"

因为尼古拉的病情本身就已经十分严重,在治疗的过程中,她忍受了极大的痛苦。她虚弱的身子已经经不起那样的折腾,每次治疗之后,尼古拉总是浑身瑟瑟发抖,几乎崩溃。尼古拉对护士和医生的话言听计从。海伦带她回家后给她洗澡,替她冲热水袋,给她换掉弄湿了的床单,洗了一批又一批的床单和衣服,还要骑车到店里去给她买柠檬水,为她做蔬菜汤。但是,尼古拉却始终痛苦地微笑着问海伦:亲爱的,我不久就会康复的,是吧? 海伦是圣人吗? 不是。很多时候她心里都很生气。尼古拉不相信她会死,不肯吃止痛药。有一天,海伦对她吼道:每个人都很难过,每个人都很害怕。你也是,但是你不承认。你戴着面具,却把你的屎盆扣到我头上。我受够了。我压抑得喘不过气来。在几个星期的争执之后,海伦对尼古拉那听起来很好听而又带有些嘲笑的笑声不再感到奇怪了,只是感到疲惫和冷酷。确实,尼古拉在痛苦的忍受中变得很怪异。忍受痛苦并不能使人变得高尚起来,照顾忍受着痛苦的人也不能使人高尚。除了几个像特蕾莎圣母(Mother Teresa of Calcutta)那样的人以外,多数照顾别人的人到最后都会讨厌那些受着病痛折磨的人。所以,我们知道会有这样的结局,因为控制着自己而不使得这样的事情发生。海伦说:"我的家里到处都有一种死亡的气息。"

死亡是无法拒绝的。死也是体面的。面临死亡,人的心里充满了疯狂。它将人原本所有的美德已经完全过滤掉了。它在人与人之间的友谊中注射了毒素,使得爱受到了嘲弄。但是,人为什么必须接受死亡的现实呢? 死亡并不在乎你是不是接受,你即便不接受,该来的那一天还是会来的。"因为我不能等待死亡,它便好心地停下来等我。"这是艾米丽·狄金森(Emily Dickinson, 1830 – 1886)的观察,死亡随时随地恭候在我们身边,无论你愿意还是不愿意,死亡总有降临的那一天。但是,有些人就是不肯面对现实。他们要战斗到最后一息。这是一种人生态度,一种生存方式。尼古拉是那种到死都不会相信死已经来临的女人,那种死到临头仍要保持体面和优雅的女人。她越是淡定,则让海伦越发愤怒,进而让海伦越发自责。老年的加纳完全从当年《毒瘾难戒》中的嬉皮士形象中脱胎换骨,成为一个传统的老祖母。《空余的房间》中的海伦如果就是写《毒瘾难戒》的海伦的话,在《空余的房间》里,她完全脱离了那自我的一代。相反,她是属于那种关心他人的人,她要将衣服一件件夹在晾衣绳上,她要将枕头套一个个熨平,什么时候做汤,什么时候给花瓶里的花换水,什么时候让孩子们上床睡觉,一切都有严格的时间规定。

2008 至 2009 年,《空余的房间》获得了多个文学奖项:2008 年度昆士兰总理文学奖、维多利亚总理文学奖、旺斯·帕莫奖(Vance Palmer Prize for fiction)、2009 年度芭芭拉·杰弗里斯奖(Barbara Jefferis Award)。彼得·凯里认为,《空余的房间》是"一部完美的小说,一部具有加纳特质的小说:文字清新优雅,在简短的对话中隐藏着多种含义。她怎么能够让一个令人伤心欲绝的故事变得令人可以忍受,甚至还有些愉悦和滑稽?没有其他的回答,我们只能承认:海伦·加纳是一个了不起的作家;而《空余的房间》是一部杰出的作品"[①]。尼尔·穆克吉(Neel Mukherjee)在《泰晤士报文学副刊》上则撰文评论道:"只有伟大的作品才会使得我们重新设定我们的道德规范,重新审视我们的价值观。《空余的房间》达到了这个境界。"

[①] Helen Garner, *The Spare Room*, Melbourne: Text Publishing, 2008, the back cover.

第三章

海伦·加纳的非小说创作

第一节 概述

1992年,海伦·加纳出版了小说《小天地中的大世界》之后几乎停止了小说创作,虽然偶有小故事发表,但是直到2008年才又出版了小说《空余的房间》。从1993年到2008年的15年里,加纳从小说转向了非小说,从虚构作品创作转向了非虚构作品写作或者在虚构与非虚构之间写作。1995年,海伦·加纳出版了她的第一部非小说作品《第一块石头——关于性和权力的几个问题》。作品以1991年底发生在墨尔本大学的一起两位法律专业的女生指控她们的院长性骚扰的案件为主要内容,借助文学的表现手法,从后女性主义的立场对这起案件进行了个人化和主观性的评述。1995年3月该书出版后不久便引起了关注,并随即引发了一场媒体大战。许多著名的女性主义学者卷入其中,在各大主流报刊及电台发表评论,表达对海伦·加纳的支持、质疑或者批判,形成澳大利亚女性主义史上"一个有特殊意义的时刻"。《第一块石头》也几乎创下了澳大利亚非小说作品的销售量之最:该书出版后的第一个月售出了3万册,到1996年6月,共售出了7万册。詹妮·摩根(Jenny Morgan)写道:"就当时的情形看来,似乎所有的人都在读《第一块石头》,所有的人都在谈论这本书。"① 在《第一块石头》激起人们对于海伦·加纳的阅读、议论和研究兴趣之后,1996年,加纳出版了《真实故事》一书,袒露了自己的创作经历和发生在她生活中的写作背后的故事,进一步激发了人们了解这位作家的好奇心。2001年,她的另一部散文集《钢铁的感觉》再次以她的坦诚感动了读者,她几乎是毫无保留地向读者讲述了她生活中每一个挫折所给予她的伤痛。如果说《真实故事》和《钢铁的感觉》两本非小说的内容都聚焦于加纳的创作随感和生活感悟,2004年,她的《乔·琴科的安慰》

---

① Jenny Morgan, "Priggish, Pitiless, and Punitive or Proud, Passionate, and Purposeful? Dichotomies, Sexual Harassment, and 'Victim-Feminism'", *Canadian Journal of Women and the Law*, Volume 17, Number 1, 2005, p220.

则再次让人们想起了十年前的《第一块石头》,再次勾起人们对于她的女性主义态度的质疑,再次让人们诘问:在两性关系中,到底男性是受害者还是女性是受害者?从《毒瘾难戒》到《第一块石头》,再到《乔·琴科的安慰》,海伦·加纳的女性主义立场有所转变,反映了加纳从越界到超然,从激进到宽容,从突围到反思的女性主义觉醒过程。

《第一块石头》中所写的事件以及加纳看待这个事件的角度对于澳大利亚女性主义影响极大。《第一块石头》中的"性骚扰"案件其实没有太多特别之处。1991年底,在墨尔本大学奥蒙德学院举行的一次毕业生晚会之后,两位女生向校方反映她们在晚会上受到了她们院长的骚扰。一位女生指控说,那位院长在和她跳舞的时候两次挤靠她的乳房;另一位女生则叙述说,院长将她带到他的办公室,锁上了门,向她坦言自己的"非分"之想,并一边赞扬她的美貌,一边触摸她的身体,并要吻她。大约三个月后,学院成立了一个三人委员会来调查处理此事。委员会最终认定:女生们的指控是事实,但是考虑到被指控者有改过的诚意,所以学校决定给他重新做人的机会。两位女生不满这样的处理结果。1992年4月,她们向警方报了案。同年8月,法院在立案调查审理之后,因为不能做到"毫无疑问"而将她们的申诉驳回,被告无罪释放。虽然最终被告被宣判无罪,但是他却因此身败名裂,不得不辞职离开了墨尔本大学,失去了他原有的平静、安逸、体面的生活。

《第一块石头》引起关注和争论的焦点不在于事件本身,而在于海伦·加纳的女性主义立场。事实上,早在《第一块石头》出版之前,加纳的女性主义观点就已经受到关注。她于1992年9月在《时代》上最初读到有关这起性骚扰案的报道。她的第一反应是对两位女生的做法表示"震惊",而对被指控的男教师深表同情。她立即给被指控的老师写了一封信(尽管她与那位男教师素不相识),表达了她对他的处境感到不安,担心两位女生的"无情"不只是"让他吃了点苦头",更可能"毁掉他的一生"。① 她的信很快在墨尔本大学校园传开,如同在平静的水面上投掷了

---

① Jenny Morgan, "Priggish, Pitiless, and Punitive or Proud, Passionate, and Purposeful? Dichotomies, Sexual Harassment, and 'Victim-Feminism'", *Canadian Journal of Women and the Law*, Volume 17, Number 1, 2005, p220.

一块石头,议论接踵而至。这也很可能是后来她将这本书取名为《第一块石头》的原因之一。为了进一步表明自己的女性主义立场,加纳开始奔波于墨尔本的大街小巷,采访各个与此案相关及不相关的人,收集报刊评论文章,最终于1995年3月出版了《第一块石头》,并由此引出了关于女性主义理论中性与权力关系的大讨论。加纳在《第一块石头》中阐述事件的视角与形式是使得这本书影响深远的关键:它是加纳反思并挑战传统女性主义性与权力的关系、建构后女性主义性与权力的新话语的第一块石头,也是加纳在虚构与非虚构之间书写、进行"虚构批评式"女性主义写作的第一块石头,这两者的融合形成加纳独特的写作风格,从而成为她对当代女性主义写作的贡献。

围绕着《第一块石头》的讨论与争论让加纳感受到了压力。1996年,她出版《真实故事》一书时,将"《第一块石头》的命运"("The Fate of The First Stone")一文收入其中,详细介绍了她写作《第一块石头》一书的立场和主题。"我的本意并不是抨击女性主义。"她在文中写道,"这本书引起这么大的骚动,清晰地却又是令人悲哀地表明,曾经清新而又充满活力的女性主义,已经变得与其他各种政治理论难以区分了。女性主义理论有一种被钙化的趋势,它正在变得狭隘、僵死。"① 其实,在《真实故事》中,加纳为读者进一步了解她提供了途径。《真实故事》中记录了加纳从童年到成名之后,生活以及写作过程中所经历的一些事件,她的成长经历,她的家庭生活,她所遭遇的生活中的风波,她对生活的梦想、期待与感悟,她从事写作的前因后果等等。《真实故事》中收集了海伦·加纳从1972年至1995年间所写作的散文作品共31篇,除了以"无声提问的艺术"为题的"出版前言"外,其他29篇分为五个部分:序言:迪尔瑞普先生("Mr. Tiarapu");第一部分:剪贴相册;第二部分:为晚餐歌唱("Sing for Your Supper");第三部分:紫色外套("The Violet Jacket");第四部分:巡航("Cruising")。全书以"无声提问的艺术"开始,以"彭里斯市的产房"("Labour Ward, Penrith")结束,预示着加纳对于未来以及新生的渴望。虽然不是一本完整的自传,但加纳用几乎精美的语言所描写的生活故事

---

① Helen Garner, "The Fate of *The First Stone*" in *True Stories: Selected Non-fiction*, Melbourne: Text Publishing, 1996, p172.

以及用幽默的语调所传达的淡然处世态度,读来还是让人深受感动,对更准确地把握海伦·加纳作品的主题很有帮助。

2001年,加纳的第二本非小说作品选出版,定名为《钢铁的感觉》,进一步证明了加纳在非小说作品写作方面的才华。专辑中的文章基本上是围绕着"家"而展开,特别是记述了加纳在第二次婚姻结束之后回到墨尔本的心情。第一部分写她的情感危机触发了她对语言和写作的反思。在"戴绿斗篷的女人"一文中,加纳写一种心碎得难以言表的感觉,寻求诗歌中的安慰;在"塔中记事"("Tower Diary")一文中,加纳写出了一系列因婚姻破裂而带来的忧伤;"忧伤无语"("Sighs Too Deep for Words")一文中写她读了各种版本的《圣经》,在故事与诗歌之中寻找慰藉。全书临近结尾时,加纳已经远离了忧伤,因此最后一个故事描写了一个现代的婚礼。《钢铁的感觉》是一本包括31篇短文的散文集,记录了加纳在1996年已经54岁时结束了第三次婚姻后愤怒忧伤、孤独无助的复杂心情以及作为祖母级老年女人对生活的期盼。其中的多篇散文在结集出版之前已经在一些报刊上发表过,如《热度》(Heat)、《时代》、《悉尼晨报·周末版》(The Sydney Morning Herald's Good Weekend)、文选集《澳大利亚优秀文集》(Best Australian Essays),以及女性杂志《房子与花园》(House & Garden)和《妇女周刊》(Women's Weekly)等,曾经受到读者的广泛关注。在《钢铁的感觉》一书的封面及封底,摘登了一些令人印象深刻的评论,使得我们在细读全书之前便对书中的内容和写作风格有了初步的认识。《每日电讯报》(Daily Telegraph)评论说:"在第三次婚姻结束之后,加纳的写作中弥漫着一种忧伤的怀旧情绪";而《读书》(Good Reading)杂志认为,加纳在《钢铁的感觉》里"对人的那些悖理行为的观察像针一样尖锐";《公告》(Bulletin)则撰文指出,《钢铁的感觉》让读者看到加纳是融合小说与非小说界限的"能手";而《悉尼晨报》则称"加纳是真品";玛丽·克莱尔(Marie Claire)评论说,在加纳"简洁但却令人难以忘怀的散文中充满了激情、幽默与奇思妙想"[1]。

2004年,《乔·琴科的安慰》出版。这一次,她戏剧化地演绎了乔·琴科(Joe Cinque)一案的发生、发展与结局。尽管故事与《第一块石头》

---

[1] Helen Garner, *The Feel of Steel*, Sydney:Picador, 2001, the cover page.

有些类似,正像加纳自己所发现的那样,但是加纳的表达方式发生了一些微妙的变化,因此,这本书出版之后很受欢迎。乔·琴科一案发生在1997年。乔·琴科是一位26岁的堪培拉工程师,他的女友阿奴·辛格(Anu Singh)是一个25岁的印度裔姑娘,澳大利亚国立大学法律系的学生。1997年10月的一个星期日,阿奴·辛格和她的女友麦德哈维·劳(Madhavi Rao)在乔的住处为乔精心设计了一场人生的告别晚宴。参加晚宴的都是阿奴的大学同学。晚宴结束之后待客人散尽,阿奴乘她的男友不备,在他的饮料杯中加入了过量的安眠药,并乘他昏睡之际给他注射了海洛因。直至第二天凌晨,阿奴看到男友已经不省人事,惊恐之中,她拨通了求救电话。但是一切为时已晚。乔·琴科死了,不明不白地结束了他年仅26岁的生命。1999年,乔的父母指控阿奴谋杀,将她告上了法庭。在经过两个多月的审理之后,法庭最终认定阿奴是过失杀人,判十年监禁。但是,阿奴只在狱中呆了四年便被提前释放。在狱中,她还攻读了法律学士学位和犯罪学硕士学位。阿奴的同谋、她的女友麦德哈维被免于起诉,如今生活在国外。这起案件让人觉得十分匪夷所思。人们不敢相信一个法律系的女生如何会涉嫌谋杀,一个文弱的女孩怎么会杀死她忠诚的男友。但是,这一切都是事实。而且,在参加晚宴的同学中,一些人在晚宴之前就已经听到了关于这个"谋杀计划"的传言。但是没有一个人给乔·琴科提出警告。于是,一切按照预定的计划发生。

为了写作《乔·琴科的安慰》,加纳用了五年的时间去调查案件的真相、了解当事人家人的想法。加纳于2002年开始写作该书,2004年出版。加纳坦言,当时她愿意投入那么多的时间和精力去做这件事,一个直接的原因是她的第三次婚姻刚刚结束,她正处于一种极度混乱的孤独情绪之中。[1]

> 现在我知道当时我决定去堪培拉是因为我的婚姻让我感到羞耻和愤怒。我想去见见那些被指控谋杀的女人。我要注视她们,听她

---

[1] Suzanne Eggins, "Real Stories: Ethics and Narrative in Helen Garner's *Joe Cinque's Consolation*", *Southerly: A Review of Australian Literature*, 65:1, 2005, p122.

们说话,看她们的体形和动作,凝视她们脸上的表情。我需要发现她们与我本人是否有什么不一样的地方:我是否能够永远按捺住自己内心深处那股报复和惩罚的力量,就像每个人心底里都有的那股力量——那种野性,每个人都将它牢牢地锁在笼中,只让它在梦境和幻想中释放。[1]

在南悉尼斯坦顿图书馆(The Stanton Library)举行的该书发行仪式上,加纳开玩笑地说,我同情杀了男人的女人。[2] 但是,在《乔·琴科的安慰》中这个玩笑并没有真正地兑现。虽然她是抱着同情女人的心理去关注这个案件的,但是在听完案件的审理之后,加纳的同情心却转向了那个死去的男青年,完全改变了她原来的初衷。正像书名所暗示的那样,加纳试图通过该书重新找回乔·琴科的生活,安慰他悲伤的朋友和家人,同时也帮助加纳本人走出离婚的阴影和因离婚所困扰着自己的愤怒而又忧伤的情绪。就这样,在《乔·琴科的安慰》中,加纳再一次颠覆了传统男女主体关系,在虚构和非虚构之间,她毫不掩饰地表达了自己对"荡妇"的厌恶和对男性受害者的同情,并对法律与公正、人与人之间的相互责任等更为复杂的社会问题进行了探讨。

加纳在这种文学与新闻糅合而成的"创造性非虚构作品"的创作中表现出极强的驾驭能力。这种"创造性非虚构"也称作"文学性新闻"、"新新闻"或者"叙事新闻",指在事实的素材中增加了许多文学的元素和文学的技巧,使得叙事更具戏剧性,更富吸引力,有更强的感染力。传统新闻写作要求作者不偏不倚、冷静客观;而受后现代理论的影响的新新闻则主张给读者提供更大的想象的空间,提出更多的可能性。加纳说,在写作非小说作品时你受到很多限制,即便你使用很多的小说技巧。所谓创造性,并不是说我要发明新东西,而是指我作品中的主题、人物和素材等等要有独创性。但是所有这一切都受到限制。非小说作品的写作要遵守很多的契约,其中包括作者和读者之间的契约,以及作者和她所写的人物

---

[1] Helen Garner, *Joe Cinque's Consolation*, Sydney: Picador, 2004, p25.
[2] Suzanne Eggins, "Real Stories: Ethics and Narrative in Helen Garner's *Joe Cinque's Consolation*", *Southerly: A Review of Australian Literature*, 65:1, 2005, p122.

之间的约定。事实上,在写作非小说作品时,你必须清楚哪些是事实,哪些是思考。加纳说,你无法编造对话,你可以说"不知道他是不是说过这样的话"或者"她或许这样想过",但是你不能说"他正在想"或者"她确实这么说了"。① 加纳所追求的一种非虚构是揭开事实中的许多可能性。当阿奴·辛格的父亲问她想写一本什么样的书时,加纳回答:

> "我想做的是,"我回答,自己也感到十分吃惊,因为直到那时我都没有明明白白地说过,甚至也没有那么想过,"我想做的就是将我的想象力放到最大,让所有的事实与你对整个事件的看法以及对乔·琴科一家的看法完全分开。"②

当被问及这个目的是否达到时,加纳给了否定的回答,她摆出了她所遇到的两个问题,第一个问题是阿奴·辛格和麦德哈维都没有接受她的采访,第二个问题是从一开始她就倾向于同情琴科一家。加纳说:"我想面对那种巨大的悲痛没有人能够无动于衷。"加纳对事实的承诺与所谓作家的责任就是揭开事实的真相的说法并不完全等同。通过叙事方法,加纳给读者提供了"奇异的戏剧现场",给读者一个完整的社会的、道德的和情感的世界。庭审时复杂的司法程序变成了充满乐趣和悬念的叙事。证人和法官成为场景中的人物,法庭上的审讯成为充满矛盾冲突的对话,堪培拉、悉尼、纽卡斯尔变成戏剧中的场景。加纳以第一人称叙事的方式,将自己的态度,无论是赞成还是否定融入到文本之中。

从《第一块石头》到《乔·琴科的安慰》,虽然都是非虚构写作,加纳的态度以及写作的风格却发生了一些变化,也许加纳试图避免《第一块石头》之后所遭遇的尴尬。第一,在《第一块石头》中,所有的人物都用了化名,加纳甚至将生活中的一个人化成书中的六七个角色。而在《乔·琴科的安慰》中,除了两个女生的名字是化名外(因为法律不允许暴露她们的真实身份),其他的人均用了真名。第二,无论是写作《第一块石头》还是

---

① Suzanne Eggins, "Real Stories: Ethics and Narrative in Helen Garner's *Joe Cinque's Consolation*", *Southerly: A Review of Australian Literature*, 65:1, 2005, p124.
② Helen Garner, *Joe Cinque's Consolation*, Sydney: Picador, 2004, p188.

《乔·琴科的安慰》,加纳都遭遇到了同样的难题。在《第一块石头》写作之前,加纳给奥蒙德学院院长的信已经在墨尔本大学广泛流传,她对男性的同情态度使得两位女生当事人对她远而避之,拒绝接受她的采访,拒绝透露她们的真实想法。而在《乔·琴科的安慰》中,加纳的同情态度也是非常明显的。乔的女友阿奴以及阿奴的好友麦德哈维都不愿意和她说话。在《第一块石头》中加纳处理这种问题缺少经验,她的直白甚至有些唐突的责备语气明显地表达了她的愤怒与不解。

> 她们为什么不跟我谈话?我坐在这里等待着被说服,但是没有人从那个水泥城堡里出来与我来争辩……如果你有你的理由,那么你为什么不将这些理由向我和盘托出呢?①

但是在《乔·琴科的安慰》中,她更多地表现的是自我的深思,是一种理解,而不是对别人的责备。

> 两个女人不愿意跟我谈话。突然之间,我感到自己很累。在这里,我遇到了同样的障碍。我长期以来对新闻公正与公平的期待,在重压之下已经弯曲变形,不得不完全放弃。②

但是正在此时,加纳给琴科夫妇写了一封信,"说话拐弯抹角地表达自己想要放弃写作这本书"。琴科夫人给她电话问她为什么,加纳的下一个动作却是在《第一块石头》中所没有的:

> 我怎么能够在故事的发展不能如己所愿时就提出放弃,只是简单地说声道歉就一走了之呢?她的儿子被杀并不是给我提供了一个思考不和谐以及瓦解之类概念的机会。它不是一个便利的屏幕,在这屏幕上我可以投射我的哀愁和伤感,因为我的迟钝可能未曾感觉

---

① Helen Garner, *The First Stone: Some Questions about Sex and Power*, Sydney: Picador/Pan Macmillan, 1995, p12.
② Helen Garner, *Joe Cinque's Consolation*, Sydney: Picador, 2004, p269.

到。那不只是一个"故事"。它是确确实实发生的事。是命运残忍的手扼住了她的咽喉。她要承受无法承受的一切。我生平第一次感到自己是那么弱智,那么虚荣,那么愚蠢。①

从《第一块石头》开始,经过《真实故事》和《钢铁的感觉》,到《乔·琴科的安慰》,我们可以看出海伦·加纳的成长,她的写作技巧的日益提升,她的女性主义思想日臻成熟。加纳是一个日益走向成熟的女人,她随着年龄的增长不断地丰满自己,完善自己,最后成为一个具有强烈的后现代意识的后女性主义之母。当有人质疑加纳叛变了她最初的女性主义追求时,加纳认为,是不同的人生阶段赋予了她不同的思考。"当我们渐渐年长,我们发现女性的一些行为并没有给女性主义带来什么好处,于是我们让自己不再做一个受害者。"若干年后,加纳自己这样解释她的女性主义追求的改变。

---

① Helen Garner, *Joe Cinque's Consolation*, Sydney: Picador, 2004, p270.

第二节 《第一块石头》(1995):质疑女性主义

《第一块石头——关于性与权力的几个问题》是加纳的第一部"虚构批评式"的非虚构作品。这部非小说一经出版便在读者中引起轩然波澜,成为澳大利亚女性写作历程中一个具有里程碑意义的作品。一方面,因为《第一块石头》,海伦·加纳作为女性主义作家的身份遭遇质疑,而在质疑声中,她的影响力却得到提升;另一方面,因为《第一块石头》,澳大利亚女性主义写作出现了转折,在后女性主义时代出现了对传统激进女性主义目标的反拨,两性关系中女性的受害者身份成为后女性主义者挑战传统女性主义者的把柄。作为女性主义小说家的海伦·加纳突然出版了这么一部有反女性主义倾向的非小说,着实让评论界有些吃惊。事实上,到90年代初期时,海伦·加纳已经以她的作品对有关爱、女性主义以及家庭生活等问题的探索,在澳大利亚受教育人群中赢得了固定的读者群,特别是在一群受过良好教育的知识女性读者中,她的知名度和影响力都盖过了她同时代的许多其他女作家。读者,特别是女性读者们和女性主义读者们,期待着她在女性主义写作的道路上走得更远,带给她们更多的惊喜。然而,《第一块石头》的出版打断了这个轨迹。媒体上对该书的争论造成了女性主义者、学术界以及媒介之间的不合,毁多誉少的声音几乎转眼之间将海伦·加纳从一个严肃的女性主义作家变成了一个轻浮的娱乐大众的人物。这让加纳极为不解而且感觉很受伤害。

《第一块石头》引起争论的焦点在于加纳所表达的女性主义立场和观点,一是关于"性骚扰"的立法问题,二是关于女性的受害者身份。什么是性骚扰?什么样的性骚扰应该得到法律的惩罚?加纳认为,违背自我意愿的被性侵犯的经历在日常生活中时有发生,但是不同事件反映的是不同程度的侵犯。她反对将个人被性骚扰的事件转变为公共的有组织的事件。在她看来,男女之间性权力是双向的,而不是单向的。男人可以对女人施以淫威,女人也可以迫使男人放开或者收起淫威。在性骚扰案件中,被骚扰的可以是女人,也可以是男人,因此,在性骚扰案件中的受害者并不一定是女人。她质疑年轻一代的女性主义者们利用自己的身体实施了对于男性的迫害。弗吉尼亚·特里奥利(Virginia Trioli)在"加纳扔出的《第一块石头》:回应加纳"一文中指出"女性当然有权力诉诸法律",她谴责加纳混淆了性与性骚扰两个概念。她指出,雄心勃勃、政治上十分成熟的年轻一代的女性主义者们如今活跃在各个工作岗位上,如法律、教育、健康、金融、艺术、贸易等等,她们将女性主义的理念和原则应用在她们的工作中。虽然这一代女性主义者并不像她们的女性主义前辈们那样引人注目,但是她们确实在以她们的方式进行着斗争。在她们看来,70年代以来的一些女性主义的斗争成果都是理所当然应该属于她们的,包括反性骚扰的立法,所以,她们严格遵守这种立法,不是对女性主义思想的背叛而是坚持。特里奥利认为,加纳在将此案个性化的过程中忽略了权力之间的关系。所以,从女性方面来说,这种对性的关注并不是她们所想要的。特里奥利将这些年轻的女性主义者称为"F代"。她注意到有70%的年轻女性拒绝称自己为女性主义者,这说明女性主义在公众中的形象有一些负面的影响,也说明在年轻一代中女性主义在社会中对政治的追求已经逐渐淡去。但是另一方面,绝大多数年轻女性对女性主义的基本宗旨表示支持,并且也期待着在各个领域得到同等的对待。当一些年老的女性主义者在结束性别主义努力中受挫时,年轻一代却受到女性主义语言与理念的熏陶,并在这种氛围中迅速成长,所以,她们依然对谋求改变充满信心、充满激情。实际上,加纳与特里奥利之间的争辩从某种意义上说反映了后女性主义对于女性主义冲击。

长期以来,女性主义理论一直在"波浪式"地往前推进,人们以第一浪潮、第二浪潮和第三浪潮来指称女性主义的发展。后女性主义实际上是女性主义第三浪潮各种女性主义流派。女性主义第三浪潮的总体特征是承认差异、强调多元。一方面,她们反对第二浪潮女性主义对妇女的性别和种族的本质主义诠释以及对妇女所受的性别压迫的一统化认识;另一方面,她们赞同后现代主义理论对差异、多元、杂交以及事物内在的矛盾性和不确定性等的认识。在第二浪潮女性主义高喊"个人的就是政治的",强调性别政治中身体的重要性之后,第三浪潮号召"重新定义女性主义，以便将你自己包括进去。"第三浪潮后女性主义提出要重新思考性与权力的关系，因为"女性主义并不关心你做什么样的选择，而是关注你是否有选择的自由。"① 美国费城艺术大学人文学科教授卡米拉·帕格里亚（Camille Paglia, 1947 - ）是后女性主义的代表人物之一。她认为，第二浪潮女性主义者多数是以"受害者"自居，所以是一种"受害者女性主义"（victim feminism）②。她指出，根据"受害者女性主义"的理论，男性的性侵犯行为是受他本身的生物性所驱使的，因此"所有的男人都是强奸犯"，所有的女性都始终处于受男性侵犯和被男性攻击的危险境地，她们永远是受害者。帕格里亚认为，"约会强奸"之类只不过是一个神话，除非女性将自己定义为受害者，否则受害是不会发生的，而且女人自己有义务避免这种情况发生。我国著名女性主义学者李银河在《女性主义》一书中总结了后女性主义思潮的三个主要关注点：一是认为女性主义夸大了男女不平等的问题，是一种"受害者"哲学；二是认为男女不平等的问题原本就不该政治化，是女性主义人为制造出来的；三是认为男女不平等问题不宜以对立的态度提出，而应以寻求两性和谐的态度提出来。③ 总之，后女性主义是 90 年代之后，女性主义受到心理分析、后结构主义、后现代主义和后殖民主义等当代各种思潮的影响和启发，女性主义理论所发生的一次转型。她们质疑女性的"受害者"身份，抨击"受害者女性主义"的生物决定论，拒绝接受女性永远对男性的攻击无计可施和女性主义运动不可能增强人们对性攻击的防范意识以至改变人们对性行为接受的标准的观点；同时力求引领女性主义的"去政治化"倾向，主张消除两性之间的战火与硝烟，和谐相处。后女性主义认为，男性和女性之间没有任何利益上的根本冲突，女性只要自己愿意就可以为自己赋权。她们甚至把男性的性攻击性看成是一个值得赞美的生理事实，女性只要自愿地赞美性快乐就能战胜男性的性剥削。帕格里亚很直接地说，男性气质的精力和天才、男性的性冲动创造了文明，"如果把文明交到女人手上，我们现

---

① Jennifer Baumgardner & Amy Richards, "The Number One Question about Feminism," *Australian Feminist Studies*, 26, Spring 2000, p141.
② 索非亚·孚卡，《后女权主义》，王丽译，北京：文化艺术出版社，2003 年 7 月，第 77 页。
③ 李银河，《女性主义》，济南：山东人民出版社，2005 年 1 月，第 173 页。

在还住在茅棚里呢!"① 同时,后女性主义也提醒女性必须学会在强奸的威胁下生活,因为人性的平等其实是根本不可能的,男性的性天生就是暴力的、黑暗的、有攻击性的和强有力的,女人只能学会去适应它,而不要企图改变它。

在《第一块石头》中,加纳站在后女性主义的立场向传统女性主义的性与权力的关系发出了挑战。在她的笔下,传统的男女权力与性的关系被颠覆,男性成了"受害者",女性则成为"刁妇"。在奥蒙德案件的所有现场,加纳自己自始至终站在她所认定的受害者一边,毫不掩饰自己对受指控的"可怜的小子"② 的同情。她形容那位老师并不给人以任何强悍的印象,他甚至看上去有点谦恭。她一再重申男老师看上去软弱、笨拙和怯懦的样子,暗示女性主义消解了阳刚男性的楷模,使得男人成为女性主义的受害者。她表示对两位女生将她们的老师诉诸法庭的做法感到十分震惊。她写道,在诉讼的过程中,两位女生毁掉了一个长着一张"温和"的面孔,"看起来和蔼可亲的中年男性"的名誉和前途,进而无情地"毁掉了他的一生"③。她称这种"惩办主义"是女性主义的一种合谋。其次,正如后女性主义认为女性应该负有自己的责任一样,加纳在字里行间表明,伊丽莎白·罗森(Elizabeth Rosen,故事的女主角)自己应该为她所受到的伤害所负责。她写道,"要男人对那样大胆的美的诱惑无动于衷几乎是不可能的事。她全身散发出青春的光彩,像女神一样欢快,无拘无束地展示着她的权威和魅力"④,因此,男教师的反应是男性审美所自然产生的一种生理性的对美的赞叹。加纳认为,如果伊丽莎白·罗森意识到她对男人的那种吸引力,当男人对她有"非分"之行动时,完全可以采取更为合适的措施以阻止他而并非一定要给他以如此严厉的惩罚。她举例说,

---

① 索非亚·孚卡,《后女权主义》,王丽译,北京:文化艺术出版社,2003年7月,第77页。
② Helen Garner, *The First Stone: Some Questions about Sex and Power*, Sydney:Picador/ Pan Macmillan, 1995, p32.
③ Helen Garner, *The First Stone: Some Questions about Sex and Power*, Sydney:Picador/ Pan Macmillan, 1995, p123.
④ Helen Garner, *The First Stone: Some Questions about Sex and Power*, Sydney:Picador/ Pan Macmillan, 1995, p59.

如果她当时无法处置这件事的话,她可以事后告知她的母亲或朋友,让他们帮忙揍他一顿;她也可以立刻站出来以自己的年轻和智慧与他决战一番;或者要求他赔礼道歉,等等。她认为,如果一味依赖法律惩办,只能使得女性主义逐渐钙化和萎缩,最终变成一个"混凝土贮仓"。加纳的后女性主义观点自然招致了很多的质疑甚至谩骂。有人提出加纳的观点是一种"反女性主义"观点,认为她从女性主义向反女性主义的转变是对女性主义的一种出卖,使得女性主义成为被嘲笑的对象。事实上,加纳的后女性主义态度是对女性主义的反拨,而不是反对或者出卖,她没有站到女性主义的对立面去,而是站到了前沿,站到了女性主义第三浪潮之后,建构了一种后女性主义的新型话语,促使人们反思女性主义的过去、现在和未来。后现代时期提倡宽容和谅解,男女交往唯有以诚相待、化干戈为玉帛才能寻求和谐,这是所有人的期待,女性主义者自然也不例外。

在《第一块石头》的写作形式上,加纳留给人的印象是自传性要多于新闻性,她刻意地告诉读者很多关于她本人的信息,让女性主义文学批评家们从中找到足够的讨论素材。一些评论家将《第一块石头》的出版解读为加纳对自己70年代女性解放理想的背叛和对年轻一代女性主义者的攻击。加纳坦言,她的本意并非如此,她只是觉得年轻女性主义者的一些做法有矫枉过正之嫌,需要反拨。尽管她有所预感,还是没有料到批评会来得那么猛烈。她说:"一开始,我想将这本书写成事件的后续报道。由于法律不允许我们在性骚扰案件中指认原告,所以,我将两位女生原告的名字改了。但是,很快我就发现这样很难写下去。最终我就将这本书写成了一本不拘泥于客观事实、视野更宽、更个性化的书。我感到这个事件有它的原型特征,所以我们要将它提升到一定的高度,而不是将它局限为在某个时间某所大学里发生的事。这就是为什么我作品中的人物都没有使用原事件中人物的真名的原因。"[①] 她没有用现实生活中当事人的真实姓名,甚至对一些情节也加入了虚构,以一种"虚构批评式"的书写方式开创了"新新闻主义"的新风格。

---

① Matthew Richetson, "Garner's *The First Stone*" in Delys Bird, Robert Dixon and Christopher Lee (ed.), *Authority and Influence: Australian Literary Criticism 1950–2000*, St. Lucia: University of Queensland Press, 2001, p291.

"新新闻主义"于 60 至 70 年代在美国产生,是一种边缘化的、主观的、甚至是激进的新闻写作方式。与传统新闻写作方法不同的是,"新新闻主义"拒绝客观地"就事实论事实",而是主张对事实进行主观的、创造性的、率直的评述。它有三大特点:第一,在写作上借助文学的表现手法,对环境、景物进行形象化的个性描写,刻画细节,再现场景,有意识地运用不加删节的"原汁原味"的人物语言,以"内心独白"的方式表现人物的心理过程,给读者展现一幅幅栩栩如生的立体图景。第二,亲历者也是讲述者。新新闻主义提倡记者作为新闻事件的一部分在新闻中扮演角色,记者对于新闻事件而言,不再是冷静的旁观者、中立的评判者,而是主动的参与者、热情的表达者,记者本人参与事件,甚至就是事件的中心人物,对事件的报道,就是重现自己的所见、所闻和切身感受。第三,记者与读者关系的重建——展示与交流。传统的"客观性报道"中,要求记者"悬置"自己对新闻持有的立场、思想感情、价值观与是非判断,而新新闻主义却一反常规,要求充分地展示自己,毫不掩饰地把自己的观点、见解、感情和倾向融入报道中,把文章的主题纳入个人的思想体系,对所写人物自由地进行评判。这种自我展示,与读者形成了一种新的交流关系:记者同读者分享的不仅仅是事件的来龙去脉,不仅仅是人物的是非得失,而更多的是记者的观点、情感和个性。

在《第一块石头》中,非虚构性和虚构性兼而有之,事实与虚构界限模糊,批评和创作齐头并进,主观和客观相辅相成,抒情和议论共同发挥。所以用加纳的话说,它是一种"小说似的"新闻采访报道。这样一种"介于两者之间"的形式给作者更大的自由发挥的空间,使得作者可以轻易地在边界越轨或者突围,为建构作者后女性主义的身份和话语留有余地。柯琳·哥尔德斯沃思在"《第一块石头》的前后经过"一文中写道:"它在对话与沉思、轶事描写与访谈记录、质疑和评论之间很快切换,无论是支持它的人抑或是反对它的人,都可以找到发挥自己的观点的空间。"[1] 所以,从另一方面来说,"介于两者之间"的书写形式不仅帮助建构了作者

---

[1] Kerryn Goldsworthy, "Before, During and After *The First Stone*" in Delys Bird, Robert Dixon and Christopher Lee (ed.), *Authority and Influence: Australian Literary Criticism 1950–2000*, St. Lucia:University of Queensland Press 2001, p287.

的后女性主义身份，也成为吸引各种女性主义的有效载体，为形成澳大利亚女性主义史上"一个有特殊意义的时刻"起了抛砖引玉的作用。

《第一块石头》一书的封四简介无疑是作者写作风格的印证：

> 1992年秋天，墨尔本大学的两位女生向警方报案，声称她们在一个晚会上遭到非礼。她们所指控的男人是她们所在学院的院长。她们的指控震惊、扯裂了整个校园，一场聚焦于性与权力的争论由此展开。①

如此简短的介绍传达给读者不少的信息。首先，它是一个真实事件，时间、地点、人物、经过、影响等，都有事实依据，因而可信度不容置疑。其次，它又传达出虚构的色彩。比如，一个含糊的"1992年秋天"，暗示这个故事中的某种不确定因素甚至有点神秘。同时文中用"震惊""扯裂"了校园来极度渲染该事件的影响。在阅读作品时可更清晰地意识到，虽然作品中故事完全依据原事件的起始、进展和结局，故事中的主人公与事件中的当事人也有相同的身份、行为和态度，但是事件中的当事人没有以真名出现，个别人物被分解为几个人物，成为一个群体，如墨尔本大学教授、女性主义学者、两位女学生的强烈支持者詹娜·米德（Jenna Mead）博士，在作品中被分解为六、七个人物，因而成为虚构的米德。不仅如此，作者本人不再是一个完完全全的旁观者，她参与到事件之中，用文学的语言和叙事方式，以第一人称见证人的身份讲述故事，并对事态的发展进行个人化、主观性的评论，用一种混合型的、个人的话语去挑战传统单一的、权威的小说话语或批评话语。这种模糊的边界书写方式，使得《第一块石头》成为澳大利亚文坛以文学报道形式挑战性与权力关系的第一次女性主义的写作实践。

---

① Helen Garner, *The First Stone: Some Questions about Sex and Power*, Sydney: Picador/ Pan Macmillan, 1995, p133.

第三节 《真实故事》(1996)：生活与写作的互动

在《第一块石头》出版之后，很多人对加纳的写作以及她的女性主义立场产生了疑惑甚至误解。人们不明白她为什么在拥有众多小说读者的时候要转向非小说的写作？人们也想弄清楚她作为一个女性主义者为什么要同情男人、替男人说话？面对质疑，加纳也曾试图为自己辩护，但是，要说明自己的立场和态度，似乎也不是三言两语可以说清楚的。所以，这本《真实故事》是加纳给予有疑问读者的回答。正如布赖恩·马修斯(Brian Matthews)在《时代》上的评论，《真实故事》是"一本构思巧妙的书"，书中对加纳生活和写作中的一些秘密进行了"探索性的思考"。[①] 在阅读了《真实故事》之后，读者会进一步感受到加纳的真诚与勇气，并且更清晰地看到加纳作为一个女性主义作家的成长过程。

海伦·加纳在"无声提问的艺术"一文中讲述了她从一个懵懂、任性的女孩成长为一个著名作家的过程，表达了她的人生理想和写作追求。在她的讲述中，我们了解了她儿时的梦想和青春期的困惑，也了解了她在工作和生活中曾经遭遇的苦恼和挫折、促使她开始写作的事件、那些影响了她的写作的人和事，以及她为什么要从小说写作转向非小说写作的原因。她回忆了少女时代在家乡吉朗的英国国教徒女子学校里所受到的文学课启蒙教育，透露了她所最喜欢的文学形象是萨克雷(W. M. Thackeray, 1811–1863)的作品《玫瑰与指环》(*The Rose and the Ring*, 1854)中的仙女布莱克史迪克(the Fairy Blackstick)。她回忆了60年代中期从墨尔本大学毕业之后到维多利亚州教育管理部门求职当老师的经历，将自己七年的教师生涯描述为"有趣但却不太精彩"，但是"我又不得不承认，被解雇对于我来说是再好不过的事情。它最终促使我开始了以写作谋生的生活"。她坦诚地告诉读者，她开始写作完全是为生活所迫，因为失去

[①] Helen Garner, *True Stories: Selected Non-fiction*, Melbourne：Text Publishing, 1996, the cover page.

了工作以后她只能靠政府发放的单身母亲救济金生活,而她当时还有一个女儿要抚养。所以,为了生活,她不得不为一些另类而又边缘的杂志撰稿来赚取一些奶粉钱。"我那时候所写的东西都很虚假,"她毫不隐瞒对自己早期写作的鄙视,"我总在吹牛。我心里明白我是一个无可救药的物质至上的人。"至于说 70 年代后期她又是怎么开始写小说的,加纳在文中也有详细披露。70 年代是一个喧闹的、大变革的年代,各种各样的思潮冲击着人们的价值观和人生观。人,分成了多种不同的派别,"在某种场合,一个人稍不留心便会因为言辞不当而得罪人。"那时候的加纳没有职业,无所事事,"我……整天躺在床上看书,头靠着两个大枕头,再用另一个小点的、硬点的靠垫放在胸前可以撑着我捧书的双臂"。"阅读的快感是那么强烈,几乎让人感觉到折磨:它比性更有一种非法的诱惑力。"但是,加纳坦言,即便她那么陶醉于读书之中,她也没有幻想过成为作家。"我不记得自己什么时候计划过要当作家",她说,"等到自己死的时候将自己所写的一些东西留给别人看是一件让人感觉很羞愧的事。"但是,虽然没有当作家的理想,却有保存记忆的冲动,所以,她有写日记的习惯。"你写日记不只是出于保留生活完整记忆的冲动,还因为有一种失去生活的恐惧:如果不写日记,那些生活中的细节会渗入沙地里,永远消失。"直到有一天,她从那些日记的素材中看到了一部小说的"形","那些事件连成了一条令人惊奇的曲线。你不想看见它,可它却往你脑子里钻。"于是,她开始改变自己的生活习惯。在每天早晨将女儿送去学校之后,她不是转身回家去见乐队的伙伴,而是赶到图书馆,在绿色台灯下坐下,翻开过去的日记,开始写作。很快,她便完全迷上了这样的生活。"每天早晨迫不及待地赶到图书馆,强迫自己在下午一点的时候停笔,然后骑车回家,因为害怕连续工作超过三个小时会因过于兴奋而得心脏病。""她先是想到哪儿写到哪儿,然后删掉一些无趣的细节,使得情节有些跳跃,并留下一些想象的空间。然后再对语言与对话进行调整和润色。"一年以后,《毒瘾难戒》出现在书店里:

> 在我签了出版合同以后等待着书的出版期间,我将手稿给朋友和家人传阅,因为书中的人物都有现实中的原型,所以我希望先看看他们的反应。让人感到很奇怪。没有一个人抱怨自己被写到了书

中。我并不是说他们都喜欢这本书。但是没有人表示不喜欢。一天下午,有一个人给我打来电话,他曾是乐队的管理员,他很兴奋地感谢我将他写进小说。'那是我生活的一部分,'他说,'至今没有遗忘'。①

"迪尔瑞普先生"写于1980年,描述了加纳在医院里探访朋友时的一段助人的经历,反映了人与人之间、白色与有色人种之间、男人与女人之间、讲法语的人与讲英语的人之间、名人与普通人之间以及健康的人和生病的人之间的关爱与互助。加纳将这篇文章作为《真实故事》的序言有着她的意图。迪尔瑞普先生在医院里的无助境地是现实社会中很多普通人、边缘人生活的写照。当年的加纳对于边缘人的生活并不陌生。边缘人群有时无法用语言来表达他们的思想,有时他们能够表达却没有人愿意听,还有的时候他们对于改变自己的处境完全无能为力。但是,即便在这样的时候,他们的内心深处还是隐藏了某种希冀,希望别人能够设身处地地换位思考。迪尔瑞普先生和加纳的朋友同住一个病房。加纳去探访朋友时认识了他。因为迪尔瑞普先生只会讲法语,而不会讲英语,朋友让加纳帮他与医生沟通。加纳便很乐意地承担了这个任务。两天的时间,加纳都是特地来到医院为迪尔瑞普先生做翻译。但是,他到底生了什么病还需要进一步的检查,医院要将他转到另一个更方便各项检查的病房。文章最后迪尔瑞普先生被用担架车推走远去的身影定格在读者的记忆中:他会被转到一个什么样的病房? 他会遇到一个什么样的翻译? 他会被查出患了什么病? 他最终还能活多久? 一切都不确定。这种不确定不只是迪尔瑞普先生的命运,也是很多人的命运。生活中总是充满了各种各样的不确定性,人与人之间多些理解和关爱便能共渡难关,这是加纳要通过本文传达给读者的主题,也是她希望通过《真实故事》所传达的主题。因此,这篇"迪尔瑞普先生"成为《真实故事》的"序"。

"剪贴相册"包括八篇文章,是一些关于加纳年轻时代家庭生活的回忆,那些发生在她以及她的弟妹们身上和他们家庭里的故事,从一些日常

---

① Helen Garner, "The Art of the Dumb Question" in *True Stories: Selected Non-fiction*, Melbourne: Text Publishing, 1996, p5.

生活的琐事,折射出一代人的生存境况和一代人的追求。"老师"("The School Teacher")和"为什么受苦的总是女人?"两篇文章都写于 1972 年,是加纳早期的写作,记叙了加纳所经历的"四字词"风波的前因后果,从中也可以读出加纳早期的女性主义立场以及她的人生观和价值观。"这世界上我唯一的孩子"("My Child in the World")一文写于 1975 年,那一年,她的女儿爱丽丝六岁,她写作此文的目的显然是为了表达对于女儿的爱。身为单身母亲,女儿爱丽丝是她的依靠,她总是将女儿载在自行车后座上,奔波于城市的大街小巷,为了生计不停地奔波着。"我们轻松地踩着自行车,沐浴在秋日的暖阳下。"① 虽然经济的窘迫让她无法给予爱丽丝更体面的装束和打扮,没有能力让她像她的同学们那样穿得很漂亮,甚至为此爱丽丝还要受别人的欺负,但是,爱丽丝并不缺少母爱,并不缺少来自于母亲的支持,因此,爱丽丝并不像她的母亲那样胆小,而是阳光而充满自信。"爱丽丝的背挺得直直的。她的表情很阳光,很坦然。""她总在微笑。"这就是加纳作为一个母亲所能给予女儿的一切。"达宁街 9 号"("At Nine Darling Street")是加纳 1979 年的作品,其中她回忆了 60 年代初期她在上高中的时候和同学在酒吧里跳舞、吸毒的事。60 年代是一个躁动不安的年代,也是各种另类的生活方式流行的时代。作为一个 18 岁的女孩,她曾经为这种躁动所诱惑。墨尔本与吉朗的差别是大都市与乡村的差别,也是保守与激进的差别,落后与时尚的差别。她在对这一切分辨的过程中成长。"剪贴相册"、"一、二、三、四"("Wan, Tew, Three, Faw")以及"三亩地,多还是少?"("Three Acres, More or Less?")三篇都是围绕着加纳的家人以及家庭生活展开的。第一篇中加纳着力描写她的弟妹们小时候的生活,里面写了很多趣事。在加纳的笔下,他们之间关系融洽、和谐,有一些共同的兴趣,也有很多不同的爱好。第二篇是写加纳带着爱丽丝练习乐器的事,而最后一篇叙述了她到丛林中度周末的经历,是一段富有诗意的对于孤独、恐惧和潜在的暴力的思考。

"为晚餐歌唱"包括七篇文章,主要是加纳对于创作的反思。在"帕特里克·怀特:圣灵魔鬼般的艺术家"("Patrick White: The Artist as Holy

---

① Helen Garner, "My Child in the World" in *True Stories: Selected Non-fiction*, Melbourne: Text Publishing, 1996, p38.

Monster")和"伊丽莎白·乔利的战争"("Elizabeth Jolley's War")两篇文章中,加纳对两位澳大利亚著名作家进行了评论,发表了自己独特的见解。两篇文章都写于90年代初期。关于怀特的评论准确地说是关于大卫·马尔(David Marr)所著的怀特传记《帕特里克·怀特:一种人生》(*Patrick White: A Life*, 1991)的评论,记录了加纳自己印象中的作家怀特的大家风范。而对于伊丽莎白·乔利,加纳一直尊称她为前辈,她在本篇中畅谈了自己阅读了乔利的《父亲的月亮》(*My Father's Moon*, 1989)一书之后的感受。她列举了书中的一些细节,表明作家的作品中总有她自己的生活,乔利在战时英国当护士的经历可以在她的作品中被发现,另一方面,加纳也感叹乔利的精辟,对于人生经验的总结是如此的得当。在这篇1990年写作的文章中,加纳就引用了乔利早期作品中的名言:为别人提供一个过夜的地方是一种优待,这句话赫然出现在加纳2008年的新作《空余的房间》的扉页上。她同时还列举了其他几句乔利的名言,如:父母对孩子强烈的爱似乎并不能成为孩子回馈父母的一部分;在一个人可以重新安置另一个人的希望之中有某种无望;无论一个人和另一个人是多么相像,但是毕竟这个人不是那个人,因此这种相像没有任何用处。"为晚餐歌唱"一文叙述的是1992年参加阿德莱德作家节活动时的感受。她提出,作家有别于其他的艺术家、音乐家或者演员。作家不必在观众和读者面前表现出热情、开放以及受人喜欢。她认为,作家节让作家在读者面前作秀,让他们忘记了孤独,忘记了作家生活的本质。"丝柏树与尖塔:为电影写作"("Cypresses and Spires: Writing for Film")中则记叙了她为电影《毒瘾难戒》改编剧本并拍摄电影的过程。她认为自己的作品在改编成为电影之后已经不再是完全意义上的她的个人作品。"我是为了钱去改编它的,"加纳直言,对于改编成电影之后的作品不喜欢的情绪也一展无遗。"梦、《圣经》和《小天地中的大世界》"一文是对小说《小天地中的大世界》写作和出版的注释,对于作者的写作意图做了进一步的阐发,有助于读者更准确地理解作品的内涵。如果说《毒瘾难戒》的成功使海伦·加纳开始意识到作家的责任,《小天地中的大世界》则让她看到小说的缺憾:当你试图在小说中将杂乱无章的生活理出头绪来,婚姻、性、上帝、死亡、衰老、友谊等等一切搅和在一起,"你其实在盲目地写。你自以为看清了别人的所作所为,但实际上你只是看到个大概"。她认为,在写小说的时候,作者过多地关心用什么样的技巧来讲故事,而忽略了人物之间的关系以及与故事相关的细节。她指出,非小说作品并不比小说容易写。写小说要比写新闻孤独许多,因为写小说时,作者要长时间地将自己关在屋子里,而写作非小说的作者要不停地出门去走访。所以,加纳笑称,"新闻写作是治疗我的自恋毛病的良药。"另一方面,读者对小说与非小说的期待不同,这也就赋予作者不同的责任。读者在阅读小说时,往往希望作者呈现一个新世界,但是在阅读非小说时,却希望作者忠实于现实生活。所以,非小说作者和读者之间也有一种不明确的契约:不能引起误解造成对当事人的伤害,既有责任去发现事实,也有责任将为什么不能发现事实真相的原因和读者说清楚。在这一部分中尤其值得一提的是她的散文"年届五十"。"五十岁时我找到了自由,"这是她的感叹,"五十岁,你变得更加沉着、稳重。虽然还会受到伤害,但你却变得更加坚强。你不再为一些外在的因素所烦恼,你更多地看重内心。五十岁,你以为你自己已经成为废物,但是你却意外地发现走进了人生的另一段辉煌。"①

"紫色外套"中的五篇文章是她对人生的观察和思考,其中包括"在殡仪馆"("At the Morgue")、"周日看枪展"("Sunday at the Gun Show")、"紫色外套"、"杀死丹尼尔"("Killing Daniel")和"《第一块石头》的命运"。"杀死丹尼尔"是关于墨尔本郊区一个小男孩受虐待致死的事件,反映了在一个文明社会竟然无法使未成年人得到保护的现状,发人深省。1993年,这篇短文首先在《时代》上发表,并获得了当年的"沃克利新闻奖"(Walkley Award)。"《第一块石头》的命运"为什么放在这个部分,让人思考。《第一块石头》是一部使加纳更清晰地认识了人、认识了社会的一部非小说作品,是一部几乎使加纳崩溃的作品。由于这部作品,她被质疑甚至被诋毁。当然,最终加纳没有被压垮,她从这场灾难性的评论中挺了过来,但是,这段回忆对于加纳而言无疑是痛苦的,不堪回首的。

"巡航"("Cruising")是全书的最后一部分,其中八篇散文分别记述了加纳在各地的所见所闻。这一部分的编排从出游开始,最后三篇分别

---

① Helen Garner, "On Turning Fifty" in *True Stories: Selected Non-fiction*, Melbourne: Text Publishing, 1996, p142.

是"结婚"("Marriage")、"死"("Death")和"彭里斯市的产房",想必加纳有意做了这样的安排:人生就如同一段旅程,它有起点也有终点;人生又如同一本书,有开头也有结尾,将书的结束与人的生命尽头和起点产生联想,每一场戏最终都要谢幕,但是此场戏的谢幕又是下场戏的开幕。结局和起点总是密切相连的。"结婚"一文写于1986年,文中写的是一个集体婚礼的场面,其中多数是些再婚夫妇。加纳在文中再次将她自己比作萨克雷作品中的主人公仙女布莱克史迪克:"我想我已经变成了仙女布莱克史迪克本人,疑惑,讽刺,但是仍然充满希望,乐善好施。"① "死"一文中所描写的是作者在殡仪馆里的见闻,阴森而又恐怖的气氛弥漫在全文中。但是,死亡是人的命运,没有人能够逃脱得了。所以,在去过殡仪馆、见过人死后被焚烧成灰之后,人对活着的价值会有重新的考量。她写道:

  在我回家的路上,我生平第一次有了一种信念——我是说一种思想而不是一种知识——我相信生命可能并不是以死亡而终了。我将标点弄错了。在生命的最后是一个逗号,或者是一个破折号,或者更好的是一个分号,而不是一个句号。我其实是不信人死后会上天堂或者下地狱的,不相信死亡会成为一种惩罚或者一种奖赏,或者是自我的延续,但是人死之后是不是还有能量,还有精神、灵魂、想象力和爱呢?我们可能无法用语言来形容这种力量。如果认为这些都会死的话,那是多么荒谬啊!②

"彭里斯市的产房"里的故事是生命的故事,也是希望的故事。"妇产科医院里的故事没有开始也没有结局。"③ 产房里的忙乱情形,产妇们待产时的各种表现,以及新生儿出生之后所有人的喜悦,一切都描写得栩栩如生,一种新生命的希望孕育在其中,与前一篇"死亡"里所描写的殡

---

① Helen Garner, "Marriage" in *True Stories: Selected Non-fiction*, Melbourne: Text Publishing, 1996, p217.
② Helen Garner, "Death" in *True Stories: Selected Non-fiction*, Melbourne: Text Publishing, 1996, p229.
③ Helen Garner, "Labour Ward, Penrith" in *True Stories: Selected Non-fiction*, Melbourne: Text Publishing, 1996, p230.

仪馆的情形正好形成对比。死，是必要的；死后才能有新生的机会。死，是恐怖的，阴森的；而生，是鲜活的，富有生机的。在文章的最后，一个新生儿呱呱落地，人们紧张地呼吸、忙乱地走动、不由自主地微笑。医生用手指托着婴儿的小脑袋，几乎不敢用力。而再看那个婴儿，"他的脸上一副沉思的表情，好像在使劲回忆着先前所有的一个重要想法。那种感觉让人难以言表。"[1]

在海伦·加纳的创作生涯中，一个让很多读者和评论家颇费猜疑的问题是她为什么在1992年出版了小说《小天地中的大世界》之后就停止写小说了，直到2008年才又出版了小说《空余的房间》，其间整整15年的时间她除了写了几个小故事之外没有撰写任何中篇或者长篇小说，而是将心思和精力完全放在写非小说作品上了。她的小说那么受欢迎，她怎么会就停笔了呢？这个问题可以在《真实故事》中找到答案。"为什么我不再写小说呢？"加纳自问自答道，"因为害怕。"她进一步写道："为什么我不能像写《孩子们的巴赫》时那样，在屋子里安心地坐下来，循着一个线索、一个事件，将一个故事讲下去？在当年我可以很自然地做到，但是现在，我的自我意识让我变得思维僵硬，失去了想象力。"

所以，《真实故事》带给我们的不只是故事，而是比故事更精彩的关于作者的信息。

---

[1] Helen Garner, "Labour Ward, Penrith" in *True Stories: Selected Non-fiction*, Melbourne: Text Publishing, 1996, p242.

第四节 《钢铁的感觉》(2001)：缺憾的生活之美

《钢铁的感觉》是一本忧伤的书，一本讲述生活中缺憾之美的书。书中的 31 篇短文分为五个部分：第一部分中的七篇散文均围绕着加纳的第三次婚姻结束之后忧伤的心境展开，描写了她在离婚之后渴望离开悉尼、回到墨尔本的急切心情。第二部分中的两篇短文表达了加纳对时尚冷静而独到的看法。在第三部分中，加纳写出了一个女人成为祖母之后的心理变化以及陶醉在与儿孙嬉戏的家庭幸福中的快乐。第四部分中共有十一篇文章，两篇题名为"钢铁的感觉"（"The Feel of Steel"）的散文就包括在这一部分中。这部分的文章主要描写一个女人年老之后对年轻时代生活的回忆以及对找回自由与魅力的渴望。最后一部分中只有一篇文章，题为"妆扮新娘"（"Arrayed for the Bridal"），展现了一个女孩即将成为新娘的忙乱情景和喜悦心情，表现了人们对于未来生活的追求。通过对生活中一些琐碎的事件的描写，比如搬家、扎篱笆、买鞋、游戏等等，加纳描述了一个女人在遭遇婚姻失败和打击之后如何走出痛苦和挫败、最终战胜自我甚至超越自我的过程。加纳有意地将"写信回家"（"Writing Home"）作为全书的第一篇文章，而将"妆扮新娘"放到最后，让读者在阅读的过程中体验了从阴郁走向阳光，从失望甚至绝望走向希望的心理历程。加纳富有个性的观察生活的视角，以及她描写生活的犀利笔调和富有诗意的感性抒发，令读者回味无穷。在采访海伦·加纳时，笔者曾经问她为什么将该书书名叫做《钢铁的感觉》，她回答：当时我的心情就是那种钢铁的感觉，冰冷坚硬。但当我们在加纳细腻的文笔中仔细体会人生中的经历、思考生命中的一次次失去和获得的时候，我们心里不由自主地涌起一股暖流：这，就是生活！

在第一部分的散文中，忧伤是基调。在"写信回家"一文中，加纳首先问父亲：从一个住了十多年的房子里搬出是否感觉有些失落？她父亲平淡地回答：我没有什么特别的感觉，我从来不会对我曾经拥有的东西或是曾经住过的地方产生依恋。但是，加纳知道，凭她对父亲的了解,她父亲并没有完全说真话。因为他不想在她的爱女、一个没有了家的人面前表现出对家的依恋。于是,加纳随后问自己:家意味着什么呢?

什么地方才能称之为家呢?

它是我在悉尼居住的地方吗?那里曾经有我的丈夫,那里曾是我们进进出出的地方。我们每晚在那里睡觉,我们每天在那里吃饭,在那里洗浴,在那里谈笑风生,在那里忙各种各样的活,别人给我们的信寄到那里,别人给我们电话打到那里,有人想找我们在那里就能找到。

但是,在我54岁的时候,我能不能将一个仅仅住了三年的地方称之为家呢?悉尼,无论那里多么美丽,多么有魅力,它对于我始终是陌生的。①

在对家的思念中,加纳想到的是墨尔本,想到了"海洋树林",想到了吉朗。在拥挤的记忆中,她追溯着那已经消逝的过去的日子。在这样的思绪中,她对那个住在隔壁的、在深夜里哭泣的女子充满了猜测。她,甚至有点幸灾乐祸,也许突然间她明白了,她并不是这个世界上最最不幸的人,在每一扇门的后面都隐藏着一个故事,一个"让我们惊讶得目瞪口呆"的故事。但是当我们在一个地方生活久了,因为这一切都是如此司空见惯,我们就不会对身边所发生的一切感到惊奇了。"我必须承认这样一个事实:人能够做任何事,无论你对这个人信任与否,也不管你与这个人是否亲近。任何事都有可能。"② 在"哭泣的女神"("The Goddess of Weeping")一文的最后,加纳感叹道:生活或许本来就是这样,所以我们无需为生活中所发生的事而吃惊。任何事情都可能发生在任何人的身上,他可能是你所最信赖的人,也可能是你最亲近的人。可能性永远存在。在这一部分中还摘录了大段加纳的日记,题名为"塔中记事",是她

---

① Helen Garner, "Writing Home" in *The Feel of Steel*, Sydney: Picador, 2001, p4.
② Helen Garner, "The Goddess of Weeping" in *The Feel of Steel*, Sydney: Picador, 2001, p12.

离婚后一段时间里孤寂生活的记录,那段充满了阴霾的忧郁的日子。在文章的最后,她写道:"我厌倦了搬家。但是我渴望干燥的气候,并饮用墨尔本的水。当我恢复过来,一切准备好的时候,我将打点行装,回家!"加纳坦言,"我无法假装自己对《圣经》很有研究。"① 她承认自己不是一个严格意义上的基督徒。在"忧伤无语"一文中,她告诉读者,她曾经花费好几个月的时间试着去阅读和理解《圣经》,翻阅过三种译本,经历了"怪异的、费劲的、紧张的"心理历程。但是,读过一遍《圣经》并不能抓住《圣经》的要领,只是留下一个粗略的印象,像是一幅速写,"美丽"而"神秘"。历经多年时光的销蚀,这幅图画也已经模糊甚至扭曲。

"戴绿色斗篷的女人"在第一部分乃至全书中都是重要的一篇,文中表达了加纳对读书和对写作的看法。"戴绿色斗篷的女人"一语来自于萨克雷的《名利场》(*Vanity Fair*, 1848)。"那天,我在书店里闲逛,"加纳写道,"在小说部那边看到了萨克雷的《名利场》。翻阅中无意之间读到这么一个句子:马车上坐着一个戴绿色斗篷的忧郁女人。""我忍不住笑出声来。"她惊叹萨克雷生动的表达,毫不隐瞒自己对于这个伟大作家的钦佩之情,"我对第三人称叙事的敌意顿时烟消云散。"② 她是不是从那个"戴着绿色斗篷的忧郁女人"身上看到了自己的影子? 文章一开头她便提出了一连串的问题,引导人们去思考书籍以及阅读对于人生的影响:

> 一个人伤心太多会怎样? 这个人要是因悲伤而变傻又怎么办? 如果她坐在那里集中精力的时间不能超过 20 秒该怎么让她那原来可以思考文章结构与框架的大脑抓住要领? 要是全世界的文学在她的眼里都变成荒凉而毫无生机的风景该怎么让文学再产生吸引力? 那些接二连三出版的书籍,它们能够遮蔽阳光也能窒息宇宙,但是对这样一个悲伤得已经没有了脑子的人又有何用? 她能不能从她过去

---

① Helen Garner, "Sighs Too Deep for Words" in *The Feel of Steel*, Sydney: Picador, 2001, p68.
② Helen Garner, "Woman in a Green Mantle" in *The Feel of Steel*, Sydney: Picador, 2001, p43.

曾经受益的阅读中重新得到拯救?①

"戴绿色斗篷的女人"一文中交织了加纳离婚后的痛苦与孤独以及对于读书和写作的思考。我们为什么要读书？又为什么要写作？生活与读书和写作又有怎样的关系？加纳形容自己是一个合上书本便忘记了书里内容的人，她说，"我知道我不会是这个世界上唯一一个能够合上书本便全然忘记小说内容的人"。她在文中写道，她发现人们在谈论书籍的时候含糊其辞，他们装着对一切都记忆犹新的样子，而事实上脑子里却是一片混沌，从他们的神情中可以看到"强烈的焦虑和负罪感纠结在一起，"因为"按下关于一本书的记忆的按钮，一片模糊。"她想起自己年轻时代读过的书可以装满"菲茨罗伊的浴池"，她想起少女时代每个星期六的早晨在海洋树林的海边激动打开《泰晤士报文学副刊》：

> 要是我们能像孩子们那样阅读该多好！那时，我们在早上起床时边穿衣服边看书，我们只需看书而不用做家务，我们在所有的人都进入梦乡之后还在阅读。读书让人沉醉，让人痴迷，让人心里充满温暖。那是一种纯粹的阅读。在那时，你鄙视世界上其他所有的一切。

她想起了契诃夫，想起了托尔斯泰，想起了约翰·贝利蒙，当年她曾为叩开了文学之门而兴奋不已，但是，经过这么多年的读书和写作的努力，你又得到了什么呢？加纳承认，在自己的情感遭遇危机之际，当自己的心情处于低谷之时，她实实在在地感到了一种"厌倦"，厌倦身边的人，也厌倦身边的书。

> 我讨厌写作。写作让我恶心，让我神经质，让我狂躁。菲利普·拉金曾说，将某种东西保存下来的冲动是所有艺术的基础。我这里所讲的艺术当然是一种比喻。但是我理解那种希望保存的冲动。我几乎一生都成为这种冲动的俘虏。所以我总在写日记。至今我仍然

---

① Helen Garner, "Woman in a Green Mantle" in *The Feel of Steel*, Sydney: Picador, 2001, p35.

是走到哪里都要带上笔记本,随时记下自己的所见所闻所感。这样我便拯救了那些故事,使得它们不至于被遗忘。①

但是,加纳说,正如科马克·麦卡锡(Cormac McCathy)所言,"你写下一切,然后你很快忘掉一切。"② 写下的东西只是在书本里被记忆,却在人的大脑中被遗忘。写书的人如此,读书的人也是一样。很多读者只是记得自己读书时的心情,却不记得书里的故事,他们在合上书本之前就已经忘记了阅读过的章节。他们眉飞色舞地谈论着的只是他们自己,而不是书。她的一个好朋友曾经坦率地向她承认:"我甚至会忘掉我最喜欢的书。这并不是因为我对这本书不关心。当我阅读它的时候,我是全神贯注的,好像沉浸在另一个世界中。但是,看完之后,我就将它丢到脑后去了。我还能记得当时我读书时的感动,但是我不记得书本身的内容了。"③ 加纳相信,这种关于读书的经验并不是个别的经验,而是一种群体的记忆。在今天,读书之于很多人而言只是一种暂时的、忘我的消遣,仅此而已。也有人抱着解决某个具体问题的目的去读书,加纳认为,那样的一种实用主义的阅读让人迟疑并且摇摆不定,很难有真正的收益。

在阿德莱德,我问一个朋友:当一个人的生活糟得一塌糊涂的时候该读什么书才能获益而不至于使得生活变得更糟?她回答道:"我记得在1976年我的生活中遭遇到危机的时候,我一个英语老师和我说,当我们心灵阴郁的时候我们应该去读托尔斯泰的《伊万里奇之死》。但是现在二十多年过去了,我还是没有阅读这本书。因为每次我遇到难题的时候,我就想,肯定还会有更糟糕的事情发生,如果认为这一次就是触底了恐怕是过于自傲了。读这本书可能会使得更为糟糕的事情接踵而来,迟早会来。"

---

① Helen Garner, "Woman in a Green Mantle" in *The Feel of Steel*, Sydney: Picador, 2001, p38.
② Helen Garner, "Woman in a Green Mantle" in *The Feel of Steel*, Sydney: Picador, 2001, p39.
③ Helen Garner, "Woman in a Green Mantle" in *The Feel of Steel*, Sydney: Picador, 2001, p36.

……

当你在一种不确定的感情之间挣扎,你应该读些什么。你读着乔伊斯·卡洛·欧茨,但是你脑中在想,哦,天哪!我怎么不去读陀思妥耶夫斯基呢?为什么我不去读一读亨利·詹姆斯的最新作品?我什么时候才有空去读 E·安妮·普罗科斯?我还没有读一些非洲作品呢?当地的作品读得也不够?女作家作品和男作家作品的比例能否反映我的性别观呢?①

"写作是一件很危险的事。我每写完一本书就要失去一个丈夫。"② "作家什么都想写。"加纳写道,"我们是些贪婪的怪物。寻找着一切我们能够吞食的动物。世界上几乎没有一个角落没有留下给我们掠夺的痕迹,都被作家用笔或者键盘将它们的故事公诸天下。"③ 但是,并不是生命中的一切都可以用语言表达出来的,有的时候,语言甚至会毁了一切。她说,"文字是你所最不需要的。我觉得它们是没有什么用的。我要在那种情形下就只是躺在沙发上听舒伯特……在那样一种状态下读书的话,你很可能带着一种强烈的批评眼光。过于激烈反而显得软弱。在托尔斯泰的作品中可能有些东西是你所无法承受的。"④ 要读的书太多,可读的书更多。一个"戴绿色斗篷的女人"是浸淫在诺顿文集中的女人,是被蒲伯的珍品熏陶过的女人,是诵读着济慈的诗歌的女人,有些浪漫与幻想,更有些与世隔绝的仙气。

"墨尔本的水"("Melbourne's Famous Water")表达了加纳对墨尔本的思念。墨尔本是加纳心目中的家乡和圣地,这不仅因为她的很多故事都以墨尔本为背景,还因为她无论在什么时候谈及墨尔本总是表达了一

---

① Helen Garner, "Woman in a Green Mantle" in *The Feel of Steel*, Sydney: Picador, 2001, p40.
② Helen Garner, "Woman in a Green Mantle" in *The Feel of Steel*, Sydney: Picador, 2001, p42.
③ Helen Garner, "Woman in a Green Mantle" in *The Feel of Steel*, Sydney: Picador, 2001, p39.
④ Helen Garner, "Woman in a Green Mantle" in *The Feel of Steel*, Sydney: Picador, 2001, p41.

种浓浓的"墨尔本情结"。

> 我喜欢写墨尔本。我爱写墨尔本,而且我觉得人们对它了解得不够。事实上我并不是墨尔本人……我感到澳大利亚的艺术家和作家们要做的就是用某种方式去创造一些地方,一些你可以去写的地方……墨尔本是一个神秘的地方,你必须要在这个城市里呆上一段时间才能发现它的美丽,你是不能一下子就看出它的美丽之处的,你必须等待直到那美丽向你走来最终发现你。我很爱墨尔本,在我眼里,它是一个美丽的地方,一个在很多方面都极具欧洲风格的地方……在澳洲你找不到第二个比墨尔本更为欧化的城市。①

当年拍摄电影《毒瘾难戒》时,导演考虑到其他一些因素决定将电影改在悉尼拍摄,加纳立刻表示这样的决定是不合适的。在她看来,墨尔本的故事只能在墨尔本拍摄,而悉尼与墨尔本是两个品味完全不同的城市,世界上没有哪一所城市有着墨尔本的风情。在加纳的作品中,墨尔本人行走在墨尔本的街道,或是居住在墨尔本的郊区,"墨尔本味"弥漫在作品的字里行间,所以"许多人以为我是从墨尔本来的,"加纳在接受采访时说。

> 但是其实墨尔本并不属于我,我也不是墨尔本的——从根本上说,我并不是从小就在墨尔本长大的。我直到1961年,那年我18岁,来墨尔本读大学,在此之前,我连墨尔本的电车都没有乘过。现在,那里成了我的家,那里是全世界我最最熟悉的地方,但是也只是在很多年之后我才逐渐地熟悉了它,才不再觉得自己是一个土头土脑的外乡人。②

虽然她自己本来并不完全属于墨尔本,但是,墨尔本却事实上成为她生活中不可割舍的一部分。尽管她曾多次离开墨尔本到其他城市生活、工作

---

① Candida Baker, "Helen Garner" in *Yacker, Australian Writers Talk about Their Work*, Sydney: Pan Books Pty Limited, 1986, pp136–137.
② Helen Garner, "Writing Home" in *The Feel of Steel*, Sydney: Picador, 2001, p4.

或学习,她不能忘却的始终是墨尔本。她熟悉墨尔本所有的街道,她能够讲述墨尔本的那些街道名字背后的故事,科尔达(St. Kilda)、霍桑(Hawthorn)等墨尔本街道的名称能让她浮想联翩。而悉尼让她感觉陌生,悉尼的那些地名在她的大脑中既找不到对应物,也不能让她明白那些词的意思,悉尼的一切让她感觉"空白"。"不管悉尼有多美,有多刺激,它是异乡。"① 她的第三任丈夫,默瑞·贝尔曾经预言,"我一死,你肯定立刻会搬回墨尔本。"事实证明,在与贝尔分手之后不久她就回到了墨尔本,而且后来再也没有离开过墨尔本。

墨尔本并不是天堂,但是墨尔本的天空像是一望无际的草原。一个受伤的女人如同一只折了腿的小鹿,唯有在这种安全而没有任何障碍的草原上疗伤,才有重新上路的希望。墨尔本滋养了加纳,用它的空气和水,让加纳伤了元气的身体重新得到恢复。在"墨尔本的水"一文中,加纳这样描写自己在悉尼生活了五年多以后再次回到墨尔本时的情形:

> 我打开卧室的窗户,朝窗外望去。院子里是几个供热水的罐子,已经成为空架子,已经无人看管的热水管道,丑陋不堪地闲在院子里。我的视线从这些东西上移开,抬头看到隔壁院子里高高的桉树上细长的嫩叶。我再抬头仰望天空。那是典型的墨尔本的天空,那种只有在草原上才能感受到的空旷的天空。它高远深邃,清澈,没有一丝云彩。②

全书的第二部分仅有两篇文章:"塔图·塞瑞娜"("Tutto Sereno")和"厕所里的间谍"("A Spy in the House of Excrement")。塔图·塞瑞娜是加纳从意大利报纸上剪辑下来的一张图片,被重新粘贴到一张自制的明信片上,成为一个有着异域风情的文化产品。在加纳看来,"明信片是不需要买的。""寄送明信片是一种慢节奏的业余爱好者的游戏,它需要生理的和视觉的许多步骤,需要专注,还需要等待。没有很多人还愿意

---

① Helen Garner, "Writing Home" in *The Feel of Steel*, Sydney: Picador, 2001, p4.
② Helen Garner, "Melbourne's Famous Water" in *The Feel of Steel*, Sydney: Picador, 2001, p88.

费心地去做这个游戏。他们只会回复你的电子邮件,只需花费一秒钟敲击一下回复的按钮。"① 两者相比,到底是自制的明信片更令人怀念还是快速回复的电子邮件更让人迷恋呢?

第三部分的八篇散文勾勒了加纳作为一个祖母同时又是一个母亲和女儿的人生和态度。在这部分的几篇散文中,加纳栩栩如生地描述了外孙女出生时全家人的喜悦之情以及女儿在喂养孩子过程的各种细节、照顾80多岁高龄的老母亲时的各种耐心、陪同孙儿们外出游玩、嬉戏和做游戏的乐趣等等,这是全书中节奏最为轻快的一章。她是父母的女儿,她是女儿的母亲,她也是孙女的祖母,同时她又是她自己。怎么样去履行多种身份的责任同时又不要失去自身的自由?这是一个难题。

第四部分在全书占有较大的比重,其中杂糅了加纳在多种身份中挣扎的含义。"谁将红酒泼到了我身上?"("Who Split the Wine?")对这种愈来愈近的父女关系作了进一步的描述。那天,加纳意气风发地穿着好友凡妮莎·卢卡斯(Vanessa Lucas)特地为她设计并制作的粉红色的长裙和她父亲以及她妹妹一起到一家意大利餐馆去吃饭。席间,一名服务员不小心打翻了酒杯,红酒泼到了她漂亮的裙子上。在一阵忙忙碌碌的离席、换衣、换座位之后,她为自己搅乱了与父亲以及妹妹的一顿美好的饭局而遗憾。当她拖着沾了污点的裙子回到家时,颓丧伴随着懊恼同时袭来。最后她总结说人生其实是不可以太傲气的,傲慢过后紧接着可能就是摔倒。她大概是这一细节来影射她的人生和婚姻:曾经拥有的一切,如今已是烟消云散。自己是不是在拥有之时过于傲气而忽略了对方的感觉呢?

在《钢铁的感觉》一书中,"钢铁的感觉"是其中两篇内容连贯的散文的题目。在那两篇散文中,一篇是加纳对自己年轻时代习练击剑运功的回忆,而另一篇则是她在年过五十之后再次练习击剑的心情记录。所以,"钢铁的感觉"也是"剑"或者"击剑"的感觉。她在"钢铁的感觉(一)"中写道:"钢铁的感觉正是我想要的感觉。我想要学习与人搏斗,但是我不想以那种普通的甚至不幸的方式去防护自己——那种不顾一切的、衣衫褴褛的或者是情绪急躁的方式。我想要学习一种古代的搏斗规则,有分寸的,同时又是目的明确的。我的身体是否能承受呢?希望这一切来得

---

① Helen Garner, "Tutto Sereno" in *The Feel of Steel*, Sydney: Picador, 2001, p95.

还不是太晚。"① 由此看来,加纳将该书定名为《钢铁的感觉》的寓意还不仅仅渲染那种"冷"的感觉,更要表达一种"刚"的意志,一种坚强地承受一切苦难与折磨的姿态。

"钢铁的感觉"的第一篇记叙了50年代后期,加纳15岁时跟着一个匈牙利击剑教练练习击剑的经历,海伦·加纳从那个教练那儿学到如何与人交战。"打起来很美。"加纳感受到。但是那时"我击剑的步伐太快,因为我害怕——不是害怕被伤害,而是害怕被攻击。竞赛之前,我总会因为害怕而失眠。"尽管加纳知道,"有一种侵犯的冲动埋藏在我的心底。"人是不是在悲伤到极点时会想起上帝呢?"我从来没有想到有一天我会成为这样一个人:每天早上起来之后第一件事就是阅读《圣经》。我曾经认为自己与那些晨起诵经的人是很不一样的,我的身上缺少他们所有的一些特质,如,坚定不移、始终如一的忠诚。"② 加纳讲述了她与作家蒂姆·温顿的一次信件交流,从温顿那里她获得了关于上帝、关于信念的启迪。"上帝对于我在于用他的故事打动我。那些故事都好像是真的,所以我很相信。不仅是因为那些作者是可信的,他们见了很多也讲述了很多在我们的今生很难见到的事,而且因为他们让我本能地从情感上愿意相信他。作为故事,或者作为生活,他们听起来都很真实。也许只是想像,因为我们的信念来自于那里。"

这样一个在很多场合都对公众阅读过她自己的作品或者世界文学名著的人,当她在教堂诵读《圣经》的时候,她禁不住"颤抖",甚至她自己都能听到自己"发颤的声音"。因为"我在使劲弄懂那些段落里的含义,而那些含义常常让我很迷惑。"③ 无论如何,加纳都是现实的人。在文章的最后,她还是丢开了那些《新约》和《旧约》,离开了尼尼微古城(Nineveh),回到了现实生活中。其实,即便是在她的生活最为无助的时候,她还是想到了她的父亲和母亲,她所期望得到的也只是父母一句祝福的话。

---

① Helen Garner, "The Feel of Steel 1" in *The Feel of Steel*, Sydney: Picador, 2001, p175.
② Helen Garner, "Sighs Too Deep for Words" in *The Feel of Steel*, Sydney: Picador, 2001, p69.
③ Helen Garner, "Sighs Too Deep for Words" in *The Feel of Steel*, Sydney: Picador, 2001, p69.

祝你一切平安,我的女儿。只有我一息尚存,我就会等待着你的好消息。这就是我一生都在渴望的祝福,我今生无法从我父母那里得到的祝福。我需要这样的祝福。我必须竭尽全力去得到它。与这种来自于父母的温馨、真诚的祝福相比,尼尼微城的毁灭又与我何干?①

加纳用"妆扮新娘"一篇来结束全书是意味深长的。"妆扮新娘"顾名思义是关于新娘妆扮的故事,其中所写的是加纳在朋友凡妮莎·卢卡斯的婚纱店里的所见、所闻、所感。"尽管我结过三次婚,但是我却从来没有做过'新娘'。"② 在文章的一开始加纳就对读者坦白了自己的婚姻经历,读者可以自己去想象加纳三次婚姻中的酸甜苦辣。但是,加纳并没有为自己失败的婚姻而感到气馁或者一蹶不振,相反,她依然在期待着生活的新旅程。"要是我穿上婚纱会是什么样子呢?要不要戴面纱呢?"③ 她幻想着自己穿上婚纱走进了舞场,吸引了众多的目光。也许对于一个单身女人而言,无论她年轻、年长抑或年老,婚姻始终是有诱惑力的,所以"我从不厌倦听朋友凡妮莎·卢卡斯讲述发生在她所工作的新娘沙龙里的故事。"④ 凡妮莎·卢卡斯是一个新娘化妆师,专门为即将成为新娘的女孩设计并穿戴婚纱。这项看似简单的工作其实并不像想象的那么简单。新娘的婚纱总是很大、很复杂,白色的婚纱需要保持洁净,所以不管婚纱有多重,化妆师要用整个双臂托住婚纱使得它不至于拖在地上沾染上灰尘,这需要一定的体力。"凡妮莎最近的工作就是接替另一个化妆师,那个化妆师因为肩部受伤而请了假。"⑤ 原来在这些美丽女孩变成穿

---

① Helen Garner, "Sighs Too Deep for Words" in *The Feel of Steel*, Sydney: Picador, 2001, p84.
② Helen Garner, "Arrayed for the Bridal" in *The Feel of Steel*, Sydney: Picador, 2001, p209.
③ Helen Garner, "Arrayed for the Bridal" in *The Feel of Steel*, Sydney: Picador, 2001, p209.
④ Helen Garner, "Arrayed for the Bridal" in *The Feel of Steel*, Sydney: Picador, 2001, p209.
⑤ Helen Garner, "Arrayed for the Bridal" in *The Feel of Steel*, Sydney: Picador, 2001, p210.

着婚纱的新娘之前,化妆师们所要付出的汗水是人们所看不到的。所以,新娘化妆师除了要有体力之外,还要有耐心。凡妮莎的性格太适合做这个工作了。她很镇静,从来都是不慌不忙的。她说话很有思想,行动安静而又流畅。她总是很安静地在一边注视着,"一言不发,面带笑容,眉头扬起,侧着头看着"。所有的新娘都是追求完美的,所有的新娘的母亲都是挑剔的,化妆师要不厌其烦地、细致地去满足新娘及其家人所提出的各种要求。那天下午第一个来到店里的是一位名叫萨莉(Sally)的护士。她刚刚值完夜班便来到店里化妆,人显得很疲劳,晕晕乎乎的。她由她的伴娘陪着走进化妆室,她的母亲和她的姐姐则坐在化妆室外的小沙发上耐心等待。当萨莉脱掉衣服站在镜子前时,她注意到自己略显倦态的笑容,"凡妮莎和芭芭拉将婚纱裙洒向萨莉,裹住了她的身体,从她身后拉上了裙子的拉链。""两位化妆师跪在地上整理着裙裾,前额几乎触到地板上。她们用别针将裙子内里夹好,然后又告诉萨莉的伴娘在她走路的时候怎么将裙子撩起。"[1] 萨莉并不像其他的新娘那么兴奋,而是面无表情、一脸疲惫。当一切整理完之后,萨莉用几乎是冷淡的口吻说:"现在可以将帘子拉开,让我母亲进来看一看了。如果她想哭的话,那么她现在就可以哭了。"[2] 帘子拉开,她的母亲和姐姐坐在沙发上,静静地看着她,谁也没有说话,当然也没有人哭泣,但是她们看起来都有点激动。在加纳的描述中我们注意到,这三个人之间的关系有些微妙。我们不禁会猜测:新娘为什么不高兴?仅仅是因为疲劳吗?新娘的母亲又为什么只是远远地看着自己的女儿妆扮成新娘,而没有走进去细细打量她呢?有时候即便是母亲与女儿之间是不是也有某种难以言说的隔阂?在第二个到店里来化妆的新娘马瑞娜(Marina)身上我们则看到另一种情形。她订了一条浅蓝色的婚纱。虽然已经二十多岁,但是她看上去像是一个十几岁的小姑娘:小腹平平的,大腿长长的,小小的乳房挺得高高的。她的姿态十分自然和优美,像是一个练过舞蹈的。因为第一次试婚纱的缘故,她显得十分兴奋,时不时地摆出各

---

[1] Helen Garner, "Arrayed for the Bridal" in *The Feel of Steel*, Sydney: Picador, 2001, p212.
[2] Helen Garner, "Arrayed for the Bridal" in *The Feel of Steel*, Sydney: Picador, 2001, p213.

种优雅的姿势,惹得在一边看着的"我"赞叹不已。马瑞娜的肩上纹了一个她的星座图:双羊座的标志。在穿婚纱的过程中,她一直都拿不定主意是应该将背部垫得高一点遮住那个文身的图案,还是将胸部垫得高一点以便使得自己更女人?她的母亲在一边以挑剔的眼光看着,随时准备发现一些不太如意的问题。"你为什么想把这个文身图案遮起来呢?是不是你的未婚夫对此有看法?""哦,"马瑞娜说,"我的未婚夫能够接受的。但是别人看到可能会吃惊,比如,牧师如果看到的话。"她的话引得所有的人都笑了起来。随后,凡妮莎便想着各种的办法使得马瑞娜看起来漂亮,而且又没有缺憾。"能不能在胸部再加个垫子让乳房更大、更高、更挺一些呢?""我"当时真想说,"亲爱的,牧师会对那两个大乳房更感兴趣,而不是对你背上的文身感兴趣。"① 凡妮莎那天下午的最后一个顾客叫格瑞恩拉(Graziella)。她是一个特殊的顾客。格瑞恩拉不是新娘,而是新娘的保姆。在格瑞恩拉的婚礼上,她的表妹是她的伴娘,而表妹现在就要结婚了。婚纱店里的故事是笑声、哭声和尖叫声所组成的故事,"看到我在一边记着笔记,格瑞恩拉说'对不起让你烦了'。但是,"海伦·加纳写道,"我怎么会感到厌烦呢?我真希望我能一直这样闲散地呆下去,背靠着大镜子,整天洋溢在欢声笑语中。"②"婚纱店是一个圣地,一座婚礼的神庙,但是与婚姻无关。这里没有男人。这里的一切完全与男人无关,几乎没有人会提到男人,在绵软的薄纱和微小的细节中,我有一种窒息感。如果我是一个吸烟者,我会立刻冲到街上去点一支烟来缓解一下那种被窒息的感觉。"③ 整个下午,凡妮莎不停地忙碌着为好几位女孩试婚纱。在这个婚纱店里有一个规定:所有的化妆师和工作人员都要穿黑色的、裁剪合身的服装,"她们都是四十来岁的女人,她们必须收敛她们身上的女人味以便让那些新娘更为婉约迷人。"④

---

① Helen Garner, "Arrayed for the Bridal" in *The Feel of Steel*, Sydney: Picador, 2001, p218.
② Helen Garner, "Arrayed for the Bridal" in *The Feel of Steel*, Sydney: Picador/Pan Macmillan, 2001, p222.
③ Helen Garner, "Arrayed for the Bridal" in *The Feel of Steel*, Sydney: Picador, 2001, p214.
④ Helen Garner, "Arrayed for the Bridal" in *The Feel of Steel*, Sydney: Picador, 2001, p211.

《钢铁的感觉》中的所有的散文和随笔从另一个侧面呈现了加纳作为一个女作家生活中的故事,字里行间表达了她作为一个走过婚姻的女性内心所隐藏的忧伤,一个成为母亲和外婆的女性对于亲人的关爱,一个在衰老中的女性对于留住青春的热情与渴望。也许,生命的意义正在于此,无论我们收获的是痛苦悲伤,还是幸福快乐,重要的是我们体验过。

第五节 《乔·琴科的安慰》(2004):女人之间的战争

海伦·加纳 2004 年的畅销书《乔·琴科的安慰》记录了她对一宗谋杀案庭审内外的调查。案件涉及两名法律系女生,阿奴·辛格和麦德哈维·劳,两位女大学生被指控用安眠药以及毒品杀死了辛格的男友乔·琴科。加纳围绕着法庭内外的争辩以及她与当事人家人的交流展开故事,呈现了一种带有几分悲凉的世态,反映了两代女人之间的疏离和间隔,以及道德与法律之间的鸿沟。《乔·琴科的安慰》"从某种意义上说是一部探索心理秘密的书,但是,该书还有更深层的含义,它拷问了法律的公正和人与人之间所应承担的责任。作者的同情之心、坦诚之意和智慧之见诉诸笔端。"①

《乔·琴科的安慰》实际上书写了发生在两个女人之间的心理战争,加纳在作品中戏剧化地再现了当年案发的场景、庭审的场面以及庭审之后各方人士的反映。她走访受害人和当事人的家人以及其他一些证人和知情人,以第一人称叙事者的身份亲历现场,书写案件发生的前因后果以及案件审判所产生的影响。通过"我"观察与受害人关系最为密切的两个女人,从她们的讲述中去探究受害人生前的情感经历以及两个女人之间的矛盾和冲突,寻求两代女性的沟通途径。在加纳的叙述和描写中,玛丽亚·琴科一如"怜子圣母",而阿奴·辛格则似"祸水红颜",前者温婉、厚道,后者妖艳、冷漠。两种女人,多个侧面,她们内心的诉求也有很大差异。加纳站在后女性主义的立场,冷眼观战,静心思考:琴科的死最终改变了两个女人的命运。他的情人阿奴·辛格被监禁失去了自由,他的母亲玛丽亚·琴科纠结在痛苦生活中难以自拔,两个他曾经所爱的女人之间似乎永远难以达成和解。所以,他的灵魂必定在法庭内外游荡,而不能在天堂安息。一方面,加纳在字里行间透露出对阿奴·辛格的狂野与放

---

① Helen Garner, *Joe Cinque's Consolation*, Sydney: Picador/Pan Macmillan, 2004, cover page.

荡的不满,暗示传统女性主义的受害者哲学已经成为一些"祸水红颜"用于迫害男性的工具,她们利用自己的身体和女性魅力,将男人玩弄于股掌之间,最终将男性置于受害者的境地;另一方面,加纳细致描写了玛丽亚·琴科的失子之痛,以及她为了家庭、为了孩子、为了生活所做出的种种努力、坚持与挣扎。我们不禁扪心自问:我可能是她们中的哪个角色?从阿奴和玛丽亚两个女人的身上,反映了两代女人的不同境遇和不同心理,也折射了女性主义的转向。随着第二浪潮的褪去和第三浪潮的涌起,女性主义进入了后女性主义时代,女性也从性别战争的主战场转移,女性主义的代际矛盾引发了更多的女性之间的争战。

母亲是一种文化符号。无论是中国神话中的女娲还是西方神话中的夏娃,无论是中国佛教中的观世音还是西方基督教中的圣母玛丽亚,她们都是人类母亲的符号。善良、包容、坚韧、忍受人类的苦难,生育繁衍后代,妻性、母性、女性是她们的主要特征。她们肩负人类的苦难,当世界一片蛮荒混沌,她们辛勤理家、辛劳耕作,筚路蓝缕,用自己柔韧而坚强的身躯,开拓奋斗,担当家族和人类命运领袖的调遣周旋重任;她们用洁白而甘甜的乳汁,抚养哺育千千万万的子孙后代,以羸弱柔美的躯体,义无反顾地担负起人类种族繁衍生息的重任,养育儿女,抚养子孙后代,使得人类种族传承绵延不断,得以延续;她们感情丰富,勇敢坚强,用包容深广、善良慈祥修补家庭,维持家庭的祥和稳定,用辛勤耐劳料理家庭亲人的饮食起居;教育人类祛除傲慢无礼,唐突孟浪,用智慧、理性、拼搏得来的实践经验、聪明和睿智教育子孙后代,使人类文明伸展延续,发扬光大;她们和男人一起,顶天立地,血雨腥风中征战杀伐,果敢和计谋不亚须眉,和平环境中纺织耕种,在家庭和田园里辛苦劳作,幸福来临时候平和安详,狂风骤雨到来的时候,心理和意志大都超乎想象的比男人刚强。

"圣母怜子像"(Pieta)是意大利著名画家米开朗琪罗的杰出雕塑:圣母抱着平卧的耶稣,脸上充满慈爱、恬淡的神态,洋溢着一个年轻母亲的怜子之心,寄托着崇高的人性关怀。圣母玛丽亚是基督教文化中救世主耶稣的母亲。她以博大浓厚的爱抚育了耶稣。她一生受难几多:耶稣为了信仰而弃绝家庭和寡母,苦难的玛丽亚不能理解儿子,一边绝望地期待儿子复归到自己身边,一边承受着众人的嘲笑和内心的羞愧感。最终耶稣被钉上十字架。失去儿子的绝望深深地袭击了圣母多难的心。圣母的爱和受难是伟大的，值得人们崇敬的。但是圣母与耶稣在思想上是无法沟通的，圣母不能理解救世的儿子，她浓厚的母爱化解不了与儿子之间的隔阂。在母亲的潜意识中，儿子反社会、反习俗、反文化是有罪的，而且作为母亲也是应该负疚和羞愧的。为了进一步加强乔母与圣母灵魂的对应，有必要引用一段圣母玛丽亚在人群中的心理描写：

> 一个老太婆回过来看见了玛丽亚，骂了一句，两个邻居故意把脸扭过去，吐了口吐沫为驱邪……她在一块石头上跟跟跄跄地使劲往前走，想尽快跑到最前头，在人群中杂沓地方匿迹。她听见身边不断传来议论，但是把心一横，只顾低头走自己的路。我的儿子已经沦落到何等地步了，她在想，我的儿子，我的宝贝儿子！

这段文字传达了圣母对耶稣深刻的爱和不理解，让人感到很受震撼。受难的圣母是值得崇敬的，但是母子之间的隔阂又是可悲的。

乔的母亲是加纳关注的一个焦点。在庭审之后，加纳对乔的父母进行了走访。在乔的家里，乔的母亲玛丽亚给加纳播放了两段记录了乔十八岁时生活片断的 VCD。显然，对于儿子的记忆让这位母亲不能忘怀。儿子生活中的一切都仿佛历历在目。加纳写道：

> 看着录像，琴科夫人不停地低声自言自语。屏幕上出现不同的人，她的声音也随着发生变化：她时而平缓地讲述，时而喜悦地叫喊，时而是充满母爱的关怀，时而是辛辣的讽刺和诅咒，最后又变成轻轻的、忧伤的自责。
>
> "看，那是我给他系的领带……她（指阿奴·辛格，作者）也被邀请参加婚礼，但是她不愿意去……乔与所有的人相处得都很融洽。他不会傻傻地愣在那儿……乔不会买快餐。都是我给他做饭。我给他剥开橘子，分成四瓣，然后再将橘子皮合上。他的一个同事对他说，我看只有母亲会为她的儿子这么做，而妻子绝对不可能做得到……瞧，他的手多漂亮！多长的手指啊……但是他总是咬手指甲。他看上去比他的实际年龄要小很多……他总是静不下来。我经常对他说：安静！安静！别再闹了！他开始学习建筑设计但是他不想老

是呆在屋内,于是,他改学工程。这是他的素描。我不知道他是怎么画出来的,因为他总是静不下来。当我看到他躺在棺木中时……那时候他是多么安静啊……我真想知道要是柯里斯宾法官有这样一个儿子他会不会也作出同样的判决……那个卑鄙的家伙,竟然作出这样的判决!我们怎么能够接受?①

加纳还写道:

我对玛丽亚·琴科(Maria Cinque)的镇静肃然起敬。尼诺·琴科(Nino Cinque)坐在他的位置上,偶尔说几句话,表情恬然,听他的妻子滔滔不绝地讲述。她有一种内在的力量使得那些在她面前显得束手无策的人变得十分脆弱。她从不正对着你,让你感觉到有压力,她也不会表现出虚情假意的样子。但是,当痛苦和愤怒在她的心底积压,最终从她的心底深处爆发出一股巨大的、难以抑制的原始的力量:我们意识到,她,是一个母亲。这种母亲的力量使得我们反观自身的需求。在宣判之后她的爆发并不是对宣判协议的决裂,相反,我们在等待她的爆发。这是一个仪式的一个必要的过程,是一个荣耀的过程:一个怜子的圣母形象。我们怀着恭敬的心情去听她诉说,或者说是一种感激的心情。我们必须去听受难者哭诉她的命运,尽管我们知道这所有的痛苦和失落都已无法弥补。②

在作品的最后,玛丽亚还是提议要加纳再看一段关于乔的录像。只要是有关乔的,玛丽亚肯定是百看不厌。加纳也与玛丽亚几乎有同样的心情。她说:无论看什么都行,只要其中有乔就行。玛丽亚依然是边看边自言自语,充满了怜爱之情。玛丽亚是一个传统的、善良的母亲形象。

"红颜祸水"是由法语 femme fatale 译过来的,其字面的意思是"致命

---

① Helen Garner, *Joe Cinque's Consolation*, Sydney: Picador/Pan Macmillan, 2004, p83.
② Helen Garner, *Joe Cinque's Consolation*, Sydney: Picador/Pan Macmillan, 2004, p131.

的女人",有"白虎星""坏女人"之意,常指娇媚迷人的女人,以勾引、诱惑、毁灭男人为务。男人难以抵御这种女人的身体诱惑,最终男人可能进入危险的、甚至于毁灭的境地。"红颜祸水"的原型在各国民间文学和神话文学中都可见到。女性的谋杀行为通常被认为是对传统的女性特征的越界,从这种意义上说,她们既是一种性别突围也是一种性别犯罪。依照传统的女性角色定位,女性是社会的抚育者,任何暴力的行为都可以看作是对传统女性角色的决裂。从加纳的描述中可以发现,辛格是一个以自我为中心的女孩,表演着"自恋的情景剧",她个性中邪恶以及不道德的一面被突显出来。"她是那种女人心中最为害怕的女人——如同受过伤害的孩子,虚荣,疯狂,毁灭,失去控制。"① 对加纳而言,辛格是那种可以称之为"红颜祸水"的女人。正如玛丽安娜·多纳(Maryanne Doane)所提出的,所谓"红颜祸水"是一种散漫、不安分的女人,一种潜在的致人受伤的力量。多纳认为,这种女人有一种内在的威胁,这种威胁难以预料,也难以把握,她们患有一种"男性害怕女性主义"的症状。瑞塔·菲尔斯克(Rita Felski)则提出"复仇女人"这一表达,也是关于女性权力的传统表达。

阿奴是一个女权主义者。据玛丽亚回忆,乔曾提醒他的父亲尼诺和阿奴说话时得小心,不要表现出那种大男子主义的样子,因为她是一个女权主义者。她注重自己的外表,希望自己是一个标准的美人,所以她总是减肥,追求那种像模特样的骨感美。她食用各种减肥药品来控制体重。她还抱怨乔,因为和他生活在一起,让她感觉自己成了一个"十足的家庭主妇",一个她并不想去充当的角色。阿奴是一个娇媚、性感的女人。"她一头浓密的长发染成暗红色,在颈背部扎成一个花。她穿着一套职业装:一条长裙和一件深蓝色的夹克。光着脚穿着一双楔型后跟的拖鞋。她非常安静地坐在那里,右腿跷在左腿上。"②

大约是1996年的十一月的某一天,大学放假的时候,乔带着她

---

① Helen Garner, *Joe Cinque's Consolation*, Sydney: Picador/Pan Macmillan, 2004, p18.
② Helen Garner, *Joe Cinque's Consolation*, Sydney: Picador/Pan Macmillan, 2004, p26.

回到家里住了一段时间。她很有礼貌，很周到。她和我们一起住了两三个星期。她太好了，是一个完美的女孩。穿着得体，还在厨房里帮忙洗碗呢。乔告诉我说她不吃肉，因此我每天给她烧些蔬菜。乔指着我给她做的菜对她说："那是我最喜欢的菜，就是那样的菜。"乔对他爸爸说："你和她说话时得注意点。不要太大男子主义，因为她是个女权主义者。"①

在《乔·琴科的安慰》中，男主角乔·琴科是一个前途无量的聪明的年轻人。他英俊、潇洒，带有几分腼腆，对他的女友阿奴充满崇拜。加纳以大量的笔墨描写了她对乔的家人的采访，乔如何被一个自私而又残暴的女人从一个乖巧的儿子改变成另一个人的过程。在加纳看来，乔是阿奴的受害者不仅仅是因为乔死在阿奴的手下，更因为乔活在阿奴的生活中。乔的人生选择因为他与一个不健康的女人的交往而受到了限制。乔·琴科是一种特殊的女人的牺牲品。加纳写道："在我看来，他像是一个落入魔鬼窝的无辜者。"② 乔，像辛格的同谋，麦德哈维一样，他们"在阿奴反复无常的权力面前无能为力"。③

在2004年完成了《乔·琴科的安慰》的写作之后，加纳便成为琴科一家的朋友。加纳坦言，她最初想接触这个案子的动机与她当时的生活状况有关：她的第三次婚姻刚刚结束，她带着女儿，生活没有着落，心里充满了"耻辱和愤怒"，有一种报复的冲动。她承认，当时她极想看看那两个被指控谋杀的女子有什么特别之处。她心想：我能否将内心那股复仇的、惩罚的力量一直隐藏下去，像很多其他的人一样……心中的狂怒将它锁在笼中，只是在梦中或是在幻想之时才将其释放。而正在此时，"有一个故事等待着作者去写"，"它发出一种寂静的信号。作者接受了那个信

---

① Helen Garner, *Joe Cinque's Consolation*, Sydney：Picador/Pan Macmillan, 2004, p92.
② Helen Garner, *Joe Cinque's Consolation*, Sydney：Picador/Pan Macmillan, 2004, p152.
③ Helen Garner, *Joe Cinque's Consolation*, Sydney：Picador/Pan Macmillan, 2004, p180.

号,不由自主地,丢下其他的一切,转身便跟了上去。"①

  正是这种近乎尖叫的对话打破了我的冷漠,使得我兴奋起来:杀者的声音中充满了祈求,声音的变调,甚至出现了那种假声;接线员尽力弄清所发生的事,乔·辛格死时的样子似乎也历历在目,在那种尖叫声音的背后是一个年轻人在弥留之际的挣扎——他的肢体,他的嘴唇,他的牙齿,还有他的心脏。②

为了表达对男人的憎恨,为了寻求心中愤怒的发泄口,为了安慰自己那颗受伤的心,加纳走进乔·琴科的世界。但是随着采访的深入,加纳的心境却发生了变化,由原来对男人的憎恨到对男人的同情。加纳写道:

  不管是什么原因,我的同情心在乔·琴科一边。我在每一个可能涉及他的文件中搜寻有关他的消息。但是,每一个本应该有他的消息的地方最终都是一片空白,他没有留下任何声息和印记:在那儿没有一点回音。没有他的言语记录。他总是被阿奴·辛格抢了风头。在案卷记载中,她一次又一次杀了他。人们总是只是注意到她:她为什么要那么做,她是怎么样一个人,她会遭遇到什么样的命运。她的形象和声音被突显出来,而他却不断地在萎缩,最终变得模糊不清,甚至消失了,只留下他的姓名,一个僵硬的、圣洁的受难者的面部轮廓。③

加纳承认:这是整个事件中最为令我惊慌的事,尤其是当你看着麦德哈维在申辩的时候,这种感觉尤为强烈。在《乔·琴科的安慰》中,加纳非常详尽地描述了劳的律师拉斯理(Mr. Lasry)为其辩护的样子,拉斯理认为,劳没有法律上的义务去救护乔·琴科,即便她眼睁睁地看着他死去。加纳认为,在道德和法律之间有一个缝隙,拉斯理将他的辩护直接穿

---

① Morag Fraser's review of *Joe Cinque's Consolation*, August 14, 2004.
② Helen Garner, *Joe Cinque's Consolation*, Sydney: Picador/Pan Macmillan, 2004, p21.
③ Helen Garner, *Joe Cinque's Consolation*, Sydney: Picador/Pan Macmillan, 2004, p178.

过了那个缝隙。一个好律师总是会寻找在道德和法律之间的那个缝隙。法律写在那里,你总想要利用它,但是它总是那样的冷漠无情。为了使这个曲折复杂的故事易于为人们所理解并且让人感到,加纳采用了小说叙事的手法,而不是传统的报道形式。她将案件中的相关人物,律师、证人和其他的相关人员,都小说人物化了。因此,乔·琴科死的那一周的叙述就像犯罪小说的故事情节一样,充满了悬念。法庭拷问成为扣人心弦的对话,加纳以第一人称的叙述让我们分享到对辛格的审判中高度戏剧化的情节。《太阳先驱报》(*Sun Herald*)评论道,"在报纸上可能只是三言两语的几段报道,但是,在加纳的笔下,却成为一场扣人心弦的戏。她再一次提醒了我们纠缠不清的复杂人性。"加纳的戏剧化的处理增加了戏剧元素。阿奴·辛格和她的女友麦德哈维都拒绝与加纳交流。害怕像当年那样因为《第一块石头》的写作招致那么多的非议,加纳停止了写作。带着一种强烈的失败感,她回到墨尔本,"凄惨地、愤怒地、无所适从地"。耳边回响着辛格的母亲愤怒的谴责声:我应该怎么办?几个月的时间转眼就过去了。加纳几次想见阿奴·辛格的请求都遭到拒绝。在加纳的讲述中,阿奴,这个美丽、聪明、热衷于自我的年轻女孩,为什么要杀死她的恋人还是让人有点匪夷所思。加纳不能完全理解她,我们也同样无法完全理解她。虽然从一开始,她就是一个个性鲜明的人。加纳通过各种形式对阿奴这个人物着力描写:她在乔死之前的报警电话剧本化,她在贝尔康尼在押候审期间所写的信,庭审记录,专家证人陈述,与琴科父亲的对话,对琴科朋友和同学的采访等等。使得加纳烦恼的是,阿奴·辛格显然不能理解她为什么要被卷入其中,她拒绝接受任何采访,也拒绝做任何解释,只是表明当自己接受了这一切处罚之后,其他人都比她富有。加纳只是作为旁观者描写道:她的声音听起来很年轻,而且她的语言表达也很简单,让人觉得她不至于会闯这么大的祸。但是,她的声音中有点绝望。她是那种让女人最害怕的人——像一个受了伤的婴儿,虚荣、躁狂、失去理智。

琴科夫妇处于一种复杂和矛盾之中。作为主要人物,他们的故事以及他们所讲述的故事是加纳所关注的重点。他们的儿子死了。他们憎恨那两个杀了他们儿子的女孩。没有其他任何办法可以使他们得到安慰。也没有任何法律的解决程序或者结果能够弥补他们的生活从此留下的缺憾。虽然阿奴·辛格最终被判过失杀人,并且服刑四年,但是这一切对他们的情感而言都无济于事。《乔·琴科的安慰》是为乔·琴科而命名,也是为乔·琴科而写作,纪念他的生命和他所曾经拥有的活力。"现在看来,乔·琴科对于我来说更为重要。我终于自由地去寻找他了。"在寻找乔的过程中,他的父亲和母亲的悲伤也被毫无掩饰地展示出来。在书中,加纳着力建构了与琴科夫妇的关系。加纳记录了与他们夫妇交往的所有细节以及他们关系改变和进展的每一个步骤。在对玛丽亚和尼诺的第一次采访中,在琴科的家里,她与琴科夫人坐在厨房里的长桌边交谈。傍晚,琴科夫人邀请她留下来喝茶,她们之间产生了足够的亲近感,以至于琴科夫人请求加纳不要坐在那张乔活着的时候经常坐的那张椅子上。她说:"那张椅子是乔的,尼诺喜欢让它空着,为乔而留着。"加纳感到很羞愧,差不多七个小时的时间,她让尼诺在一旁默默地忍受着痛苦,她也感到很忧伤。

《乔·琴科的安慰》旨在探讨人与人之间(男人与女人之间、女人与女人之间)的关系与责任。加纳从"我"的视角审视乔·琴科、阿奴·辛格和玛丽亚·琴科的关系的变化。乔与阿奴相遇的那一刻便注定了乔与玛丽亚的分离。母爱的伟大之处便在于她时刻在等待着儿子的回归,不在乎付出多少时间、精力与心力。乔·琴科的安慰是什么?每个人可能会有不同的回答,这也从另一方面说明,乔·琴科的安慰并不是某一个人的安慰,而是所有人的安慰。《乔·琴科的安慰》一书的封面设计可谓是独具匠心,意味深长:封面上半部白底金字印着作者的姓名和书名,下半部是墨绿色调、油画风格的一个青苹果。简单的构图和单一的色彩并不能一下子产生强烈的视觉冲击力,也似乎与书的标题和内容没有多少关联。但是,在阅读过后却发现封面上的那只苹果让人回味无穷。"青苹果"是夏娃在伊甸园中偷吃的苹果,它代表一种致命的诱惑,一种苦涩的记忆,一种联想和警示。在《乔·琴科的安慰》中,苹果便是女主角阿奴·辛格——乔·琴科的妖媚女友——的化身,是魅力和诱惑的象征。她曾经是乔·琴科的安慰,但也正是她最终毁掉了乔·琴科生命,也因而成为乔的母亲玛丽亚·琴科痛苦记忆的源头。作为一个"红颜祸水"般的女人,阿奴·辛格有一种令男人难以抵御的邪恶的美,乔·琴科心甘情愿地做了她的俘虏,成为她的牺牲品。另一方面,苹果也可以看作是乔·

琴科遗像前的祭品,它在安慰玛丽亚·琴科的同时在不断地提醒她对另一个女人的怨恨。在这场两个女人的战争中,"怜子圣母"玛丽亚最终将"红颜祸水"送进了牢狱。在生活中,这样的战争每天都在发生。西蒙·波伏娃(Simone de Beauvoir, 1908 – 1986)在《第二性》(Le Deuxième Sexe, 1949)中写道:"女人是夏娃和圣母玛丽亚的结合。她是偶像,又是奴仆、生命之源、黑暗之母,她代表真理的缄默博大,又是妖精、老母鸡和愚蠢,她是医生和巫婆,是男人的战利品,毁灭男人的毒蛇,她代表他无法变成而又渴求的全部,是他对立和存在的原因。"①

---

① 西蒙·波伏娃,《第二性》,李强选译,北京:西苑出版社,2004年,第69页。

第四章

海伦·加纳对澳大利亚女性写作的贡献

第一节　概述

受澳大利亚历史、地理和文化的影响,澳大利亚文学以丛林背景、殖民经历以及伙伴情谊等极具澳大利亚国民身份特点的元素在英语文学中独树一帜,这些元素,从某种意义上说,也成就了澳大利亚女性文学。早期的澳大利亚女性作家主要是生在欧洲、长在欧洲、移居澳洲、最后大多又搬到美国或者回到欧洲居住的中产阶级女性,她们用欧洲人的眼光看澳洲人的生活,用澳洲生活的素材为欧美读者写作,作品中虽然有对澳洲人拓荒精神的赞颂,但其中的殖民主义意识也是十分明显的。两次世界大战期间及其以后的很长一段时间里,女性文学的主流仍属于"劳森传统",沿袭着民族主义的道路,在反映内容和风格上力求"澳大利亚化"。上个世纪 70 年代是澳大利亚文学进入国际化视野并赢得国际化声誉的年代。1973 年,帕特里克·怀特成为获得"诺贝尔文学奖"的第一个澳大利亚作家,从此,澳大利亚文学揭开了新的篇章。一些新派作家茁壮成长,主张冲破囿于刻画澳大利亚风土人情的"澳大利亚化"传统,创立一种带有国际色彩的文学,他们把目光从克拉克(Marcus Clarke,1846 - 1881)、劳森(Henry Lawson,1867 - 1922)、弗菲(Joseph Furphy,1843 - 1912)、理查森(Henry Handel Richardson,1870 - 1946)等澳大利亚 19 世纪末、20 世纪初的传统作家身上移开,连现代主义文学的主将怀特也被弃置一旁,转向美国、拉丁美洲及欧洲(而不再是英国)的作家,提倡一种无论在内容还是形式上都不受任何传统框架约束的新创作,宣称"劳森、乔伊斯(James Joyce,1882 - 1941)、海明威(Earnest Hemingway,1899 - 1961)等尽管都是伟大的短篇小说家,但是他们的'现实'不等于我们的'现实',我们无法使用他们曾经使用过的技巧。"① 这些新派作家们毅然抛弃了传统创作原则,认为丛林故事已经过时,小说并不需要有头有尾的情节和前后呼应的故事。他们的作品不以刻画人物和再现社会氛围为

---

① 黄源深,《澳大利亚文学史》,上海外语教育出版社,1997 年,第 398 - 400 页。

主,而是着眼于创造一定的情境,表达一种自身的感受;他们刻意追求叙述方式、叙述角度和语气的新颖,把形式作为内容的一部分来处理。他们中有的作家撰写寓言故事,另一部分人则采用融合梦幻与现实于一体的超现实主义手法来反映世界,大胆闯入了60年代文学的禁区——性和毒品,并且毫无顾忌地、赤裸裸地加以表现。这个时期的女性写作与前期相比发生了较大的变化,传统的男性中心以及两性对立观念被推翻,女性作者不仅在作品中写女性的故事,更从女性的角度去观察性别的、区域的、种族的和阶级的差异。在她们的作品中,传统的澳大利亚丛林气质在国际化的视域中展现出新姿,在属于她们自己的文学舞台上,她们用自己的声音讲述自己的故事,吸引了众多的听众和读者。但是,根据玛格丽特·史密斯(Margaret Smith)的观察与研究,70年代以及80年代许多澳大利亚女作家的作品在主题上的宽度和深度都不及克里斯蒂娜·斯泰德(Christina Stead, 1902 - 1983)等早期的女性作家,探究原因,她认为,"20世纪早期的女性写作都可以看作是女性主义第一浪潮的产物,在澳大利亚,女性主义并没有完全真正形成第二浪潮。"[1] 吉利安·维特洛克(Gillian Whitlock)也指出,上个世纪70年代,"女性主义文化蓬勃发展,成为女性写作成长的温床",几十年以后,"女性写作成为女性主义运动的一部分",从中,人们联想到女性体验、自我意识以及改变女性生活的种种努力。[2]

由此看来,澳大利亚女性主义的发展与欧美相比稍有延迟,直到80年代之后,澳大利亚女性写作的情形才发生了根本性的变化,女作家们"走出底层,她们被贴上了女性主义者的标签,被认为是以女人为中心的,甚至被称为神圣的母牛"。[3] 80年代是澳大利亚女性主义浪潮的起伏和

---

[1] Margaret Smith, "Australian Women Novelists of the 1970s: A Survey", in Carole Ferrier (ed.), *Gender, Politics and Fiction: Twentieth Century Australian Women's Novels*, St. Lucia: University of Queensland Press, 1985, pp220 - 221.

[2] Katherine Bode, "Along Gender Lines: Reassessing Relationship between Australian Novels, Gender and Genre from 1930 to 2006", in *Manifesting Australian Literary Feminisms, Nexus and Faultlines*, edited by Margaret Henderson & Ann Vickery, *Australian Literary Studies*, 24.3 - 4, Brisbane: Clark & Mackay, 2009, pp79 - 95.

[3] Gillian Whitlock, "Introduction" in *Eight Voices of the Eighties*, St. Lucia: University of Queensland Press, 1989. pxii.

澳大利亚国际化程度的深入的年代,澳大利亚女性文学因而也进入了前所未有的辉煌时期。伊丽莎白·乔利称这一时期为女作家的"荣誉时刻",称这一阶段是"国家文学史上重要的一个阶段,从此,女性作者和读者进入主流。"① 这个荣誉时刻成就了很多女作家。西·阿斯特里是"她那一代的小说家中唯一一个在赢得了早期的成功之后仍然不停的写作的小说家,尽管整个60年代和70年代的文坛都被男权的阴影笼罩着。"② 她是一个不擅长于写女人的女作家,她从1958年出版第一部小说《牵猴子的姑娘》(Girl with a Monkey,1958)到1999年出版最后一部小说《旱土》(Drylands,1999),"一个明显的特色就是她的作品中充斥着男人的经验,男人的叙事"。③ 她四次获得迈尔斯·弗兰克林奖,成为获得该奖项次数最多的女作家,在澳大利亚文坛上,只有蒂姆·温顿可以与之抗衡。然而,作为女人,她很少写女人的欲望,她认为,欲望"是一种约束女人趣味的力量"。④ 德布拉·阿德莱德(Debra Adelaide)指出,"西·阿斯特里的小说的结构不是线性的,有后现代的框架,同时,她的主题又是严肃的,追求人文主义的真实。"⑤ 伊丽莎白·乔利生于英国伯明翰,十一岁进寄宿学校学习六年,毕业后又在医院受训六年,成了一名护士。1959年,乔利随丈夫移居澳大利亚。虽然在少女时代就开始写作,但是乔利出版第一部小说集《五英亩处女地及其他故事》(Five Acre Virgin, and Other Stories,1976)时已经53岁,可谓大器晚成。到90年代中期,乔利已出版长短篇小说近20部。乔利的小说大多描写现代人的生存困境与挣扎,他们在生活中的压迫感、孤独感、恐惧感以及为适应环境摆脱困境而采取

---

① Gillian Whitlock, "Introduction" in *Eight Voices of the Eighties*, *Stories*, *Journalism and Criticism by Australian Women Writers*, St. Lucia: University of Queensland Press, 1989, pxi.
② Sheridan, Susan and Genomi, Paul (eds.), "Introduction", *Thea Astley's Fictional Worlds*, Newcastle: Cambridge Scholars Publishing. 2008.
③ Pam Gilbert, *Coming Out from Under: Contemporary Australian Women Writers*, London: Pandora Press, 1988, p109.
④ Ken Gelder & Paul Salzman, *After the Celebration: Australian Fiction 1989 – 2007*, Melbourne: Melbourne University Press, 2009, pp187 – 188.
⑤ Ken Gelder & Paul Salzman, *After the Celebration: Australian Fiction 1989 – 2007*, Melbourne: Melbourne University Press, 2009, p185.

的形形色色的生存策略。在技巧上,她融合了现实主义和现代主义的表现手法,采用了现代主义作家常用的时空倒错、内心独白、蛛网式结构、象征和意识流等手法,使她的小说既具有现实主义文学作品因故事生动、人物鲜明所造成的较强的可读性,又不乏现代主义文学深入现代人内心揭示其内在本质的深度。[1] 与西·阿斯特里以及伊丽莎白·乔利有着同样成功声誉却有不一样的写作风格的海伦·加纳,是澳大利亚文学史上实践"女性写作"并获得了巨大成功的第一人。肯·吉尔德和保罗·萨尔兹曼在《新变化:澳大利亚小说 1970 – 88》一书中以专门的章节探讨了"女人的故事",认为加纳的写作中融合了当代女性小说的两个主要元素:即采用女性特有的叙述结构描摹女性经验,使得她的小说有别于传统的男权经验的小说。[2]

　　海伦·加纳无疑是一个女性主义者,但是,她不是一个僵化的女性主义者,而是一个在女性主义的标尺上不断调整着自己的方位的、变化的女性主义者。70 年代,她是激进的,她的《毒瘾难戒》拿"性"说事,书中的人物"不是谈情说爱,而只是性交"。[3] 那个年代的加纳,将"性"与"爱"画上等号。作为女性主义运动中升起的新星,她的大胆和激进使她在成为"新女性主义思想的传播者"的同时,成为"反文化"潮流的代表。[4] 但是,《毒瘾难戒》之后的海伦·加纳并不是一直如此激进。从 80 年代到 90 年代初,加纳写作并出版了《荣誉和他人的孩子》、《孩子们的巴赫》、《来自冲浪者的明信片》和《小天地中的大世界》,在追求身体欲望的解放之后,加纳转向了对于女性主义的思考,冷静观察男女性别关系中女性的角色以及她们的角色对于社会的影响。当 1995 年她写作《第一块石头》时,她更是转向了对于传统女性主义的质疑,批评女性主义者与男性对抗

---

[1] 陈正发,她们自己的文学——当代澳大利亚妇女小说发展评述,《安徽大学学报·哲学社会科学版》,2006 年第 9 期,pp87 – 91.

[2] Ken Gelder & Paul Salzman, *The New Diversity: Australian Fiction 1970 – 88*, Melbourne: McPhee Gribble, 1989.

[3] Pam Gilbert, "Helen Garner" in *Coming Out from Under*, *Contemporary Australian Women Writers*, London: Pandora Press, 1988, p11.

[4] Carole Ferrier (ed.). *Gender, Politics and Fiction: Twentieth Century Australian Women's Novels*, St. Lucia: University of Queensland Press, 1985, pp200 – 221.

的姿态,反对女性主义者将男人变成"受害者"。她似乎一度站到了反女性主义的一边。1996年,她的《真实故事》阐释了她的质疑以及导致她质疑的力量。进入21世纪以后,加纳的女性主义的态度再一次发生变化,她从质疑女性主义转向后女性主义,更多自我反省,更多主张社会公正,男女和谐相处。这一时期的作品《钢铁的感觉》、《乔·琴科的安慰》以及《空余的房间》中,已经找不到"家庭主妇的冲动",取而代之的是对于疾病与生死这些人类普遍关心的话题的思考。潘·吉尔伯特(Pam Gilbert)在1988年的《走出底层》(Coming Out from Under, 1988)一书中评价海伦·加纳的小说"在当代澳大利亚写作发展的过程中无疑发挥了重要的作用,她的贡献就在于她从女性主义的视角重新定义了澳大利亚写作。"[1] 应该说,二十年后的今天我们再读海伦·加纳的小说和非小说时,吉尔伯特的这句评语依然是贴切恰当的。2000年,苏珊·里维(Susan Lever)出版了专著《真正的关系:澳大利亚小说形式的女性主义政治》,她对加纳的与众不同之处做了这样的总结:

> 在《毒瘾难戒》和《第一块石头》中,加纳一针见血地指出了异性恋女性主义不堪一击的弱点——男女性关系的协商。艾达·坎布里奇《女人的友谊》中将女性在性关系中的软弱喜剧化,被指责嘲笑女性主义。加纳的性情中则有更多浪漫、更少自由的理性主义、更愿意相信超越的可能性。与坎布里奇、理查德森、普理查德或者斯泰德等人相比,加纳也更少阶级和贫富偏见,她的政治意识更为淡漠一些。也正因为如此,她可能更能充分代表她那一代人的女性主义立场。[2]

2009年,肯·吉尔德和保罗·萨尔兹曼又出版了《庆祝之后:澳大利亚小说1989—2007》一书,书中第五章以"有没有一个关于女作家的专门章

---

[1] Pam Gilbert, "Helen Garner" in *Coming Out from Under: Contemporary Australian Women Writers*, London: Pandora Press, 1988, p24.

[2] Susan Lever, *Real Relations: The Feminist Politics of Form in Australian Fiction*, Sydney: Halstead Press, 2000.

节"为题分析了70年代末以来女性写作所呈现的特征,他们认为,海伦·加纳是那个时期抛砖引玉的人,她是"女性写作的范例"。[1] 同年由尼古拉斯·琼斯(Nicolas Jose)编辑出版的《麦考瑞澳大利亚文学选读》(Macquarie PEN Anthology of Australian Literature, 2009)中则评价《毒瘾难戒》为"澳大利亚女性写作早期探索时一部关键性的作品,影响了70年代后期女性主义文学以及整个国际女性主义运动之后的80年代。"[2]

  作为一个作家,在她三十多年的写作生活中,海伦·加纳以女性及女性生活为中心,用虚构、非虚构的形式写作,采用非线性的女性叙事,书写男女之间的爱情与性、夫妇之间的家庭与婚姻、女人之间的伴侣与友情,从身体出发走向对人的心灵的探索,从另类起步逐渐融入主流。但是,她从来不迎合世俗,也不屈从权势,而是以鲜明的个性在边缘特立独行。尽管以写作为生,海伦·加纳却一直不愿意将自己的写作称之为"职业",而更愿意将它看作是自己的兴趣。她为乐趣而写作,为消减人在现实生活中的痛苦而写作,所以,她愿意尝试各种写作手法,表达各种真实的思想,不管别人对她的表达内容和形式有怎样的争议,她不为所动,坚持自我,追随着自己的心愿书写着自己愿意写的一切。因为写作,她不断地失去一些现实生活中的所有;因为写作,她又不断地在改变、不断地在完善。尽管以她的边缘身份,在进入主流的过程中承受了不少被主流拒绝和贬低的痛,但是,她并不介意,因为进入或者不进入主流对于她似乎并没有太大的差别,她更享受在主流边缘的自由。所以,她并不热衷于各种研讨会,也对与学术界的批评家们沟通没有太大的兴趣;她并不在乎自己的作品能不能得奖,也不在乎自己的作品能为多少读者所接受;她并不关心她的书是否在国外出版或者被翻译成多少种语言等等。她更关心的是她所写的是不是她想表达的,她是不是在想写的时候写出了自己内心想说的一切。这种对内心与自我的执着自始至终都没有改变,只是在三十年后,在超越了自我与现实之后更高的平台上,她能以更为宽阔的视野去审视

---

[1] Ken Gelder & Paul Salzman, *After the Celebration: Australian Fiction 1989 – 2007*, Melbourne: Melbourne University Press, 2009.
[2] Nicholas Jose (ed.), *Macquarie PEN Anthology of Australian Literature*, Sydney: Allen and Unwin, 2009, pp1014 – 1029.

自己的内心,以更为宽容的心态去接受别人的改变。"不是所有的人都能实现超越的,"海伦·加纳说,"因为超越的代价就是痛苦。""女人作为艺术家,她们可能总是起步较晚,但是这种发展得较晚的力量倒是会持续很久。你曾经可能是一头莽牛,但是随着年龄的增加,你越来越有耐心。伤害你的事情还在发生,但是你却越来越坚强。"① 在她的女性主义身份转变的过程中,她经历过很多的痛苦和恐惧。在澳大利亚文学史上还没有哪一个女作家像海伦·加纳那样受关注、有争议,从一个女性主义先驱到一个女性主义叛徒,从一个女性主义作家到一个保守的道德学家等等。她的生活,她的写作,她的女性主义态度,互相影响,互相交融,使得她成为澳大利亚女作家群中一个特例:多种身份的后女性主义者。当她的独立自由意识被自由女性主义理念所燃起,又被后女性主义所激活,她意识到自己作为一个"作家"的意义。她承认,即便到了今天她有的时候还是有些迷惑:自己作为一个女作家是否与男作家有同等的价值?女性主义让我们开始质疑自己的力量。随着自身权威感觉的上升,海伦·加纳越写越棒:尽管她的视野还是狭窄的,但是她的主题却日益丰富,阐述主题的形式也日趋多元。"女人生育的经验会改变她们对世界的看法。这种经验与你密切相连。所以,女人无论做什么都不会切断这种连结,这也就意味着她们的工作形式和节奏会不同于男人。这种男女差别会永远存在,没有任何社会体制能够改变它。"②

---

① Helen Garner, "On Turning Fifty" in *True Stories: Selected Non-fiction*, Melbourne: Text Publishing, 1996. p142.
② June Gaur, "I'm at the crossroads", *The Hindu*, Online edition of India's National Newspaper, Sunday, May 28, 2006.

第二节　女性主题：家庭里的故事

　　彼特·克雷温在一篇探讨海伦·加纳的小说的论文中,以"关于战争和针线活"为题,提出加纳的小说中所写的是"普通人"的故事,"她们常常手里忙着针线活,还通常与不止一个异性有性关系。"① 确实,加纳笔下的人物都是些"小女人"和"小男人",他们整日为一些家庭琐事烦恼着,挣扎着,不断上演着家庭里男女之间的性别战争。女人擅长写家庭里的故事,说到底就是性欲与家庭体制矛盾、冲突以及妥协的故事。性欲是家庭的基础和前提,但是在家庭成立之后,性,又可能是使得家庭成员出走最终毁灭家庭的主要原因。海伦·加纳的小说就是展现社会秩序与性欲之间的紧张以及在家庭空间里这种紧张的释放、缓解和最终解决。在她的小说以及非小说中,她从不同的角度阐释了性欲和家庭的主题:性行为与社会机构之间的关系,欲望的本质与家庭体制之间的关系,大家庭与小家庭之间的相同与相异,房子的意象、象征、场所以及空间等等。通过对所有这些关系的文学呈现,加纳以"小"见大,以"屋"见家,以"性"见性别关系,以"女人"见社会体制。她在接受采访时坦率承认:"有的时候,我就有点气馁,我的生活没有什么波澜,我除了写房间里发生的事情没有写其他事件的经验。"② 但是,她没有料到,正像很多其他的作家和评论家没有料到的那样,她所写的那些"房间里发生的事情"竟然为她赢得了澳大利亚文学史上的地位,成为人们在谈及澳大利亚女性写作时绕不过去的一个话题。西·阿斯特里曾经感叹道:

　　　　我曾经读过一些女性主义作者所写的书,我对她们既嫉妒又羡

---

① Peter Craven, "Of War and Needlework: The Fiction of Helen Garner", *Meanjin*, Volume 44, Number 2, June 1985, p209.
② Jennifer Ellison, "Helen Garner" in *Rooms of Their Own*, Ringwood, Vic: Penguin, 1986, pp146 – 147.

慕,因为她们把女人的问题和女人的声音变得智慧、有趣,而且完全可信。事实上,我对《毒瘾难戒》的第一反应就是这样。我当时心想,天哪! 海伦·加纳竟然能够将女人生活中诸如做饭等世俗的细节处理得那么精彩,让那些细节活灵活现并且真实可信,没有丝毫矫饰的成分。我想,我做不到这一点。她们到底是怎么做到的呢?①

海伦·加纳将她的这种写作成功归因于女性主义的鼓舞。在男权社会里,女人所写的家庭里的故事常常被男人视为微不足道、难登大雅之堂的故事。在很长的一段时间里,她们所写的故事被贴上"小女人"的标签,挤压在充满了男性宏大叙事的空间里,少有人提及。直到女性主义运动兴起,在"个人的就是政治的"口号的鼓舞下,发生在厨房、客厅和卧室的家庭里的故事开始被女作家们细致描摹,使得家庭里的战争看起来与真正的战场一样惊心动魄。从第一部小说《毒瘾难戒》到最近一部小说《空余的房间》,加纳都着力于书写女性家庭生活,探求女性在男女关系中的地位和影响。她以"小女人"的角色在以男权为中心的写作游戏中努力拓展自己的写作疆界,寻找着适合于表达女性体验的另类话语。不管是"小女人"的故事,抑或是"家庭主妇的故事",还是"家庭里的故事",这些以女性为主角的生活故事,一方面被评论家们认为开创了当代澳大利亚女性写作的新时代,另一方面,也成为另一些评论者公开批评的对象:"加纳与她的写作……深受家庭主妇的冲动之害",有人这样评论道。② 就连海伦·加纳自己也不确定自己是否算得上一个成功的作家。她表示对自己是怎样一个作家的看法每天都在改变。有时,她觉得自己很适合做一个作家,但是,另一些时候,她又觉得自己只是一个初学者,缺少经验。她坦言,她的内心始终有两种情绪:一种外在的情绪,还有一种内在的情绪。很多时候,内在情绪告诉她:不错,你写得还行,写作是一项值得去做的工作,而且可以做得相当成功。但是,另一些时候,她又会想:你永远也不会达到你所期待的那种成功,永远也不会像梦中所想像的那

---

① Jennifer Ellison, "Helen Garner" in *Rooms of Their Own*, Ringwood, Vic: Penguin, 1986, pp56-57.
② Gina Mercer, "Little women", *Australian Book Review*, June 1986, p27.

样成功。

  一个女性作家,她的生活与她的创作可以是完美地结合在一起的。她不应该让她的作品与她的生活分离,使得她的作品教育读者,而她的人生竟是完全游离于她作品之外。那样的作家从某种意义上来说不算是真正的作家。只有生活与诗的完美结合才是完美的人生。加纳的朋友,出版商戴·格里博(Di Gribble)曾经评论说,海伦·加纳写作的最大动力是尊重。"用'尊重'一词来形容海伦的写作比'善良'一词更为合适,"她说,"尊重关系到一个人的诚信、原则以及勇气,这些是读者在海伦的作品中所能找到的线索。"事实上,我们在海伦本人的身上也能发现这些让她足以赢得读者的尊重的特质:她探索人的生存中的精神王国,她求证人的行为的道德尺度,她赞美友谊与家庭。① 詹妮弗·埃里森在采访加纳时问道:你是一个有野心的作家吗?加纳回答:"我想我是。西蒙·波伏娃说:'我为爱而写作。'很久以前,我不太理解她为什么要这么说。现在,我明白了。你想得到更多人的爱。爱,在这里还有其他的含义,它代表了赞扬或者是尊重。我想得到的就是尊重。我并不幻想像科琳·麦考克那样成为百万富翁。那样的好事永远也不会在我的身上发生。但是,我并不在乎。我已经接受了这样一个现实,那就是靠写作我永远也不会发财。而且,我也能接受另一个现实,那就是我不会成为一个明星作家,走到哪儿都有人会认出我。你可能会认为读者读了你的书便会明白你想说什么。你希望你所说的以及你说的方式会对人们有所帮助。"②

---

① David Leser, "Helen Garner and the Agony of Writing" in Marele Day (ed.), *Making Waves: 10 Years of the Byron Bay Writers Festival*, St. Lucia: University of Queensland Press, 2006, p118.
② Jennifer Ellison, "Helen Garner" in *Rooms of Their Own*, Ringwood, Vic: Penguin, 1986, p146.

第三节　女性叙事："我"在故事中

　　女性写作的方式是否与男性有别？这是一个有争议的问题,是一个难以用"是"或者"不是"给出简单答复的问题。一些女性主义者主张"雌雄同体",如英国作家弗吉尼亚·伍尔夫(Virginia Woolf, 1882 – 1941)认为从一篇文章开始的几句话便可以判断出作者的性别,因此女人写作时要设法隐匿自己的性别标识,要像男人那样写作,转变自己看世界的女性视角,这样,才能获得被男人所主宰着的社会的认同。而另一些女性主义者则指出,写作行为决定于身体,与男人用"笔"写作不一样,女人是"用乳汁写作"。她们坚持认为,女人可以利用自己的特质去消解男权的霸道,而不必将自己装扮成男人去与男人抗衡。在这些女性主义者看来,女人写作时听从自己身体的召唤,她们的写作是自我、感性的,其作品像流水一样,具有流淌性、任意性、多向发散性等特点,虽然捉摸不定,但却无法隐匿,并且相当有力量。在"女人的话"("A Woman's Word")一文中,海伦·加纳对于男女写作的差异表达了自己的看法:

　　　　女人写作是否一定或者能够或者应该与男人写作不一样？不仅是他们写作的内容不一样,而且他们表达的方式也不一样？读者是否能够读一小段落就能猜出作者的性别,或者他们能够从小说的结构、情节、人物、叙事方式,或者其他方面判断出作者的性别？……尽管计算机研究已经表明有些词被女性使用的频率要比被男性使用高,但是我们并不知道具体是哪些词。①

　　海伦·加纳的作品主题大多以讲述家庭里的关于"小人物"、"不起

---

① Helen Garner, "A Woman's Word", in Gillian Whitlock (ed.), *Eight Voices of the Eighties: Stories, Journalism and Criticism by Australian Women Writers*, St. Lucia: University of Queensland Press, 1989, p390.

眼的人物"、"家庭主妇式的人物"故事为主,没有太多复杂的故事情节,篇幅也通常短小精悍。但是,加纳的小故事通常都能打动人,并能引起很多读者和评论者的关注。"她们到底是怎么做到的呢?"这确实是一个值得思考的问题。从加纳的作品来看,她所讲述的故事与普通女性读者的生活密切相关、可读性强、可信度高,此外,还有一个让读者对她产生兴趣并始终不离不弃的重要原因,就是她讲述故事的方式。在她的小说以及非小说中,"我"时隐时现,让人捉摸不定。读者常常会问:《毒瘾难戒》中的爱上瘾君子的诺拉是不是就是加纳本人?《孩子们的巴赫》中的雅典娜出轨又回归的经历是不是加纳本人的体验?《第一块石头》中,"我"是故事的见证人和故事的被影响者,加纳坦言将自己放进故事里,用"我"的疑问成为故事发展的线索,试图表现这个故事对"我"——一个70年代的女性主义者的影响,并由此推断它对于那些与"我"年龄相仿并有相似经历的人的影响。所以,"我"的叙事是加纳的写作策略。"我"始终在故事中,在发生事件的现场,虽然有时"我"是隐身人,有时"我"是化身为其中的一个人物或是某个人物中的某段生活,有时"我"只是一个过客和看客,但是,"我"与故事本身以及故事中的人物通过某种形式发生着关联,因而,"我"的故事与人物的故事交融在一起,难分彼此。三十年来,读者和评论者们不断地在争论着加纳的作品到底是虚构作品还是非虚构作品,是小说还是自传,作品中的人物是海伦·加纳本人或是在多大程度上与她本人有相似之处,等等。这种在虚构与非虚构之间写作的策略是海伦·加纳有意而为之的一种写作策略,也是她对于澳大利亚女性主义文学的创作形式方面的贡献。正是因为她采取了这样的策略,她的作品在让读者感到亲近、吸引读者去阅读的同时留下了很多猜测、想象和讨论的空间,也因此增强了她作品的生命力,延续了她在读者、作者和评论者中的影响。

第一人称叙事一直是加纳所习惯的叙事方式。从《毒瘾难戒》开始,"我"便始终是她的小说和非小说中的叙事人或者见证人。当《毒瘾难戒》出版之后,评论家彼特·克里斯曾经质疑:海伦·加纳出版的是她的私人日记还是小说?在很多读者看来,小说中的"我"——诺拉毫无疑问就是作者加纳本人,而书里的其他人物也都可以在作者的生活中找到原型。因此诺拉被认为是"虚构的加纳"。加纳后来也承认,诺拉所讲述的故事中,一部分是诺拉过去的故事,一部分是加纳自己的故事,还有一部分是其他女性的"典型经验"。作品中自始至终回荡着诺拉的叙述声音,这个声音在作品中对性和毒品的呐喊构成了小说女性主义的基调。这样,诺拉的性欲望叙事,不仅仅是展露出女性对个人世界和个体生命体验独特感和以独特的个人话语描绘了女性的生存状态,更重要的在于建构女性在男权社会的话语权威。苏珊·兰瑟(Susan Lanser,1944—)在《虚构的权威——女性作家与叙述声音》(*Fictions of Authority: Women Writers and Narrative Voice*,1992)一书中将叙述模式分为三种:作者型叙述声音、个人型叙述声音和集体型叙述声音。她认为,这三种叙述声音(或称叙述模式)代表了女性为了在西方文学传统中占有一席之地而必须建构的三种不同权威:"建构另外的'生活空间'并制定出她们能借以活跃期间的'定律'的权威;建构并公开表述女性主体性和重新定义'女子气质'的权威;以及形成某种以女性身体为形式的女性主体的权威。每一种权威形式都编制出自己的权威虚构话语,明确表达出某些意义而让其他意义保持沉默。"① 个人型叙述声音是热奈特(Gérard Genette,1930—)所谓的"自身故事的"叙述者,其中讲故事的"我"也是故事中的主角,是该主角以往的自我。在个人型叙事中,叙事者以内视角和个人记忆、个人生存体验来审视生活,借解读个人经验,突出表达女性的身体,通过"身体叙事",重新发现和认识"自我",建构女性主体性。女性作为主人公与叙述人,在幻想的秩序中具有了话语主体的身份,从而有可能否定男性话语专制的权威,否定男权文化关于女性意义的解释、界定与命名,确立女性的眼光、女性的视点、女性理解、解释并表达自身及世界的权力。

在《孩子们的巴赫》中,加纳的叙事方式与《毒瘾难戒》有所不同。较之《毒瘾难戒》,《孩子们的巴赫》涉及了更多的人物和人物关系,挖掘了人性中更深层的哲学内涵,展示了更为平和、开放的人生态度。加纳通过"多声部",表达音乐对于每个人的不同意义,传达每个人物的存在价值。音乐是德克斯特开启回忆过去的闸门的一把钥匙,而对于雅典娜来说,音乐却是一剂清醒剂,一条通向未来的路;精通音乐的菲利普和伊丽莎白将

---

① 苏珊·兰瑟:《虚构的权威:女性作家与叙述声音》,黄必康译,北京:北京大学出版社,2002年,第20页。

音乐看作是工作和挣钱的本领;对于年轻的薇琪来说,音乐只是一种娱乐;而对于有听力障碍的小比利,音乐的感悟是他了解喧闹的世界的渠道。总之,音乐是一种语言,一种表达的方式,一种沟通的媒介,一座理解的桥梁。对于男性,它是掌控权力的象征;而对于女性,它是从边缘进入男权中心的途径。《孩子们的巴赫》的这种"复调"结构完全不同于《毒瘾难戒》。在《毒瘾难戒》中,人与人之间是分离的、孤立的、多变的,诺拉以身体越界谋求自由的话语和权力,她的声音是唯一强劲、响亮的声音,盖过了其他一切。而在《孩子们的巴赫》中人与人之间的差异在音乐中实现了连通和融合,读者可以清晰地感受到所有人的声音和意识。正是从这个意义上说,《孩子们的巴赫》可以称为复调小说。

根据巴赫金的复调小说理论,复调小说是一种"多声部性"的、"全面对话"的小说。[1] 复调小说具有复调音乐的特点,小说中有着众多的各自独立而不相融合的声音和意识,平等地参与对话,形成多声部齐唱。在复调小说中,复调的表现结构因循着一种"平行性"和"对位法",呈现出多主题、多线索,而在人物关系的机构上,复调、对位或多声部性,往往表现为主人公与主人公的对立式的结合,混合的主人公系列与主人公系列的对立式的组合。复调小说中的主人公不仅是作家描写的客体,同时也是表现自己观念的主体,小说的主旨不在于开展情节、人物命运、人物性格,而在于展现那些有着同等价值的各种不同的独立意识,小说没有作者的统一意识,它是由不相混合的独立意识、各具完整价值的声音组成的对话小说。[2] 巴赫金指出,这种复调式的小说创作理念更契合于当今社会特征,更能反映人性在现实社会的真实的状态。世界是多元的世界,社会是多元的社会,生命个体的内心世界又是纷纭复杂的;作为对世界、对社会、对现实生活的反映的小说,那就应该全是"复调"式的而不是的单一的或者"独白"式的。在《孩子们的巴赫》中,加纳通过呈现人物与音乐之间的不同关系,平行性地发展了几组人物之间的对话,包括德克斯特与雅典娜

---

[1] 苏·巴赫金:《陀思妥耶夫斯基诗学问题:复调小说理论》,白春仁,顾亚铃译,北京:生活·读书·新知三联书店,1988年,第2页。
[2] 苏·巴赫金:《陀思妥耶夫斯基诗学问题:复调小说理论》,白春仁,顾亚铃译,北京:生活·读书·新知三联书店,1988年,第3页。

之间的亲情对话、雅典娜与菲利普之间的激情对话以及德克斯特与伊丽莎白之间的友情对话。三组对话平行推进，不分主次，以不同的声音——不同的音乐——唱着同一个主题：和谐的主题。

第四节 女性形象:"海伦式"女人

海伦·加纳是一个擅长写女人的女作家。她所有的作品都以女性为主人公,每个女性主人公都不是传统意义上"天使"或者"巫女",而是一种杂糅了"天使"和"巫女"特性的、有几分矜持又有几分狂野、有一些独立又有一些依赖的"海伦式"女人。在加纳的小说中,那些女人,无论是《毒瘾难戒》中的诺拉,《荣誉和他人的孩子》中的詹尼、凯瑟琳、斯科蒂和露丝,还是《孩子们的巴赫》中的雅典娜和伊丽莎白,或者是《小天地中的大世界》里的简内特、娜塔莉和马可欣,或者是她的新作《空余的房间》里海伦和尼古拉,她们每一个都是古怪精灵,个性鲜明。而在她的非小说中,她更多的是凭女人的直觉,从女性的视角,去观察并思考关涉到女人生活的各种问题。《第一块石头》中的女大学生,《乔·琴科的安慰》中的母亲,甚至在她散文和随笔中所描摹的女性朋友们,她们的身上也都烙上了海伦·加纳特有的印记:叛逆另类、善良敏感、独立自信、我行我素;她们不安心做"房子里的天使",但是她们又并不想与男人为敌,而是在与男人和平相处的同时追求自身的独立与完美,追求生命的浪漫意义。这样的人在生活中很常见,很有代表性。所以,阅读海伦·加纳的作品有一种在过生活的感觉。这么多年来加纳被读者所喜爱,在很大程度上是因为她所塑造和描摹的人物具有可亲近、可了解、甚至可学习的特点。

将加纳与其他两位比她年长些的、甚至在文学史上的地位要更为重要些的女作家相比:西·阿斯特里和伊丽莎白·乔利。西·阿斯特里创作最为活跃的时期是20世纪60年代和70年代,她是"她那一代的小说家中唯一一个在赢得了早期的成功之后仍然不停地写作的小说家,尽管整个60年代和70年代的文坛都被男权的阴影笼罩着。"[①] 然而,与海伦·加纳不一样的是,阿斯特里是一个不擅长于写女人的女作家,她不是

---

① Sheridan, Susan and Genomi, Paul (eds.), "Introduction" in *Thea Astley's Fictional Worlds*, Newcastle: Cambridge Scholars Publishing. 2008.

一个完全意义上的女性主义者,也不是一个以写女性经验而胜出的多产的、受欢迎的作家。伊丽莎白·乔利的写作也与海伦·加纳有明显的不同。在乔利的作品中,人物是古怪的人物,世界是古怪的世界,尤其是女性,她们"有的沉浸于幻想之中,有的热衷于打探别人的隐私,更多的闹起了女同性恋以及老妇女拼命发展同年轻姑娘的友情关系,从她们身上寻找寄托,这成了乔利小说的一大特点。"① "怪异女人形象"是乔利小说的特点。而加纳笔下的女性显然更像是生活在我们身边的女性,她们生活着,与生活抗争着,并在追求着生活中的浪漫。这种贴近生活的当代女性形象给传统的澳大利亚文坛带来了一股清风,使得很多人眼前一亮,觉得自己可能就是小说中的某个人物。因此,加纳的小说便很快流行开来。

作为女人,海伦·加纳对女人的观察和感受是细致而敏感的,她笔下的女性人物较之于男性人物要丰富和丰满许多。很多读者都注意到,在加纳的小说以及非小说中,女人几乎个个都是特立独行、个性鲜明的,而男性人物都相对比较弱小,甚至有些猥琐,没有英雄式的硬汉形象,男女人物之间的对比很强烈。如,《毒瘾难戒》中的诺拉是勇敢的,而贾沃则是懦弱的;《孩子们的巴赫》中的雅典娜是决断的,而德克斯特则是犹豫的;《小天地中的大世界》里简内特是浪漫的,而帕特里克则是世俗的;《第一块石头》中两个没有透露真实姓名的女大学生是大胆甚至狂放的,而被指控性骚扰的男老师则是无能的;《乔·琴科的安慰》中的阿奴·辛格是敢做敢为的,而乔·琴科却是逆来顺受的,等等。她甚至在《空余的房间》里干脆就没有让男性人物出场,成为两个女人之间的战争。在接受维特洛克的采访时,海伦·加纳解释说,这是因为长期以来她与她父亲的关系紧张、不融洽所带来的后果,使得她不由自主地将在生活中与男性相处的不如意带到了作品中。她说:

> 我与我父亲的关系一直很紧张,我想,这一点很多业余的心理学家在我的作品中已经揣测到。我与父亲的关系一直是我人生中一段重头戏,现在还是。为了理解我与父亲究竟是什么样的关系,我需要将此探索当作一项工作去做才能最终弄清楚。很多年来他一直排斥

---

① 陈正发,她们自己的文学——当代澳大利亚妇女小说发展评述,《安徽大学学报·哲学社会科学版》,2006 年第 9 期,第 87-91 页。

我,因而我对他的态度也一如他排斥我一样。我们之间的互相排斥是一场大战,只是在我年过四十之后,我才开始将他看作是与我分离而非我的眼中钉和肉中刺。像我这种与父亲关系紧张的女人会碰到的另一件事就是你容易爱上要你却并不爱你的男人,就因为你和你父亲之间的战争没有结束,你想找一个其他的男人将这场战争继续下去。为什么我这样的女人会爱上一个瘾君子呢?因为瘾君子是一个不会表达爱的人,所以我可以让他爱我以继续没完的父女之战,我与父亲之间的战争只有一个目的就是要让他爱我。这种分析看上去有些牵强,但是我想这就是事实。①

所以,在加纳所有的作品中,唯一能让读者以"好男人"的名义记住的男性人物就是《孩子们的巴赫》中的德克斯特。虽然这个人物在一些读者看来也是一个有些古怪的男人,但是海伦·加纳认为他是一个可爱的男人,因为他是"一个有爱的能力的人。"她在接受采访时也曾解释,之所以在那部作品里塑造了德克斯特这样一个相对比较可爱的男人是因为她在《毒瘾难戒》成功之后与她父亲的关系有所改善,而且,那段时间,她的个人婚姻生活也相对比较稳定。但是,即便这样,在德克斯特夫妇的生活中,德克斯特仍然是处于弱势与劣势,一个等待着妻子回归的守望者。

> 我费了很长的时间才搞明白我作品中的男性人物为什么都是那样的,他们中那些人是没有爱的能力的。有人说,那些男人都很弱,都很无聊,但是,那不是我想要表达的。他们身上的主要问题是他们都没有爱的能力。所以,对于我来说,德克斯特的塑造是一个进步,因为他是一个具有爱的能力的人。他尽管还有些滑稽可笑,很多读者给我写信说:"德克斯特是多么古怪的一个人啊!真受不了他!"但是对我而言,德克斯特已经是一个很不错的男人。如果我能将我

---

① Gillian Whitlock, "Helen Garner" in *Eight Voices of the Eighties*, *Stories*, *Journalism and Criticism by Australian Women Writers*, St. Lucia: University of Queensland Press, 1989, p396.

的感情生活与我的作品分开的话,这已经是一个很大的进步。①

由此看来,女性形象塑造是海伦作品的焦点和中心,不多的几个男性人物也只是为了进一步表现女性主人公的独立自主意识而设计。总的说来,海伦写了各类女性,从年轻的到年老的,从单身的到已婚或者离婚的,从另类的到主流的,从追逐婚外性自由的到回归传统家庭生活的,不同的人生展现了女性不同的风采,不同的人生赋予女人不同的感悟。通过写各种各样的女性,海伦·加纳告诉她的读者:完整的女性应该是杂糅了各种女性特质的女人,完整的人生应该是多种人生体验的历练和综合。

诺拉是第一个让人们记住了海伦·加纳这个女作家的小说人物,一个波西米亚式的、沉湎于性爱的、狂放不羁的、追求自由的年轻女性,一个爱上了瘾君子、未婚生女后又成为单身母亲的另类女子。在上个世纪70年代末的大背景下,诺拉的生活方式有太多吸引读者眼球的元素。在爱情、音乐与毒品所营造的传统与非传统的碰撞氛围中,诺拉和她的女朋友们我行我素,玩双性恋、找情人、生孩子,放任自我的膨胀,拒绝传统的女性角色的责任与义务。她们要满足自己的浪漫欲望,即便被男人们所利用也不愿放弃自己的浪漫追求。为了这份浪漫,她们忍受着嫉妒,忍受着对于稳定家庭生活的渴求,听任她们所爱的男人自由地进出于家庭、将他们更多的热情投入到毒品和音乐的追求中。诺拉一直努力地让贾沃爱自己,就像贾沃放弃不了毒品一样。最终,在进退两难的困境中诺拉选择了离开,选择了"戒毒",开始另一段新的人生。

如果诺拉们是指海伦笔下的一群在三十岁左右、甚至三十岁以下的年轻女子,简内特们则是一群四十岁左右的成熟女人,她们有家庭或者有过家庭,经历过很多人生中的风雨,但是更重要的是,她们的人生中依然有很多梦。在这群人物中《小天地中的大世界》里的简内特是个突出的代表。加纳说,喜欢这个故事的人并不多,有的读者认为读完故事之后不知道作者到底要想表达什么。但有的时候读者正是为某种说不清的情绪

---

① Gillian Whitlock, "Helen Garner" in *Eight Voices of the Eighties, Stories, Journalism and Criticism by Australian Women Writers*, St. Lucia: University of Queensland Press, 1989, p396.

所感动。在简内特和帕特里克之间确实有种说不清道不明的情感,一种糅合了友情和爱情的暧昧,一段没有留下印迹却又留下了记忆的往事,非常值得回味。从某种意义上说,简内特是《孩子们的巴赫》中雅典娜的另一种版本,她们同属于追求心灵生活的那类女性。雅典娜是身体和精神同时出轨了,但是,在家庭生活的温馨与安全感的感召下,她最终回归。简内特不一样。她是一个纯粹的精神出轨者。在拜访她的老友帕特里克时,帕特里克提醒简内特回想到许多从前的往事,一些曾经被她忽略的往事。男女之间到底有没有纯粹的友情?这可能真是一个难以给予确定答案的问题。在简内特的记忆中,"帕特里克的大脑中装满了各种关于我的古怪记忆,他像背诗一样说起我所经历的一些事情,滚瓜烂熟。在我们多年的交往之中,我一直对他所给我的评价不做任何抵抗,因为,要是在我们的谈话中我对他的表述有一点点的质疑,即便是对最小的细节的质疑——诸如约会的时间或者场景,甚至一个梦——他都会做出诧异的表情:眼睛瞪得大大的,鼻翼直立着,喘着气,手掌摁住桌边,他对我的人生和我人生中的事件以及这些事件的意义的阐释是容不得别人发表不同意见的。他既审视我的生活,也审视我本人。"① 于是,"你已经给他留下了这样的印象。你烧了这些明信片也改变不了他对你的看法了。"②

尼古拉的生活是海伦·加纳眼中老年女人的一种生活状态———种令人同情又令人不平的生活状态。像尼古拉那样,一个60多岁的女人,孤单一人,病重,没有结过婚,没有子女,身边甚至连一个真正亲近的人也没有。虽然她还有年迈的母亲和年长的姐姐,还有两个外甥,但是他们都有自己的生活,也都有自己的难处,他们无力留出更多的时间去照顾她、关心她。"她已经完全被人遗忘。"③ 因此,一个人生活着的尼古拉进行着一场没有后援的、一个人的战争——精神与肉体的战争,抗拒衰老、疾病和死亡的战争。输掉这场战争几乎是尼古拉毫无悬念的、注定的命运。然而,尼古拉依然抗拒着,坚持抗拒着。她不可理喻的坚持与抗拒和她完全不顾事实的自信和乐观让海伦深感压抑、无奈,甚至充满了愤怒。我们

---

① Helen Garner, *Cosmo Cosmolino*, Ringwood: McPhee Gribble, 1992. p4.
② Helen Garner, *Cosmo Cosmolino*, Ringwood: McPhee Gribble, 1992, pp12 - 13.
③ Helen Garner, *The Spare Room*, Melbourne: Text Publishing, 2008, p14.

怎么能够对于一个病人表示愤怒呢？这是有悖于我们所崇尚的道德和人性的。为此，海伦的内心时常对自己也充满了愤怒和谴责。但是，她还是不由自主地流露出愤怒的情绪。事实上，当我们健康时，我们其实是很难真正体会病者的心境的。我们总是自以为是地认为自己可以做到设身处地和换位思考，我们几乎是毫不犹疑地将病者看做弱者和求助者，我们自然地拒绝病者所表现出的强者姿态，哪怕是在羸弱身体包裹中的内心的坚强。因此，在短短的三周时间里，尼古拉与海伦这对老朋友的友情经受了考验。两个女人，焦虑重重的海伦和镇定自若的尼古拉，一次又一次，她们在争吵中协商，在冲突中妥协。

一个单身女人，老了，又病了，她的生活会变成什么样子？尼古拉是一面镜子。虽然所有的人都很明白这样的治疗无济于事，所有的人都清楚病人的生命结束的日子指日可待，但是，尼古拉的表现竟然完全不像是一个病魔缠身的人，她的身体在病痛的折磨下是虚弱的，她的精神却是坚强的。从外表看，"她坐不直，背弯着，颈脖子歪着，瘦得皮包骨头，浑身上下都在颤抖，好像一个人在冬天里到海上冲浪时间太久，冻得瑟瑟发抖一样。"① 尽管在夜里她因病痛不能很好睡觉，但是，当第二天早晨太阳升起，她却"挺直腰，伸长脖子，面带微笑"，"用贵族般的口音"，仿佛唱着颂歌似的对海伦说"早上好啊，亲爱的！多么好的阳光灿烂的早晨！……你睡得怎么样啊？"②，她问候别人的情形就好像她是一个完全没有病痛的人，不仅丝毫不需要别人的照顾，甚至还有心力去关照别人。她坚持自己做一切力所能及的事，拒绝别人的帮助，甚至拒绝止痛剂。正是她的这种勇敢使得海伦对她充满了恼怒。无论什么时候，即便是在她最无助的时候，她所呈现在别人面前的总是一张笑脸，哪怕你在她的笑容背后看到了伪装，但是，她绝不表现出气馁和绝望。尼古拉就是这样一个了不起的女人。其实，在海伦身上我们又何尝没有发现这样的坚定个性呢？只是像她本人所言，她既然没有病得无可救药，她真的无法断定当一切到来时自己会有怎样的表现。

其实，海伦的情形与尼古拉没有太大的差别，都是一种没有男人照样

---

① Helen Garner, *The Spare Room*, Melbourne: Text Publishing, 2008, p12.
② Helen Garner, *The Spare Room*, Melbourne: Text Publishing, 2008, p19.

可以快乐生活的女人。这样的女人在海伦·加纳的笔下,尼古拉并不是第一个,或许也不会是最后一个。早在 1985 年,加纳所出版的短篇小说集《来自冲浪者的明信片》中就选入了"艺术人生"一文,文中"我"与"我的朋友"相识二十多年却从来没有在同一屋檐下生活过。但是,这一次,她从欧洲来到墨尔本,和她共同生活了一段时间。她是一个画家。第一次见她时,她的贵族气派并不逊于尼古拉。"她戴着一枚古朴的蓝宝石戒指,穿着一双意大利风格的皮靴。"美丽而又孤傲的女人在经年磨砺之后的变化令人吃惊。"再见她时是在迈尔斯商场,手指上已经没有戒指。"与尼古拉一样,几年之后,这位朋友从欧洲来到墨尔本,与"我"相伴而居。此时的"她"也一如病重之后来到海伦身边的尼古拉一样,孤寂一人,不同的是,尼古拉依然我行我素,而"我"的这位朋友却成为一个忧郁可怜的人:

> "我很孤单,"朋友说着,眼泪顺着脸颊流下。她的脸很长,嘴巴很靠下。"我想要个男人。"
> "你可以找个男人,"我说。
> "我并不想随便要一个男人。"朋友说。"我不要男孩。我要一个能够理解我的男人,他不会以为我的想法很疯狂。我要一个男人,他能够看到我的与众不同。我要一个能够照顾又有能力爱我的男人。我要一个成熟的男人。"
> 我想,要是我对音乐更为精通一点的话,我应该可以将她的话写成歌曲。
> "我们这样的女人,"我对她说,"不可能得到那样的男人。你为什么要找一个那样的男人呢?"
> "为什么我就不能找一个那样的男人呢?"
> "因为男人不会为我们这样的女人做你所期望的那一切。我们自己已经代替男人去做了那一切。不过,有些男人会那么去做,但是我们根本不会喜欢他们。"[①]

---

① Helen Garner, *Postcards from Surfers*, Melbourne: McPhee Gribble, 1985, p62.

尼古拉的命运似乎并不是她个人的命运,她代表了一些女人,一些有诗性、有个性、独立、执着、坚强的女人,一些将自己的命运掌握在自己手中的女人,一些相信自己的努力能够改变命运的女人,一些死到临头仍然抱有希望、不屈服的女人。正像海伦的朋友罗萨尔巴感叹的:

"她是你所认为的那样一种波西米亚风格的女人吧,我想。"
"波西米亚?是什么样的风格呢?"
"一种坚信自由的人。一种认为做一个艺术家比什么都重要的人。就是那种。对于结婚成家完全没有兴趣的人。"①

是的,波西米亚风格是尼古拉的风格,也是海伦·加纳笔下其他一些女性人物的风格,也是海伦·加纳自己的风格,即便是《第一块石头》中的女大学生,或是《乔·琴科的安慰》中的家庭主妇玛丽亚·琴科,她们都与诺拉、雅典娜或者尼古拉有些共同的特质,那就是独立与坚持。无论她们多大年龄,无论她们有没有结婚,无论她们是女孩还是妻子或者母亲,无论她们受过怎样的教育、见过怎样的世面,无论她们是生活在过去还是现在,她们都愿意为了自己的权利而战斗。她们的内心是独立的、自由的,甚至是放任的。她们不会轻易地流泪,更不会轻易地放弃。这种坚持到底的个性在海伦·加纳所写作的女人身上十分常见。

作为一个女人,在六十多年的人生旅程中,海伦·加纳体验了女人的所有角色——女儿、妻子、母亲、祖母,经历了结婚、离婚、单身、再婚、再离婚、再单身等人生过程,实现了从叛逆女孩到魅力女人的蜕变。年轻时候的海伦不善交流,甚至给人以冷漠、难以接近的感觉,她内心的独立与坚强使得她成为父亲的对手。不甘心成为父亲掌控对象的海伦一直在与父亲的权威抗争,这场父女之战一直持续到海伦成名之后。所以,少女时候的海伦并不是一个乖乖女,而是一个犟女孩,渴望着离家出走获得属于她自己的自由。恰巧在此时,她赶上了女性主义第二浪潮的涌起。于是,她便顺理成章地站到了自由女性主义的行列中,成为女性主义另类生活的先锋。但是,随着她对女性主义的更深入的了解,她的自我反思意识开始

---

① Helen Garner, *The Spare Room*, Melbourne: Text Publishing, 2008, pp114 – 115.

觉醒,她思考并质疑女性主义的目标与追求以及女性主义者们的行动,逐渐地削去了自己作为自由激进的女性主义者身上的棱角,变得柔和婉约起来,主张以后现代的宽容之心去善待每一个人,包括那些可能侵犯了你并让你憎恨的男人。所以,成为作家以后,海伦·加纳改善了与父亲之间的紧张关系;而在经历三次婚姻的失败之后,她依然对男性毫无敌意。她的乐观、坦诚与自信使得她成为一个可以对人敞开心扉的人和一个活得很透明的人。正像她自己所言:"我每天早晨睁开眼睛后都会想:哦,新的一天开始了。我于是便精神抖擞地起床。"她将自己这种过好每一天的人生态度归因于她父亲的影响。因为这种人生态度,她不怕失败,能够一而再、再而三地从跌倒处爬起,走向新的人生。我们在交谈中多次谈到她的婚姻,她对这个话题从不避讳。在有的人看来,她的三段以离婚为结局的婚姻是她生活中不堪回首的三段往事。但是,海伦·加纳能够坦然甚至带有些留恋之意地去回忆。谈及她的几任丈夫,她都毫无责备和怨恨之意。她告诉我:"我的第一个丈夫是一个很好、很好的男人。"我注意到,她在说这话时眼神中好像闪烁着一种思念。她对那个四十年前与她一起生活了四年不到的时间就离开了她、抛下了她和女儿、几乎让她跌进生活深渊的前任丈夫还有些许牵挂,而比尔·加纳对海伦的留恋之情在他们分手后也有表达。在《钢铁的感觉》一书中摘有几段海伦·加纳的日记,其中有一段提到这样一个细节:有一次,比尔·加纳对他们的一个朋友说,"如果生活只是沿街散步,那么我希望那个和我散步的人是海伦。"①而海伦·加纳的第二任丈夫应该是一个足以让她憎恨的人,因为他与海伦的妹妹由绯闻最终演变为婚姻,他的背叛几乎毁掉了他们家族的荣誉。但是,海伦·加纳无言地退出,成全了她的丈夫和她的妹妹,依然视对方为自己的亲人。对她的第三任丈夫,海伦·加纳还是没有过多的责备之词,她认为,他们的分手是双方的职业所导致的,因为他们都是作家,都是与众不同的人,都太有个性。当年的叛逆女孩在经历了一次又一次的挫败和反思之后逐渐蜕变,已经成为一个富于女性魅力的女人。现在的海伦·加纳由内而外散发出成熟知性女人的韵味,在她生活的每一个细节

---

① Helen Garner, "Tower Diary" in *The Feel of Steel*, Sydney: Picador, 2001, pp63-64.

中都透露出她对生活的诗意追求。面对采访,她始终是亲和的、善解人意的,对于每一个话题,她都会详尽、坦诚地说明自己的观点,并且还会耐心地倾听询问,没有丝毫的厌烦。走进她那个充满了温馨的家,你感觉不到一丝缺憾,尽管与她相伴的只是两只灰猫。

第五节　女性身份:后女性主义转折

"女性主义"是一个充满了歧义的术语,一个带有各种复杂情绪、难以界定的术语,"没有一个关于女性主义的定义是完全令人满意的,因为这个术语是不定型的、模糊的,它包含许多思想流派,其观点差异甚大而又不断变化。"[①] 这种歧义性、不确定性、差异性以及复杂性也自然衍生到"女性主义者"这个名词中。女人们普遍拒绝被贴上"女性主义者"的标签,女作家们大多也对女性主义者的身份非常敏感,害怕自己被无端地归入"另类"。事实上,上个世纪20年代女性的赋权运动以及60年代激进女性主义者倡导消除差异的主张使得女性主义者成为男人眼中不男不女的"魔鬼"。也许是先入为主的缘故,这种"魔鬼"印象始终伴随着女性主义者,挥之不去。尽管70年代以来,女性主义受后现代主义的启发,实现了向后现代女性主义的转向——从把女性视为被动的受害者到具有主体意识的能动者,从男女二元对立到多元的性别观,从争取男女平等到强调男女差异,从身份困惑到分裂矛盾的身份认同,从白人中心主义到后殖民女性主义,从两性对立到寻求两性和谐,从批判、颠覆父权观念到重建性别关系,成为一个开放的、动态的、涵盖面极广的,各种思想交锋、交融的场所。女性主义虽然变得宽容大度了,但是,人们对于女性主义的偏见却依然根深蒂固,在经过不断的质疑、挑战、创新、颠覆与突破之后重塑而成的后女性主义者形象并没有能够深入人心。

无论如何不可否认的是,女性写作的发展是女性主义政治运动的重要成果之一。无论女性作家们承认抑或否认她们的女性主义者身份,女性主义的启迪是推动女作家们穿越"黑暗大陆"的一股力量。虽然女性写作最早可以追溯到16、17世纪,甚至更早,但是女性写作的繁荣是在20世纪最后二十年间才实现的。1999年,伊莱恩·肖瓦尔特(Elaine

---

① 巴巴拉·阿内尔,《政治学与女性主义》,郭夏娟译,北京:东方出版社,2005年,第4页。

Showalter,1941—)扩展再版了《她们自己的文学:从勃朗特到莱辛的英国女性小说家》(*A Literature of Their Own: British Women Novelists from Brontë to Lessing*,1999),在"微笑的美杜莎"("Laughing Medusa")一章中,她叙述了20世纪最后二十年间女性文学传统的转向。她认为,英国女性文学作为一种分离的"她们自己的文学"在21世纪来临的钟声中结束了,女性写作主题与形式狭隘和单一的原貌被复杂性和多样性所代替,呈现出国际化风格。① 事实上,女性主义政治运动与女性写作的发展并不是完全同步的,女性写作稍稍滞后于政治运动,这也证明了女性主义政治运动是女性写作发展的推手。从女性主义政治运动来看,第一次浪潮发生于19世纪中叶到20世纪20年代,自由主义女权主义是这一时期的弄潮儿,以玛丽·沃斯通克拉夫特(Mary Wollstonecraft,1759—1797)为代表的自由激进女性主义者用《为女权辩护》(*A Vindication of the Rights of Woman with Strictures on Political and Moral Subjects*,1792)为以后一连串的女性运动奠定了基调,不满、愤怒和谴责成为这一阶段的旋律。直至20世纪60年代第二浪潮兴起,波伏娃的《第二性》被奉为女性主义运动的《圣经》。这一时期,激进女权主义和社会主义女权主义同时成为第二浪潮的代表,贝蒂·弗里丹(Betty Friedan,1921—2006)的《女性的奥秘》(*Feminine Mystique*,1963)则成为这个阶段"新女性主义"的宣言,"个人问题就是政治问题"是展现这一时期批判性别主义、力求消除两性差异的标志性口号。女性主义的第三次浪潮发生在20世纪80年代以后,它得益于后现代主义理论的启示,以茱莉亚·克里斯蒂瓦(Julia Kristeva,1941—)、埃莱娜·西苏、露丝·伊丽加莱(Luce Irigaray,1930—)为主要代表人物的法国后现代女性主义者首先吸纳了后现代主义哲学家德里达(Jacques Derrida,1930—2004)、拉康(Jacques Lacan,1901—1981)、利奥塔(Jean Francios Lyotard,1924—1998)、福柯等人的理论,将后现代理论导向对男权制文化和生殖器中心话语的女性主义批判,冲击传统女性主义,颠覆男权主义秩序,关注差异,强调多元,反对权威性,致力于建构一套女性的话语。布里安·马修(Brian Matthews)认为,澳大利

---

① 伊莱恩·肖瓦尔特,《她们自己的文学:从勃朗特到莱辛的英国女性小说家》,北京:外语教学与研究出版社,2004年,第320—335页。

亚女性文学的发展经历了三个高潮:第一个高潮是在19世纪90年代,女作家热衷于民族文学的创作,第二个高潮是20世纪70年代,那时女作家们从事抵抗性文学的创作,第三个高潮是在20世纪80年代,"这时唯一的最大的压力就是女性主义第二浪潮的声音",这个声音是当时文化的最强音,是改变了社会游戏规则的重要声音。

在70年代澳大利亚女性写作的第二个高潮中,海伦·加纳是一个不得不提的作家。作为当时的一个年轻女作家,加纳通过书写年轻女性的欲望挑战并改变了澳大利亚女性文学的写作传统,因此,她常常以经典作家的身份与西·阿斯特里,伊丽莎白·乔利和艾米·维庭(Amy Witting,1918—2001)等人齐名。海伦·加纳坦然承认,"有一段时间我们所有的人都是女性主义者。女性主义曾经是我们的武器,我们观察一切经验的透视镜。"① 因此,在女性主义的启迪下,加纳开始觉醒,"我突然间理解了为什么我有崩溃的愤怒……那是70年代,我们有了新的劳动党政府,一切似乎是充满了希望。"② 1986年,在接受坎蒂达·贝克的采访时,加纳详细地描述了自己最初接触到女性主义的情形:

> 毫无疑问,女性主义运动彻底改变了我的生活。我最早受到女性主义的影响是在1971年,那时,女性主义运动刚刚爆发,我与第一任丈夫离婚不久。当时,有很多提升女性意识的组织开展各种活动。我仿佛是此前一直闷在水里生活,只在那时才有机会探出脑袋到水面上来呼吸到了新鲜的空气……它教导我要认真地对待自己,它让我感觉受到了挑战,它让我明白自己所关注的一切都是合理的、正当的。现在有一些评论者认为我是反女性主义的,我不明白他们是什么意思。我并不是以一个女性主义者的身份写作的,我觉得那样会伤害到我的写作。但是如果我曾经不是一个女性主义者,我很可能成不了作家。③

---

① Ray Willbanks, "Helen Garner" in *Australian Voices: Writers and Their Work*, Austin: University of Texas Press, 1991, p92.
② June Gaur, "I'm at the crossroads", *The Hindu*, Online edition of India's National Newspaper, Sunday, May 28, 2006.
③ Candida Baker, "Helen Garner" in *Yacker, Australian Writers Talk about Their Work*, Sydney: Pan Books Pty Limited, 1986, p152.

《毒瘾难戒》出版之后,读者反响强烈,褒贬不一。加纳坦言,她感觉"很吃惊","因为我从来没有想过要当作家,根本不知道怎样写小说,更不知道要借用什么推手去卖小说。"她承认,《毒瘾难戒》的出版让她意识到"你写的东西是要被人解读的",① 其中好像有一些身不由己,而她自身的作者意识也是在《毒瘾难戒》出版之后才逐渐生长起来的。就像《毒瘾难戒》中的诺拉一样,那时的加纳受到自由激进女性主义的影响,追求一种完全自由的境界,不要婚姻,不要家庭,甚至不要爱情,只要随心所欲。但是,这种追求毫无约束的爱和激情的游戏并没有持续很久,加纳也没有像人们所期待的那样接二连三地写出与《毒瘾难戒》有相似剧情的小说,相反,她沉寂了一段时间,等到拿出《荣誉和他人的孩子》的小说稿时已经是1980年。这时,《毒瘾难戒》已经出版两年了,人们争相传读的场景也已经过去,她本人也出走澳洲,到英法等国游学,仿佛原来所积聚的一些人气已经散去。当人们阅读《荣誉和他人的孩子》时更发现此时的加纳与两年前的加纳有了些不同,自由、荣誉、孩子和快乐,所有这些话题在《荣誉和他人的孩子》两部中篇小说中得到了重新的阐述,虽然主人公的生活方式与诺拉一样另类,但是她们变得真诚而富有追求,不再玩世不恭,因此,有评论家认为,这个时期的加纳"超越了'女性作家'的分类,超越了'60年代的声音',超越了'澳大利亚人'"。②

等到1984年《孩子们的巴赫》与读者见面时,加纳的作家意识已经建立起来了。"这是我写得最愉快的一本书,"加纳说,"其中一个重要的原因就是故事的结构。"确实,当加纳写作《毒瘾难戒》时,她只是从她的日记中选取了素材,零散、随意,并没有太多关于主题和结构的意识。"我过去常常很直接地写女人,直接地写一些事,因为我没有写作的技巧,不知道该怎样将故事和人物弄得复杂点。但是当你写得越来越多的时候,你就变得越来越有技巧了,越来越有经验了。"③ 在《毒瘾难戒》中有一个男

---

① Candida Baker, "Helen Garner" in *Yacker, Australian Writers Talk about Their Work*, Sydney: Pan Books Pty Limited, 1986, p133.
② "Helen Garner" Contemporary Authors Online, Gale, 2002.
③ Gerry Turcotte, *Writers in Action*, *The Writers' Choice Evenings*, Sydney: Currency Press, 1990, p172.

性人物叫菲利普,在《孩子们的巴赫》中加纳塑造了另一个菲利普。与前一个菲利普不一样,后一个菲利普是一个引人注目、风流倜傥的吉他手,"他有他的心灵生活,你知道吗?我指的是心灵。他完全不是那种让人唾弃的人。"① 加纳解释道,她在写人物的时候总喜欢叫他菲利普,随着这个菲利普东走西逛,最终让他带着自己到达他想到达的地方。"这很神奇!"加纳感叹道。所以,这个"神奇"的关于婚外情的故事竟然被一些评论者认为具有道德教唆的意味,可见,加纳的女性主义立场在80年代中期已经从激进移向了温和。在《孩子们的巴赫》中,第一次出现了一对夫妻,他们经历了一些波折,但是最终还是携手前行。通过描写德克斯特和雅典娜的婚姻生活,加纳试图告诉她的读者,生存下去的要素之一就是要学会在不和谐中发现美。尽管加纳否认自己在讲述这个故事的过程中有道德教唆的欲望,但是相信还是有不少读者在阅读的过程中得到了道德的净化。这就是80年代的加纳,她开始意识到女性主义在解救女性的同时伤害了男性,从而也伤害了两性关系,开始了女性对于自身的内省。

90年代加纳的写作与80年代相比发生了较大的转折。自1992年写作了《小天地中的大世界》后,加纳对于小说创作的兴趣似乎就减退了,除了写了几个短篇小说之外,她将主要精力投入了非小说作品的写作,1995年出版了《第一块石头》,1996年出版《真实故事》,1998年出版《我坚强的心》。但是上个世纪90年代以后,随着女性主义的发展,加纳对于什么是女性主义以及女性主义的宗旨有了进一步的认识,她开始反思女性主义的所作所为,甚至谴责女性主义的越界行为,探索男女和谐相处的可能性。于是,她似乎完全转变了自己的女性主义立场,被一些仍然持有激进女性主义观点的女性主义者们称为"女性主义的叛徒",她开始反观女性主义者借用自己的身体对男性所造成的伤害,开始将女人看作是女性主义的受害者。进入21世纪以来,加纳的写作更趋平和、冷静,从一味的批评女性主义拿身体做武器的行为又转向对女性和男性的平等的思考,具有后女性主义的特质。"随着我们年龄渐长,我们看到一些女性的行为是如何造成了人们对于女性主义的错误印象,我们于是就不再完全

---

① Gerry Turcotte, *Writers in Action*, *The Writers' Choice Evenings*, Sydney: Currency Press, 1990, p177.

将自己看作是一个受害者。"① 加纳承认自己是一个女性主义者,并承认自己是从自由激进的女性主义起步,经过女性主义运动的启迪和洗礼,通过反思,几经波折,最终成为一个后女性主义者。事实上,正像女性主义是一个模糊的概念一样,女性主义者的立场与身份也并非一成不变。早期的海伦·加纳无疑是一个激进的自由女性主义者,那可能是很多被压抑多年的女性在解放来临时的本能的选择。进入21世纪以后,海伦·加纳出版了《钢铁的感觉》《乔·琴科的安慰》和《空余的房间》,前两部都是非小说作品,后一部是她近二十年里的唯一一部中篇小说。尽管三部作品体裁不同,题材也很不一样,但是,将这三部作品联系起来看可以反映近十年来加纳写作的总体特点:反省自我、关注社会、探讨生与死。

关于女性主义与后女性主义之间的联系应该得到我们的关注。加纳曾经坦言自己不知道什么样的女性主义是后女性主义。这并不奇怪。我们可能用行为而不是用语言去解释我们对于某种理论的理解。后女性主义是当女性主义与后现代主义相遇之后所发生的转向。第一,从本质主义转向反本质主义。本质论者认为男和女是两个对立的范畴,强调人的本质是由生理和遗传决定的。本质论者还认为用自然和人性可以解释一切,而且认为自然和人性是不会改变的。后现代主义指出,所谓自然、人性既非固定不变,也非普遍相同,而是根据不同的社会、文化和历史背景有很大的差异,它强调变化、断裂、矛盾和对立等概念,致力于对中心性、统一性、本质和基础的消解。在女性主义运动第一次和第二次浪潮之后,女性主义已发现自己被边缘化,并试图在"女性化"运动中破坏、瓦解男性中心主义,探索和论述边缘空间;同时,女性主义也意识到本质主义、基础主义、普遍主义等现代理论是其被边缘化、被排斥在中心之外的理论依据。后现代主义对传统的颠覆使得女性主义获得了消解男性中心思维模式的理论武器。所以,后现代主义提出:社会背景塑造知识,意义是由历史和语言造成的。人的主体不是一致的、有理性意识的,而是由话语建构的。在后现代理论的指导下,女性主义开始质疑关于"男女平等"在内的许多传统的女性主义观念,认为传统的"女人皆受压迫"的理论是不成立

---

① June Gaur, "I'm at the crossroads", *The Hindu*, Online edition of India's National Newspaper, Sunday, May 28, 2006.

的,传统女性主义过于自我中心化,她们把自身的经验当成了全球妇女的普遍经验,而忽略了阶级、种族、民族和地理等多方面因素的深刻影响。同时,她们还提出,在男权社会里,"女性"作为一种"身份"是一种相对的概念,不同时期的女性有不同的标准,而且,每个具体的女人都有与其他女人不同的经验,因此,广义的女性经验是不成立的,追求女性权力实际上就堕入了男权个人主义的怪圈。第二,从二元对立转向反二元对立。柯布(John B. Cobb)指出:"后现代思想的一个主要原则是包容,是让不同的社群和团体发出声音。"他同时还提出,"成为后现代的,也就是成为多元论的"。[①] 女性主义对后现代这种开放的思维观十分认同。作为现代文化根基的启蒙认识论,把世界划分为代表理性、主体、文化、心灵的男性世界和代表情感、客体、自然、肉体的女性世界两大块,并赋予前者高于后者的价值。这种二元认识论是造成等级制和父权制的基础,因为理性/自然、理智/情感、果敢/被动、强壮/柔弱、公共/私人等一系列二元区分,与男女二元对立一一对应,由此,为男子对妇女的统治提供了借口,把妇女捆绑于家务劳役之中、排除在公共生活和理性客观性声音之外。后现代女性主义寻求是什么使这样的社会结构有序地运行并能很快地发展着,提倡解构男性/女性这样的二元对立逻辑,以摧毁男性中心主义,争取与男性平等的社会地位,带领女性进入全新的、一个有着特殊布局和角度的、只属于女性的世界,在那里建构以多元差异为本的女性的声音。第三,重视话语权。后现代主义将理论概念的重心从"结构"变成"话语",把世界变成了一个话语场。德里达指出,在文本之外一切均不存在。福柯提出:"权力是由话语组成的。"拉康则强调,我们所有的人都是一个说话的存在物:我们说话,所以我们获得存在。每个人的存在都要受到语言和言语的阉割。语言对所有说话的存在物的约束和限制,使得肉体的动机永远不可能得到充分的满足,从而就造成了符号特征及其物质依托——身体之间的主体分裂。[②] 话语不仅包括语言,还包括沉默和凝视。

[①] 伊丽莎白·赖特,《拉康与后女性主义》,王文华译,北京:北京大学出版社,2005年,第20页。

[②] 伊丽莎白·赖特,《拉康与后女性主义》,王文华译,北京:北京大学出版社,2005年,第57页。

福柯在对话语权力进行分析时提出了"惩戒凝视"的观点。他指出,所谓标准化和正常化,是控制和自我规范的深化,社会通过纪律管束着人的身体,通过话语来定义正常和反常,通过标准化或者正常化过程来要求人对规范的遵从。因而,最终,"用不着武器,用不着肉体的暴力和物质的禁制,只需要一个凝视,一个监督的凝视,每个人就会在这一凝视的重压之下变得卑微,就会使他成为自身的监视者,于是看似自上而下的针对每个人的监视,其实是由每个人自己加以实施的。"[①] 因此,后现代这种话语就是一切,注重"在场",积极言说的欲望,使女性主义认识到自己在父权制中是缺席的,是缄默的。女人、他者、女性,关注自己的"在场",重视并争取自己的话语权利,通过言说进入秩序内部,通过话语争取自己的权力。第四,后现代主义所关注的许多焦点与女性主义相同,比如身体与性。在福柯的理论中,身体成为一种新的历史载体,一个激进的反本质主义的术语,身体与性、政治、生命密切相连。[②] 福柯的身体理论为女性主义者打开了身体与社会的联系,使女性主义在精神分析之外获得了一种新的分析身体的方法,一种历史学、社会学意义上分析身体被塑造的方法。在拉康看来,"女性并不存在",因为女人没有阳具,所以女人不受阉割焦虑这一男权文化象征的限制,女性其实本来就是自由的。后女性主义对女性写作的影响就是改变了女性写作的态度,如果说60年代及其以前的"女人写作"以发现自我为主线,那么80年代以后,女性写作才开始寻求回归自我并发展自我的途径。在后女性主义的影响下,女性作家们怀有开放、宽容的心态和"设身处地"并"换位思考"的姿态,她们的作品不仅感动女性,更感动了男性,这也解释了为什么在80年代以后更多的女作家在世界各项文学大奖中频频获奖,用肖瓦尔特的话说就是"走向了世界中心"的原因。

　　海伦·加纳是在第二浪潮中成长起来的老一代女性主义者,但是她又是最早从第二浪潮中分化出来、并投身第三浪潮的女性主义者。当她与自己所属的"代"分离,她遭遇到的不理解甚至攻击使她感觉很受伤

[①] 李银河,《女性主义》,济南:山东人民出版社,2005年,第68页。
[②] 黄华,《权力,身体与自我——福柯与女性主义文学批评》,北京:北京大学出版社,2005年,第81页。

害;而更让她尴尬的是,在第三浪潮中,她也很难找到自己的位置,因为她毕竟经历过第二代女性主义的努力与奋斗,她对女性主义的认识在一些方面与新生代又有冲突。所以,一方面,她被老一代女性主义者谴责为叛徒,另一方面,她又被新一代女性主义者所拒绝。在经历了这样那样的痛苦和折磨之后,海伦·加纳实现了她从激进女性主义向后现代女性主义的超越和飞跃,成为一个捍卫女性主义本质的后女性主义者。笔者在对海伦·加纳的采访中询问了她有关女性主义对她的生活和写作的影响的问题。这个得益于女性主义启迪又被女性主义深深伤害的女人的表情有些复杂。她右手撑着下巴(这是她的习惯性动作)望着窗外,好像回忆起十多年前《第一块石头》出版后所遭遇到的攻击仍能感觉到痛,但是,她的眼神中又充满坚定。她说,她要用两个词来概括她对女性主义的感觉,一个是"sad",另一个是"bored"。她为女性主义而悲伤,因为女性主义被误解、被歪曲,甚至被利用,而且,这些误解、歪曲和利用不仅来自那些对女性主义不屑甚至反对的人,还来自女性主义内部;她同时又为一些关于女性主义的争议而感到无聊,因为那些带着女性主义标签的表达或行动成为被人误解、歪曲甚至利用的把柄。在她看来,一个真正的女性主义者是不需要标签的,女性主义的追求已经完全内化为她的生活。她的作品中,传达给读者的女性主义观点是那种具有后现代意识的女性主义观——女性主义不能将女人变成"魔鬼",不能成为促使男女性别之间战争的推手,不能将男人变成敌人或者是受害者。相反,女人就是女人,是一个与男人平等的人,一个有女人特性的人,构建男女之间的和谐应该是女性主义的目标。有很多人并不认同这样的观点,而是认为女性主义就是应该板着一副面孔去和男人斗争。加纳说,其实她的女性主义理想一直都没有变,只是在后来她超越自我之后变得更善于换位思考了,从而也更多地理解了男性的烦恼和困扰,对他们有了更多的同情。她指出,不是每个女人都能超越的,超越的过程是一种承受巨痛的过程,不是每个人都能承受得了的。当她被误读、被误解、被谴责是女性主义的叛徒,被认为年轻时是一个自由女性主义者而到老了以后竟成为一个"保守的道德学家",这一切现在她都觉得没有必要去为自己争辩。愿意怎么说就怎么说吧。她坦言,"女性主义已经渗透在我的生活中,外在的标签并不重要了。"她表示,她的下一步写作计划是写一个非小说,关于一个男人在妻子提出分手之后杀死了自己孩子的案件。她依然要表示对男性的同情。女性主义解放了妇女,她们可以借女性主义实现自己的愿望,但是男人呢?也许,他们也需要一场男性主义运动来发泄他们的压抑。虽然现实生活中对女性的歧视和偏见还是很常见,但是两性和谐应该是追求的目标。这种建构两性和谐的主题渗透在海伦·加纳的每一部作品中。无论是女性主义还是海伦·加纳,在三十多年的经历中,她们必定会成长,也注定会有变化。女性主义在经过三次浪潮之后,传统意义上的女性主义观念经受了后现代潮流的荡涤,女性主义追求在不经意间改变了轨迹。海伦·加纳的女性主义立场伴随着女性主义运动轨迹的变化而调整、转换,早期,她将女性视作男性霸权的受害者,而到后期,她则将男性视为女性主义的受害者。这一转身虽然引得了很多女性主义者对她的质疑、谩骂和攻击,但是,本质上看,她的立场与女性主义的发展是一致的,她的后女性主义姿态与女性主义第三浪潮是相协调的。

伊丽莎白·赖特(Elizabeth Wright)指出:"什么是女人,这个问题永远不会只有一种答案:女人不是一个固定的现实,女人的身体是她不断追求可能性的场所。'身体是一个场所',是历史环境联系的一部分,自由必须从这种历史环境中在付出一定代价之后获得。'成为一个女人'并不意味着生物性别和社会性别的对立,而是在于女性利用其自由的方式。"① 这种"身体是一个自由场所"的观点与拉康的"女性并不存在"的命题对女性主义的指导意义无疑是颠覆性的。正是后现代主义对陈规旧律的怀疑姿态,对创新的开放型态度,对事物认识的多元性视角为女性主义重新审视和观照历史与现状提供了方法论和认识论的指导,达成了女性主义与后现代主义之间的契合,也使得后现代女性主义显现出前所未有的颠覆性。总之,后现代主义在对现代主义进行批判与反思的同时,积极寻求重建人与世界、人与人的关系,积极寻求重建一个美好的新世界。女性主义以自己独特的身份、地位和细腻的感觉,针对西方社会的各种"异化"现象,发出了自己的声音,不仅关注自身的解放问题,而且也对如何建构未来社会提出自己的见解。可以看出女性主义已不仅仅局限于从

---

① 伊丽莎白·赖特,《拉康与后女性主义》,王文华译,北京:北京大学出版社,2005年,第107页。

女性自身权益出发进行争取男女平等的社会政治实践，而是能够着眼于整个人类的利益和命运来考虑自身的目标。这既是女性主义在社会政治实践中逐渐走向成熟的标志，也可以看作是女性主义与后现代主义联姻的一个证明。女性主义不但从后现代主义的消极的摧毁向度中找到了与自己主导目标一致的有益思想，而且与后现代主义积极的建设向度间有着亲和一致性，这使得一些女性主义者认识到它是一种造成改变的可能性，它提供一个空间，这个空间可以作为颠覆思想的跳板。

结　语

肖瓦尔特在《她们自己的文学》中曾经将英国女性文学的发展历程描述为"女性"(feminine)、"女权"(feminist)和"女人"(female)的三个阶段。她认为"女性"时期的英国女性文学重在模仿主流传统流行模式,"女权"时期的女作家们更多的是抵抗传统男权标准,表达了对自主权的要求,而"女人"时期的女性写作则是女性自我意识发展的新阶段,对身份的探寻成为这一时期的主要追求。澳大利亚女性文学深受英国女性文学发展的影响,虽然并不完全同步,但是差不多是同样的轨迹。昆士兰大学教授卡罗尔·费瑞尔(Carole Ferrier)是澳大利亚著名女性主义研究专家、*Hecate* 杂志主编,她所编著的《性别、政治与小说:20 世纪澳大利亚女性小说》(*Gender, Politics and Fiction: Twentieth Century Australian Women's Novel*, 1985)一书对 20 世纪澳大利亚女性文学的发展以及女性文学与女性主义政治的关系进行了阐述。在"开场白:澳大利亚女作家"("Introductory Commentary: Women Writers in Australia")一文中,她指出,20 世纪初澳大利亚女作家是"她们国家里的陌生人",弗兰克林依照男性标准所描绘的"光辉生涯"只是一个不切实际的梦想蓝图,对于读者而言有些讽刺的意味,所以弗兰克林曾经考虑过在《我的光辉生涯》书名上加上疑问号。[①] 然而,经过几代女性的努力,弗兰克林对于"女人"的期待最终在海伦·加纳的生活中变成现实,虽然"光辉"二字依然有疑问。总的看来,海伦·加纳是澳大利亚文坛上一个特别的作家,她非常欧化,又非常澳大利亚,她是一个紧随欧美女性主义变化而变化的女性主义者,

---

① Carole Ferrier (ed.), *Gender, Politics and Fiction: Twentieth Century Australian Women's Novels*, St. Lucia: University of Queensland Press, 1985, pp6–13.

一个永远以澳洲女性的澳洲生活为写作内容的女作者,同时又是一个永远我行我素、游走在边缘的女人。

在前文的阐述中,笔者已经从学术的视角解读并建构了加纳生命中的三种身份:女人、女性主义者以及作者,现实生活中的加纳与她在学界给人的印象则更为生动。2007年11月至2008年2月,在澳中理事会的资助下,笔者带着课题"海伦·加纳的后现代女性主义写作研究"来到墨尔本大学做访问学者,从而有机会与海伦·加纳进行了亲密接触。赴澳之前,笔者研究海伦·加纳已近两年,阅读了几乎国内图书馆里所有海伦·加纳的作品以及关于海伦·加纳作品评论的文章,也在国内的核心期刊发表了研究海伦·加纳的论文。但是,关于女性主义者海伦·加纳是怎样一个作家和怎样一个女人的疑问却一直萦绕在脑际,作品中的她本真至此以至于不敢相信生活中的她会像她作品中的人物那样简单。为了接近她,笔者选择加纳所生活的城市墨尔本为访问地,试图通过与作家本人的接触找到让自己疑惑的问题的答案。在墨尔本,在三个不同的场合笔者与海伦·加纳见面、交流,看到了生活中海伦·加纳的不同侧面。在墨尔本大学历史系教授安东篱(Antonia Finnane)的引见下,笔者首先与加纳的女儿爱丽丝·加纳取得了联系,而后在爱丽丝的安排下,第一次在他们大家庭聚会的场合见到了海伦·加纳,商定了后来进一步的采访安排。与加纳的这次初见对于笔者研究加纳极有意义,矫正了笔者脑中原有的、来自书本和媒体的关于海伦·加纳是怎样一个女人和作家的印象,并且在后来的多次接触中,这个印象不断被调整,也越来越接近真实的加纳。在见到海伦·加纳之前,笔者曾经根据所读过的资料对她的形象作过多种猜测:一个有相当知名度的作家,而且是一个女性主义者,她会不会很孤傲、清高,甚至有些怪异或者另类?她会不会为了追求一种个性以及神秘感而刻意地与她的读者和评论者保持距离?她是那种健谈的还是寡言少语的女人?她是时尚的还是落伍的女人?65岁的海伦·加纳是否一如三十年前的她依然保持着我行我素的人生哲学?与她交谈时会不会感觉到代沟的障碍或者文化差异的障碍?所有的这些疑惑在见到她第一眼时都消解了。在马里奥咖啡馆第一次见到海伦·加纳的情形成为笔者记忆中定格的画面。那天,按照和爱丽丝约定的时间,笔者准时到达了马里奥咖啡馆。爱丽丝告诉我,海伦有点事情要晚几分钟才能到达。

正在和爱丽丝聊着的时候,她说"海伦来了"。奇怪的是门口并没有人。爱丽丝解释道:"我听到了海伦和奥丽芙说话的声音。"果然,再次转过头来的时候,一个背着双肩背包、穿一身浅灰色衣裤、笑容可掬的女人站在门口,她的身旁倚着一个甜甜笑着的小姑娘。哦,那是海伦和她的外孙女奥丽芙!海伦·加纳步伐轻快,体态轻盈,装扮也轻松,完全没有"老态""迟缓"或者"怪异"的印象。要不是脸上的一些皱纹,真的不敢相信站在面前的是一位65岁的老人。洋溢在她身上的朝气和热情驱走了笔者之前的担心,无所顾忌地与她畅谈起来。在边喝饮品边聊天的间隙,加纳还和她的外孙女一起玩猜字游戏。她同时还摆出了很多样子甚至做出搞笑的表情来让笔者拍照,主动地营造了一种随意而又轻松的氛围,用她的动作、表情和语言让一个异乡人、一个局外人感到自在与亲切。那天聚会结束后她开车送笔者回住处的路上,她的女伴对笔者说:"你真是找对了人!海伦这人,值得研究!"这句话愈加激发了笔者研究她的兴趣。第二次与海伦·加纳见面是在临近维多利亚市场的HBI咖啡馆。那天海伦·加纳穿一件浅蓝色短款长袖,黑色大裤管长裤,背一个双肩小包,非常时尚。在咖啡馆里一个靠窗的位置坐下之后,在舒缓的背景音乐的伴奏下,我们谈她的创作,谈她的婚姻,谈她目前的生活状态,谈女性主义所给她带来的影响。在结束那天的交谈之前,她给笔者画了一张详细的去她家的路线图,约定了第三次见面的时间和地点。再见海伦已经过了2008年的新年。在她位于墨尔本郊区的家里,海伦·加纳穿着一件浅蓝色低胸连衣裙,套一件白色的短袖,光着的双脚脚趾上涂着赤红的指甲油,是那种很有优雅家居气息的女人的装扮。穿过长廊,走到连着厨房的客厅,屋内的陈设以原木色为主,让人感觉很温馨。她烧了一壶水,泡了一壶茶,配了两盆糕点,放在沙发前的茶几上。我们从她的近作《空余的房间》开始谈起,回顾了她三十年的创作历程,以及三十年来她与女性主义相伴而行的途中所遭遇到的尴尬和困境。几次采访之后,笔者研究她的兴趣越发浓厚,吸引笔者的不仅是她的作品,更是她作为一个女人、一个女作家和一个女性主义者的多面人生的魅力。

海伦·加纳之所以在当代澳大利亚文学史上占有独特的位置是因为她本身的独特:她是一个在作品中书写生活又将作品移植到生活中、并将她的生活与她的作品融合到一起、使得她的写作成为"创造性行为"① 的作家。很多作家都会刻意地将自己的生活与他们作品中人物与事件划清界限,否认自己是某个人物的原型,而海伦·加纳会主动承认作品中的"我"就是她自己,作品中的另一些人物就是她身边的朋友,小说中的一些细节就是来自她自己的日记、来自生活中她自己的体验。在她的小说中,故事发生的背景大多在墨尔本,墨尔本的街道、公园、酒吧以及餐馆的名称往往也被复制到故事中,故事的主人公之一可能就是"海伦"。而她的非小说更是坦白诉说自己生活中的遭遇以及自己的心理感受,几乎不做任何掩饰。作为一个女性主义者,海伦·加纳身份的转变是在后现代背景下沿着女性主义标尺的移动——从自由女性主义到后女性主义,她从来没有离开过女性主义,更没有背叛它。作为一个女性主义作家,她致力于用女人的声音讲述与女人有关的故事,在为女人写女人的过程中建构了一套女性主义话语,颠覆了男性话语霸权以及传统的女性主义话语定势。作为一个女人,海伦·加纳以她的多种身份在一体的融合证明了她的圆满和完整——她的作家身份、她的女性主义者身份、她曾经拥有的妻子身份和她现在拥有的母亲身份和祖母身份等等。在后女性主义中,海伦·加纳超越了她个人的生存价值,为我们展现了一个现代魅力女性的生命追求。

或许,做女人,回归女性生活中的女性身份,不只是肖瓦尔特们为女性主义文学批评而设想的一个阶段性的命题,它是加纳的现实追求,也是更多女性作家的理想。

2008 年 2 月在加纳的寓所前作者与加纳合影

---

① Susan Lever, "Life and Art: Helen Garner and Sally Morgan" in *Real Relations: The Feminist Politics of Form in Australian Fiction*. Sydney: Halstead Press, 2000. p109.

参考文献

巴巴拉·阿内尔.《政治学与女性主义》,郭夏娟译,北京:东方出版社,2005年9月。

柏隶.《西方女性主义文学理论》,桂林:广西师范大学出版社,2007年1月。

——.《西方后学语境中的女权主义》,桂林:广西师范大学出版社,2006年6月。

鲍晓兰.《西方女性主义研究评价》,北京:生活·读书·新知三联书店,1995年5月。

陈正发,"她们自己的文学——当代澳大利亚妇女小说发展评述",《安徽大学学报·哲学社会科学版》,2006年第9期。

方红."《孩子们的小屋》:一部女性主义小说",《当代外国文学》,2002年1月。

黄华.《权力,身体与自我——福柯与女性主义文学批评》,北京:北京大学出版社,2005年6月。

黄源深.《澳大利亚文学史》,上海:上海外语教育出版社,1997年3月。

——.《澳大利亚文学选读》,上海:上海外语教育出版社,1997年3月。

李银河.《妇女:最漫长的革命》,北京:生活·读书·新知三联书店,1997年5月。

——.《福柯与性》,济南:山东人民出版社,2001年3月。

——.《女性主义》,济南:山东人民出版社,2005年1月。

林树明.《多维视野中的女性主义文学批评》,北京:中国社会科学出版社,2004年5月。

罗钢、刘象愚.《后殖民主义文化理论》(美)赛义德等著,陈永国等译.北京:中国社会科学出版社,1999年4月。

马克·柯里.《后现代叙事理论》,宁一中译,北京:北京大学出版社,2003年8月。

水田宗子.《女性的自我与表现》,北京:中国文联出版社,1999年10月。

索非亚·孚卡.《后女权主义》,王丽译,北京:文化艺术出版社,2003年7月。

苏珊·兰瑟.《虚构的权威:女性作家与叙述声音》,黄必康译,北京:北京大学出版社,2002年5月。

苏·巴赫金.《陀思妥耶夫斯基诗学问题:复调小说理论》,白春仁、顾亚铃译,北京:生活·读书·新知三联书店,1988年。

特里·伊格尔顿.《历史中的政治、哲学、爱欲》,马海良译,北京:中国社会科学出版社,1999年8月。

王政、杜芳琴.《社会性别研究选译》,北京:生活·读书·新知三联书店出版,1998年8月。

西蒙·波伏娃.《第二性》,李强选译,北京:西苑出版社,2004年5月。

西慧玲.《西方女性主义与中国作家批评》,上海:上海社会科学院出版社,2003年8月。

杨莉馨.《异域化与本土化:女性主义诗学在中国的流变和影响》,北京:北京大学出版社,2005年10月。

伊莱恩·肖瓦尔特.《她们自己的文学:从勃朗特到莱辛的英国女性小说家》,北京:外语教学与研究出版社,2004年。

伊丽莎白·赖特.《拉康与后女性主义》,王文华译,北京:北京大学出版社,2005年3月。

伊·哈桑."后现代主义概念初探",《后现代主义》,[法]让-弗·利奥塔等著,赵一凡 等译,北京:社会科学文献出版社,1999年1月。

张京媛.《当代女性主义文学批评》,北京:北京大学出版社,1992年1月。

——.《新历史主义文学批评》,北京:北京大学出版社,1993年。

张中载等.《二十世纪西方文论选读》,北京:外语教学与研究出版社,2002年9月。

钟雪萍.《越界的挑战——跨学科女性主义研究》,上海:上海社会科学出版社,2003年1月。

朱刚.《二十世纪西方文论》,北京:北京大学出版社,2006年8月。

——.《二十世纪西方文艺批评理论》,上海:上海外语教育出版社,2001年10月。

朱晓映.《从越界到超然:海伦·加纳的女性主义写作研究》,北京:外语教学与研究出版社,2010年3月。

——."澳大利亚女性文学",《外国女性文学教程》,上海:复旦大学出版社,2011年4月。

——."海伦·加纳访谈录",《外国文学》,2010年第6期。

——."从边缘向中心的成功突围:近三十年西方女作家获奖的启示",《外国文学动态》,2010年第5期。

——."海伦·加纳与她的新作《空余的房间》",《外国文学动态》,2010年第3期。

——."复调的呈现:《孩子们的巴赫》中的人物关系解构",《当代外国文学》,2008年第4期。

——."海伦·加纳与她的《孩子们的巴赫》",《外国文学动态》,2008年第5期。

——."《毒瘾难戒》的女性主义解读",《当代外国文学》,2007年第2期。

——."海伦·加纳:大器晚成的女性主义先锋作家",《外国文学动态》,2007年第6期。

——."一石激起千层浪——《第一块石头》对女性主义的反思与挑战",《英美文学论丛》,上海外语教育出版社,第7辑。

——."后现代视野中女性主义的嬗变",《妇女研究论丛》,2006年第5期。

Adams, Nola. "Helen Garner: *Honour and Other People's Children*", *Westerly: A Quarterly Review*, 26:2 (1981 June): 75–77.

Ashcroft, W. D. "The Language of Music: Helen Garner's *The Children's Bach*", *Australian Literary Studies*, 14:4, (1990 Oct): 489–498.

Bail, Kathy (ed.). *DIY Feminism*, Sydney: Allen and Unwin, 1996.

Baker, Candida. *Yacker, Australian Writers Talk about Their Work*, Sydney: Pan Books Pty Limited, 1986.

Ball, Maggie. "Lifting Off: A Review of Helen Garner's *The Feel of*

Steel", Oct. 1. 2001. http://www.suite101.com/article.cfm/Australian_literature_reviews.

Baumgardner, Jennifer, and Amy Richards. "The Number One Question about Feminism", *Australian Feminist Studies*, 26, Spring 2000.

Bell, Diane, and Renate Klein (eds.). *Radically Speaking: Feminism Reclaimed*. Melbourne: Spinifex Press, 1996.

Benedict, H. *Virgin or Vamp: How the Press Covers Sex Crimes*, Oxford: Oxford University Press, 1992.

Bennett, Bruce. *Australian Short Fiction: A History*. St. Lucia: University of Queensland Press, 2002, 239 – 247.

——. "Perceptions of Australia, 1965 – 1988" in Laurie Hergenhan (eds.), *The New Literary History of Australia*, Ringwood, Vic: Penguin, 1988: 433 – 453.

Bertrand, Ina. "'Woman's Voice': The Autobiographical Form on Three Australian Filmed Novels", *Literature/Film Quarterly*, 21:2, 1993: 130 – 137.

Bird, Delys. "More Questions about Sex and Power and the First Stone", *Overland*, 142 (1996 Autumn): 48 – 51.

——. Robert Dixon and Christopher Lee (eds.), *Authority and Influence: Australian Literary Criticism 1950 – 2000*, St. Lucia: University of Queensland Press, 2001.

Blackmore, Jill. *Troubling Women: Feminism, Leadership, and Educational Change*. Buckingham: Open University Press, 1998.

Bliss, Carolyn. "World Literature in Review: Australia", *World Literature Today*, EBSCO host.

Bone, Pamela. "Unsentimental dedication", *Australian*, Wednesday 2/4/2008.

Bourdieu, Pierre. *The Rules of Art: Genesis and Structure of the Literary Field*, trans. Susan Emanuel, Cambridge: Polity, 1996.

Brissenden, R. F. *New Currents in Australian Writing*, Sydney: Angus & Robertson, 1978.

Brophy, Kevin. "Helen Garner's *Monkey Grip*: The Construction of an Author and Her Work", *Australian Literary Studies*, 15:4 (1992 Oct): 270-281.

Burns, D. R. "The Active Passive Inversions: Sex Roles in Garner, Stead and Harrower", *Meanjin*, 45:3 (1986 Sept.): 346-353.

Caine, Barbara and Rosemary Pringle (eds.). *Transitions: New Australian Feminism*. Sydney: Allen and Unwin, 1995.

Carter, David (ed.). *The Ideas Market: An Alternative Take on Australia's Intellectual Life*. Carlton: Melbourne UP, 2004.

——. "Public Intellectuals, Book Culture and Civil Society", *Australian Humanities Review* (December 2001). Accessed 2 September 2005. < http://www. lib. latrobe. edu. au/ AHR/ archive/ Issue-Decmber-2001/carter2. html >.

——. and Wang Guanglin (eds.) *Modern Australian Criticism and Theory*, Qingdao: China Ocean University Press, 2010

Chenery, Susan. "The Cosmos of Helen Garner", *Australian* 29 Feb. -1 Mar. 1992:11.

Chodorow, N. *The Reproduction of Mothering: Psychoanalysis and the Sociology of Gender*, Berkeley: University of California Press, 1978.

Clendinnen, Inga. "Making Stories, Telling Tales: Life, Literature, Law". 18th Lionel Murphy Memorial Lecture, The Lionel Murphy Foundation, 17 November 2004. Accessed 2 September 2005. http:// lionelmurphy. anu. edu. au/memorial_lectures. htm.

Clower, John. "The Anarchistic Craft of *The Children's Bach*", *Australian and New Zealand Studies in Canada*, 6 (1991 Fall): 55-75.

Colebrook, Claire. "Sensual Angels and Exteriority: Helen Garner's *Cosmo Cosmolino*", *The Journal of Commonwealth Literature*, 29:1(1994): 55-64.

Conway, Ronald. "Lost Generation", *Quadrant*, May 1978:77.

Cossins, A. "One Stone Throwing from the Feminist Sidelines: A Critique of Helen Garner's Book, *The First Stone*", *Melbourne University Law*

Review, Volume 20. 1995.

Craven, Peter. "Of War and Needlework: The Fiction of Helen Garner", *Meanjin*, 44:2 (1985 June): 209 – 219.

Darcy, Cath. "'Just Another Love Story': *Monkey Grip* on the Screen", *Antipodes: A North American Journal of Australian Literature*, 14:2 (1999): 95 – 99.

Davis, M. *Gangland: Cultural Elites and the New Generationalism*, Sydney: Allen and Unwin, 1997.

Day, Marele (ed.). *Making Waves: 10 Years of the Byron Bay Writers Festival*, St. Lucia: University of Queensland Press, 2006, p111 – 127.

Denfeld, Rene. *The New Victorians: A Young Woman's Challenge to the Old Feminist Order*, London and New York: Simon and Schuster, 1995.

Dessaix, Robert (ed.). *Speaking Their Minds: Intellectuals and the Public Culture in Australia*, Sydney: ABC Books, 1998.

——. "Kitchen-Table Candom", *The Monthly*, April, 2008: 58 – 60.

Dever, Maryanne. "Hanging Out for Judgement", *Australian Women's Book Review*, 16:2 (2004), Accessed 2 September 2005. http://emsah.uq.edu.au/awsr/awbr/issues/138/dever.html.

Devine, Miranda. "Her New Career's to Die for." *Sun-Herald*, 5 June 2005.

Doane, M. *Femme Fatale: Feminism, Film Theory, Psychoanalysis*, New York: Routledge, 1991.

Douglas, Susan. *Where the Girls Are: Growing Up Female with the Mass Media*, New York: Times Books, 1994.

Dutton, Geoffrey. *The Australian Collection: Australia's Greatest Books*, North Ryde. NSW: Angus & Robertson, 1985.

Eagleton, Mary. *Feminist Literary Theory: A Reader*, Oxford: Blackwell Publishers Inc., 1996.

——. *Feminist Literary Theory: A Reader*, Basil Blackwell Ltd, 1986.

Eggins, Suzanne. "Real Stories: Ethics and Narrative in Helen Garner's *Joe Cinque's Consolation*", *Southerly: A Review of Australian Literature*, 65:1(2005): 122-132.

Ellison, Jennifer. *Rooms of Their Own*, Ringwood, Vic: Penguin, 1986.

Felski, Rita. *Doing Time: Feminism and Postmodern Culture*, London: Routledge, 2000.

Ferrier, Carole (ed.). *Gender, Politics and Fiction: Twentieth Century Australian Women's Novels*, St. Lucia: University of Queensland Press, 1985.

Findlen, Barbara (ed.). *Listen Up: Voices from the Next Feminist Generation*, Seattle: Seal Press, 1995.

Flax, J. *The American Dream in Black and White: The Clarence Thomas Hearings*, Ithaca: Cornell University Press, 1998.

Forche, Carolyn, and Philip Gerard (eds.). *Writing Creative Nonfiction*, Cincinnati: Story Press, 2001.

Foucault, Michel. *Discipline and Punish: The Birth of the Prison*, trans. Alan Sheridan, New York: Random House, 1979.

Fraser, Morag, "Joe Cinque's Consolation", http://www.theage.com.au/articles/2004/08/11/1092102517082.html? from = storyrhs

Freud, Sigmund. *A General Introduction to Psychoanalysis*, New York: Boni and Liveright, 1974.

Friedman, Susan Stanford. "Beyond White and Other: Relationality and Narratives of Race in Feminist Discourse", *Signs*, 21:1 (Autumn 1995): 1-49.

Furman, Nellie. "The Politics of Language" in Gayle Greene and Coppelia Kahn (eds.), *Making a Difference Feminist Literary Criticism*, London: Methuen, 1985.

Gallop, Jane. *Feminism and Psychoanalysis: The Daughter's Seduction*, London: Macmillan, 1982.

Garfinkel, Harold. *Studies in Ethno-methodology*. New Jersey: Prentice Hall, 1967.

Garner, Helen. *Monkey Grip*, Melbourne: McPhee Gribble, 1977.
——. *The Children's Bach*. Melbourne: McPhee Gribble, 1984.
——. *Postcards from Surfers*, Melbourne: McPhee Gribble, 1985.
——. *Cosmo Cosmolino*, Ringwood: McPhee Gribble, 1992.
——. *The First Stone: Some Questions about Sex and Power*, Sydney: Picador/Pan Macmillan, 1995.
——. *True Stories: Selected Non-fiction*, Melbourne: Text Publishing, 1996.
——. *The Feel of Steel*, Sydney: Picador, 2001.
——. *Joe Cinque's Consolation: A True Story of Death, Grief and the Law*, Sydney: Picador/Pan Macmillan, 2004.
——. "I", *Meanjin*, 61:1 (2002): 40 – 43.
——. "The Art of the Dumb Question: Forethought and Hindthought about *The First Stone*", *LiNQ*, 24:2 (1997 Oct): 9 – 22.
——. *The Spare Room*, Melbourne: Text Publishing, 2008.
Gaur, June. "I'm at the crossroads", *The Hindu*, Online edition of India's National Newspaper, Sunday, May 28, 2006.
Genovese, Ann. "Unravelling Identities: Performance and Criticism in Australian Feminism", *Feminist Review*, 52 (1996 Spring): 135 – 153.
Gelder, Ken, and Paul Salzman. *After the Celebration: Australian Fiction 1989 – 2007*, Melbourne: Melbourne University Press, 2009.
——. and Paul Salzman. *The New Diversity: Australian Fiction 1970 – 88*, Melbourne: McPhee Gribble, 1989.
Gilbert, Pam. *Coming Out from Under: Contemporary Australian Women Writers*, London: Pandora Press, 1988.
Girard, Rend. *The Girard Reader*, ed. James G. Williams, New York: Crossroad, 1996.
——. "The First Stone." *Renascence* 52.1 (Fall 1999): 5 – 17.
——. *Violence and the Sacred*, trans. Patrick Gregory, Baltimore and London: Johns Hopkins UP, 1977.
Goldsworthy, Kerryn. "Before, During and After *The First Stone*" in Delys

Bird, Robert Dixon and Christopher Lee (ed.), *Authority and Influence: Australian Literary Criticism 1950 – 2000*, St. Lucia: University of Queensland Press, 2001, pp287 – 290.

——. *Australian Writers: Helen Garner*. Melbourne: Oxford University Press, 1996.

Goodwin, Ken. *A History of Australian Literature*, London: Macmillan, 1986.

Grandy, Karen. "Serving in the Home Guard: Housekeepers and Homemakers in *The Children's Bach* and Dancing in the Dark", *Australian and New Zealand Studies in Canada*, 6 (1991 Fall): 76 – 89.

Grant, L. *Fundamental Feminism*, New York: Routledge, 1993.

Green, Dorothy. *Writer Reader Critic*, Sydney: Primavera Press, 1991.

Grenville, Kate, and Sue Woolfe. *Making Stories: How Ten Australian Novels Were Written*, Sydney: Allen and Unwin, 1993.

Grieve, Norma, and Ailsa Burns (eds.). *Australian Women: Contemporary Feminist Thought*. Melbourne: Oxford University Press, 1994.

Guy, Camille. "Feminism and Sexual Abuse: Troubled Thoughts on Some New Zealand Issues", *Feminist Review*, *Feminisms in the Antipodes*, Number 52 Spring 1996, Routledge: 154 – 168.

Hanrahan, John. "Three Perspectives on Helen Garner's *The First Stone*", *Australian Book Review*, September. 1995: 25 – 29.

Hanscombe, Elisabeth. "Helen Garner's Work in *The First Stone*", *Quadrant*, Sept 2006, v50 i9 (4).

Hastings, Elizabeth. "From Margin to Text: The Work of Transition", *Voices of Margin*, Central Queensland University Press, 1995: 1 – 17.

Heidegger, Martin. *Poetry, Language, Thought*, trans. Albert Hofstadter, New York: Harper & Row, 1971.

Henderson, Margaret. "Legends of the Rise and of the Fall: Towards a Poetics of Histories of the Australian Women's Movement", *Clio* vol. 31, no 3, 2002: 301 – 326.

——. "Manifesting Australian Literary Feminisms: Nexus and Faultlines" in *Manifesting Australian Literary Feminisms: Nexus and Faultlines*, *Australian Literary Studies* 24:3 – 4, Brisbane: Clark & Mackey, 2009, p1 – 19.

Heywood, Leslie, and Drake (eds.). *Third Wave Agenda: Being Feminist, Doing Feminism*, Minneapolis: University of Minnesota Press, 1997.

Hogan, Eleanor. "Borderline Bodies: Women and Households in Helen Garner's *Other People's Children* and *Cosmo Cosmolino*", *New Literature Review*, 30 (1995 Winter): 69 – 82.

Hogeland, Lisa. *Feminism and Its Fictions: The Consciousness Raising Novel and The Women's Liberation Movement*, Pennsylvania: University of Pennsylvania Press, 1998.

Holcombe, Vanessa. "Writing Place: Helen Garner's *The Last Days of Chez Nous*", *Southerly: A Review of Australian Literature*, 65:1 (2005): 143 – 154.

Hooks, Bell. *Feminism Theory: from Margin to Center*, Boston: South End Press, 1984.

——. "Marginality as site of resistance", *Out There: Marginalization and Contemporary Cultures*, New York: The New Museum of Contemporary Art, 1990.

Hosking, Susan. "Home and Abroad", *Overland*, 103 (1986 July): 67 – 69.

Jose, Nicholas (ed.). *Macquarie PEN Anthology of Australian Literature*, Sydney: Allen and Unwin, 2009.

Juers, Evelyn. "Thanks for Takin' an Interest", *Australian Book Review*, August 2004: 26 – 30.

Jung, Carl G. "Psychology and Alchemy", *Collected Works, 1953 – 78*, Vol 12, Princeton: Princeton University Press, 1968.

——. *The Archetypes and the Collective Unconscious* (2nd edition), trans. R. F. C. Hull, London: Routledge & Kegan Paul, 1969.

Keane, Colleen. *Plural Subjects and Post-humanism: Reading Recent No-*

vels by Australian Women (1988 – 1993). A thesis submitted in total fulfillment of the requirements for the degree of Doctor of Philosophy, School of English, Faculty of Humanities, La Trobe University, Bundoora, Victoria 3080, Australia, February 1996.

Kelly, Philippa. "Transgressive Spaces: Helen Garner's *Cosmo Cosmolino*", *Westerly: A Quarterly Review*, 40:1 (1995 Autumn): 19 – 25.

——. "The Language of Subversion: Discourses of Desire in Painted Woman, *The Children's Bach*, Massages from Chaos", *Southerly: A Review of Australian Literature*, 54:1 (1994 Mar): 143 – 156.

Koval, Romana. "Ramona Koval Talks to Helen Garner and Cassandra Pybus", *Australian Book Review*, May 1995: 9 – 12.

Kristeva, Julia. "The Bounded Text" and "Word, Dialogue, and Novel" in Leon S. Roudiez (ed.), *Desire in Language: A Semiotic Approach to Literature and Art*, trans. Tomas Gora, Alice Jardine, and Leon S. Roudiez, New York: Columbia University Press, 1980: 36 – 63; 64 – 91.

——. *Revolution in Poetic Language*, trans. Margaret Waller, New York: Columbia University Press, 1984.

Lehmann, Geoffrey. "Human truths revealed in tale of fight against mortality", *Weekend Australian*, Saturday 29/3/2008: 8 – 10.

Leser, David. "A Date with Death", *Women's Weekly*, August. 2004.

Lever, Susan. *Australian Writers, 1975 – 2000. Dictionary of Literary Biography*, Detroit, MI: Gale, 2006.

——. *Real Relations: The Feminist Politics of Form in Australian Fiction*. Sydney: Halstead Press, 2000.

Levi-Strauss, Claude. *The Elementary Structures of Kinship*, trans. James Bell, John von Sturmer and Rodney Needham, Boston, Mass. : Beacon Press, 1969.

Levy, Bronwen. "Constructing the Woman Writer: the Reviewing Reception of Hazzard's The Transit of Venus" in Carole Ferrier (ed.), *Gender, Politics and Fiction: Twentieth Century Australian Women's*

Novels, St. Lucia: University of Queensland Press, 1985.

——. "Third Time Lucky, or After the Wash-Up", *Imago*, 9 (Autumn 1997): 108 – 117.

Liddelow, Eden. "Helen Garner: A Retrospective, With Angels", *Scripsi*, 7, no3, 1992:106 – 118; revised as "Helen Garner: Honour and the Recording Angel," in her *After Electra: Rage, Grief and Hope in Twentieth-century Fiction*. Melbourne: Australian Scholarly, 2001: 79 – 92.

Lindsay, Elaine. "Spiritual Subversions", *Australian Feminist Studies*, Vol. 4 no.30, 1999: 357 – 366.

Lumby, Catharine. *Bad Girls: The Media, Sex and Feminism in the 90s*, Sydney: Allen and Unwin, 1997.

Maher, J., J. McCulloch and S. Pickering. "[W]here women face the judgement of their sisters: review of Helen Garner, *Joe Cinque's Consolation*", *Current Issues in Criminal Justice*, Vol. 16, No. 2. 2004: 233 – 240.

Malcolm, Janet. "Women at War: A Case of Sexual Harassment", *New Yorker* 7, July 1997: 73 – 75.

——. *The Silent Woman-Sylvia Plath and Ted Hughes*, Sydney: Picador, 1994.

Manne, Anne. "Reading Fairy Blackstick", *Quadrant*, 40:5 [326] (1996 May): 16 – 18.

Manne, Robert. "More Stones Thrown Over Ormond Affair", *Sydney Morning Herald*, 3 November 1997.

Mansfield, Nicholas. "'A Pleasant, Meaningless Discord': Helen Garner's *The Children's Bach*", *Westerly: A Quarterly Review*, 36:2 (1991 June): 17 – 22.

McMahon, A. *Taking Care of Men: Sexual Politics in the Public Mind*, Melbourne: Cambridge University Press, 1999.

Mead, Jenna (ed.). *Bodyjamming: Sexual Harassment, Feminism and Public Life*, Sydney: Vintage, 1997.

Mercer, Gina. "Exercising the Muscle of Curiosity: A Conversation with Helen Garner", *LiNQ*, 24:2(1997 Oct): 23 – 30.

——. "Little Women", *Australian Book Review*, June 1986: 26 – 28.

Millett, Kate. *Sexual Politics*. Garden City, NY: Doubleday, 1970.

Moi, Toril. *What Is a Woman? And Other Essays*. Oxford: Oxford University Press, 1999.

Morgan, Robin (ed.). *The Word of a Woman: Selected Prose 1969 – 1993*, London: Virage, 1993: 77.

Morrisey, B. *When Women Kill: Questions of Agency and Subjectivity*, London: Routledge, 2003.

Morgan, Jenny. "Priggish, Pitiless, and Punitive or Proud, Passionate, and Purposeful? Dichotomies, Sexual Harassment, and 'Victim-Feminism'", *Canadian Journal of Women and the Law*, Volume 17, Number 1, 2005.

Paisley, Fiona. "Citizens of Their World: Australian Feminism and Indigenous Rights in the International Context, 1920s and 1930s", *Feminist Review* Vol. 58: 66 – 84.

Parker, David. "'Modern Life': Helen Garner and Nicholas Jose", *Quadrant*, 29:3 [209] (1985 Mar.): 70 – 72.

Pateman, Carole and M. Sawer (eds.). *Directory of Women Political Scientists in Australia*. Australasian Political Studies Association, 1981.

—— (ed.). *Women, Social Science, and Public Policy*, Academy of Social Sciences in Australia, 1985.

——. *Politics* (special political theory issue of the journal of the Australasian Political Studies Assoc.), Vol. 18, No. 2 (1983).

Pettman, Jan. *Living in the Margins: Racism, Sexism, and Feminism in Australia*, Sydney: Allen and Unwin, 1992.

Pybus, C. "Cassandra Pybus reviews Helen Garner's *The First Stone*", *Australian Book Review*, May. 1995: 6 – 8.

Reineke, Martha. *Sacrificed Lives: Kristeva on Women and Violence*. Bloomington and Indiananpolis: Indiana University Press, 1997.

Richardson, Owen. "A Kind of Tact: An Essay on Helen Garner", *Meanjin*, 56:1 (1997): 96 – 103.

Richetson, Matthew. "Garner's *The First Stone*" in Delys Bird, Robert Dixon and Christopher Lee (ed.), *Authority and Influence: Australian Literary Criticism 1950 – 2000*, St. Lucia: University of Queensland Press, 2001: 291 – 295.

Roderick, Meagher. "James Fairfax and Helen Garner", *Quadrant*, Oct 2005 v49 i10 p52.

Rogers, Shelagh. "'You Don't Really Know What It Is Until You Go Away and Come Back': Interviews with Four Australian Writers", *Australian and New Zealand Studies in Canada*, 1 (1989 Spring): 33 – 43.

Roiphe, Katie. *The Morning After: Sex, Fear, and Feminism*, Boston: Little Brown & Co., 1993.

Rooney, Brigid. "The Sinner, the Prophet, and the Pieta: Sacrifice and the Sacred in Helen Garner's Narratives", *Antipodes: A North American Journal of Australian Literature*, 19:2 (2005 Dec): 159 – 165.

Roudiez, Leon S. (ed.). *Desire in Language: A Semiotic Approach to Literature and Art*, trans. Thomas Gora, Alice Jardine, and Leon S. Roudiez, New York: Columbia University Press, 1980.

Said, Edward W. *Orientalism*, London: Routledge & Kegan Paul Ltd. 1978.

——. *Representations of the Intellectual*, London: Vintage, 1994.

——. *Reflections on Exile and Other Essays*, Cambridge, Massachusetts: Harvard University Press, 2000.

Salzman, Paul. "Talking/ Listening: Anecdotal Style in Recent Australian Women's Fiction." *Southerly: A Review of Australian Literature*, 4 (1989 Dec): 539 – 553.

Sandoval, Chela. "Feminism and Racism: A Report on the 1981 National Women's Studies Association Conference" in Gloria Anzaldua (ed.), *Making Face, Making Soul: Haciendo Caras: Creative and Critical*

Perspectives by Feminisms of Color, San Francisco: Aunt Lute, 1990.

Scutt, Jocelynne A. *The Sexual Gerrymander: Women and the Economics of Power*, Melbourne: Spinifex Press, 1994.

Selden, Raman (ed.). *A Reader's Guide to Contemporary Literary Theory*, Melbourne: Pearson Education Limited, 1997.

Sheridan, Susan and Paul Genomi (eds.), "Introduction", *Thea Astley's Fictional Worlds*, Newcastle: Cambridge Scholars Publishing, 2008.

Simic, Zora. "On Reading *The First Stone* Ten Years Later", *Lilith: A Feminist History Journal*, Annual 2006 i15 p18 (14).

Spivak, Gayatri C. "Can the Subaltern Speak?" in Griffiths Bill Ashcroft and Helen Tiffin (eds.), *The Post-colonial Studies*, London and New York: Routledge 1995: 24 – 28.

Taylor, Andrew. "Desire and Repetition in the Novels of Helen Garner" in Alan Brissenden (ed.), *Aspects of Australian Fiction*, Nedlands: University of Western Australia Press, 1990: 113 – 126.

Taylor, Anthea. "Readers Writing The First Stone Media Event: Letters to the Editor, Australian Feminisms and Mediated Citizenship", *Journal of Australian Studies*, vol. 83 2004: 75 – 87, 189 – 191.

Tiffin, Chris. "HelenGarnerBiography", http://www.briefbio.com/pages/Garner-Helen.html

Topliss, Helen. *Modernism and Feminism: Australian Women Artists, 1900 – 1940*, Craftsman House, 1996.

Trigg, Stephanie. "Postcards from Helen", *Scripsi*, 4:2 (1986 Nov.): 197 – 201.

Trioli, Virginia. *Generation F: Sex, Power and the Young Feminist*, Melbourne: Reed Books, 1996.

Turcotte, Gerry. *Writers in Action, the Writers' Choice Evenings*, Sydney: Currency Press, 1990.

Veit, Walter F. "Comparative Literature and an Intercultural History of Australian Literature — A Modest Proposal" in Brian Edwards and Wenche G. Ommundsen (eds.), *Appreciating Difference*, Victoria:

Deakin University Press, 1998.

Visontay, Michael. "Australia's Top 100 Public Intellectuals." *Sydney Morning Herald*, 12 – 13 March 2005, Spectrum 9.

Wachtel, Eleanor. "'I'm Writing to Save Myself': An Interview with Helen Garner", *Australian and New Zealand Studies in Canada*, 10, (1993 Dec): 57 – 65.

Walker, Rebecca. "Becoming the Third Wave", *Ms.* 12, Jan./ Feb. 1992: 41.

——(ed.). *To be Real: Telling the Truth and Changing the Face of Feminism*, New York: Anchor Books, 1995.

Walkerdine, V. and L. Blackman. *Mass Hysteria: Critical Psychology and Studies*, London: Palgrave, 2000.

Watson, Chris. "Helen Garner", *Australian Literary Studies*, Vol. 18, 1998: 328.

——. *The Whites of Their Eyes*, Profiles by David Leser, Sydney: Allen and Unwin, 1999, 107 – 110.

Watson, Sophie (ed.). *Playing the State: Australian Feminist Interventions*, London: Verso Books, 1990.

Webby, Elizabeth. *The Cambridge Companion to Australian Literature*, Cambridge: Cambridge University Press, 2000.

Whitlock, Gillian. "Craftworks: Australian Women's Writing 1970 – 90" in Carole Ferrier (ed.), *Gender, Politics and Fiction: Twentieth Century Australian Women's Novels*, St. Lucia: University of Queensland Press, 1985.

——. *Eight Voices of the Eighties: Stories, Journalism and Criticism by Australian Women Writers*, St. Lucia: University of Queensland Press, 1989.

Wilde, William H., Joy Hooton and Barry Andrews. *The Oxford Companion to Australian Literature*, Melbourne: Oxford University Press, 1994.

Willbanks, Ray. *Australian Voices: Writers and Their Work*, Austin: University of Texas Press, 1991.

———. *Speaking Volumes: Australian Writers and Their Work*, Ringwood: Penguin, 1992.

Windsor, Gerard. "Writers and Reviewers", *Island Magazine* 27, 1980: 16.

Wolf, Naomi. *Fire with Fire: The New Female Power and How It Will Change the Twenty-first Century*, New York: Random House, 1993.

Wolff, Janet. *Feminine Sentences: Essays on Women and Culture*, Berkley: University of California Press, 1990.

Wyndham, Susan. "The Good Daughter", *The Sydney Morning Herald*, August 19, 2006, http://www.smh.com.au.

附录一 海伦·加纳生平年表

1942	出生于澳大利亚维多利亚州(Victoria)的吉朗市(Geelong);父母生育六个孩子,加纳排行老大,家中四个妹妹,一个弟弟。
1948—1951	先在玛尼福德·海特公立学校(Manifold Heights State School)上学,然后转到海洋树林州立学校(Ocean Grove State School)。
1952—1960	在吉朗的和米塔基(The Hermitage)学校上学。
1961—1965	在墨尔本大学(Melbourne University)学习,获得墨尔本大学艺术系英语和法语专业的荣誉学士学位。
1966—1972	在维多利亚州的几所中学教书。
1967	到海外旅游;在伦敦教书;与比尔·加纳(Bill Garner)相遇。
1968	回到澳大利亚,与比尔·加纳结婚。
1969	爱丽丝·加纳(Alice Garner)出生。她是加纳唯一的女儿。
1971	第一次婚姻结束。
1972	在菲茨罗伊高中(Fitzroy High School)与年龄仅有13岁的学生们讨论性教育,被维州教育部门(the Victorian Education Department)解雇,在墨尔本引起轰动。
1972—1974	为墨尔本反传统文化杂志《挖掘者》(Digger)撰稿。
1975	开始写作《毒瘾难戒》(Monkey Grip)。
1977	《毒瘾难戒》出版。
1978	《毒瘾难戒》获得"国家图书委员会奖"(National Book

Council Award)。

1978—1979	到巴黎,写作《荣誉和他人的孩子》(Honour and Other People's Children),与第二任丈夫法国记者让-雅克·波特尔(Jean-Jacques Portail)相识。
1980	在巴黎与波特尔结婚,《荣誉和他人的孩子》出版。
1982	电影《毒瘾难戒》上映。
1983	与詹妮弗·盖尔斯(Jennifer Giles)合作创作《搬迁》(Moving Out)并出版;成为昆士兰州格里菲斯大学(Griffith University)客座作家。
1984	《孩子们的巴赫》(The Children's Bach)出版;成为西澳大学(The University of Western Australia)客座作家。
1985	第二次婚姻结束。《来自冲浪者的明信片》(Postcards from Surfers)出版。
1986	《孩子们的巴赫》获得"南澳总理文学奖"(SA Premier's Literary Award),电视剧《两个朋友》(Two Friends)上映,《来自冲浪者的明信片》获得"新南威尔士总理文学奖"(NSW Premier's Literary Award)。
1987	散文"听我们来说"("What We Say")和"心灵需要什么"("What the Soul Wants")发表。
1988	"穿条子服装的心理影响"("The Psychological Effect of Wearing Stripes")发表;搬到悉尼居住。
1990	"三亩地,多还是少?"("Three Acres, More or Less")发表在《别了,丛林!》(Gone Bush)杂志上。
1991	搬回墨尔本居住。
1992	《小天地中的大世界》(Cosmo Cosmolino)出版,并获得"迈尔斯·弗兰克林奖"(Miles Franklin Award)提名;与默瑞·贝尔(Murray Bail)结婚;《阖家不欢》(The Last Days of Chez Nous)在戛纳电影节(the Cannes Film Festival)上放映;剧本《两个朋友》和《阖家不欢》由麦克菲·格里博(McPhee Gribble)出版社出版;卷进墨尔本大学奥蒙德学院(Ormond College)的性骚扰案件。

1993	"我们怎么失去丹尼尔的生命?"("How We Lost Daniel's Life")一文成为《记录澳大利亚》(Time Australia)杂志的封面故事,获得了"沃克利新闻奖"(Walkley Award)。
1994	搬回悉尼居住。
1995	《第一块石头——关于性和权力的几个问题》(The First Stone: Some Questions about Sex and Power)畅销并引起争论。
1996	《真实故事:非小说作品选》(True Stories: Selected Non-fiction)出版。
1998	《我坚强的心:小说选》(My Hard Heart: Selected Fiction)出版。
1999	与默瑞·贝尔离婚。
2000	搬回墨尔本居住。
2001	《钢铁的感觉》(The Feel of Steel)出版。
2004	《乔·琴科的安慰》(Joe Cinque's Consolation)出版。
2005	《乔·琴科的安慰》获得"内德·凯利奖"(Ned Kelly Award)。
2006	获得"墨尔本文学奖"(Melbourne Prize for Literature)。
2008—2009	《空余的房间》(The Spare Room)出版并获得"维多利亚总理文学奖"(Victorian Premier's Literary Award)"旺斯·帕默尔小说奖"(Vance Palmer Prize for Fiction)、"昆士兰总理文学奖"(Queensland Premier's Literary Award)、"芭芭拉·杰弗里斯奖"(Barbara Jefferis Award)①

---

① "芭芭拉·杰弗里斯奖(Barbara Jefferis Award)"是 2007 年设立的一项澳大利亚文学奖。是由约翰·欣德(John Hinde, 1911 – 2006)捐资一百万为纪念他的妻子、前澳大利亚作家协会主席芭芭拉·杰弗里斯(Barbara Jefferis, 1917 – 2004)而设立的。该奖项主要用于表彰澳大利亚作家描写女性生活、反映女性生存状态的最佳作品。2008 年该奖授予瑞尔·迈克马斯特(Rhyll McMaster, 1947 –)的小说《羽人》(Feather Man, 2007)。

附录二　海伦·加纳主要作品一览表

1. 《毒瘾难戒》(*Monkey Grip*)，1977年墨尔本麦克菲·格里博(McPhee Gribble)出版社出版；
2. 《荣誉和他人的孩子》(*Honour and Other People's Children*)，1980年墨尔本麦克菲·格里博出版社出版；
3. 《孩子们的巴赫》(*The Children's Bach*)，1984年麦克菲·格里博出版社出版；
4. 《来自冲浪者的明信片》(*Postcards from Surfers*)，1985年麦克菲·格里博，林伍德(Ringwood)出版社以及纽约海豚(Penguin)出版社出版；
5. 《小天地中的大世界》(*Cosmo Cosmolino*)，1992年麦克菲·格里博以及海豚出版社出版；
6. 《阖家不欢》(*The Last Days of Chez Nous*)，《两个朋友》(*Two Friends*)，1992年麦克菲·格里博出版社出版；
7. 《第一块石头》(*The First Stone: Some Questions about Sex and Power*)，1995年泛麦克米伦(Pan Macmillan)出版公司的皮卡多尔(Picador)出版社出版；
8. 《真实故事:非小说作品选》(*True Stories: Selected Non-fiction*)，1996年墨尔本文本出版公司(Text Publishing)出版；
9. 《我坚强的心:小说选》(*My Hard Heart: Selected Fiction*)，1998年林伍德/海豚出版社出版；
10. 《钢铁的感觉》(*The Feel of Steel*)，2001年悉尼皮卡多尔出版社出版；
11. 《乔·琴科的安慰》(*Joe Cinque's Consolation*)，2004年悉尼皮卡多尔出版社出版；
12. 《空余的房间》(*The Spare Room*)，2008年墨尔本文本出版公司出版。

附录三　海伦·加纳访谈录

时间：2008年1月15日下午
地点：海伦·加纳在墨尔本郊区的寓所

问：我阅读了您的新作《空余的房间》，您在小说里所讲述的故事很感人，也很发人深省。您在2006年阿德莱德作家节上接受采访时曾表示，您感觉在一个十字路口，不知道是该写小说还是该写非小说。那么，是什么促使您写了这样一部小说呢？

答：哦，我想想该怎么来回答你。2006年初，我在阿德莱德参加作家节的活动，当时我真的感觉在十字路口，不知道该写什么、怎么写。后来发生了一件事，它促使我写了这部小说。我的一个好友病逝了。我在她病重期间照顾过她一段时间。她病得很厉害，可是她并不承认自己可能会死的事实，这使我对她十分恼怒。这种愤怒的情绪震撼了我。她死了以后，我心里感到非常压抑。我有一种向别人讲述这个故事的冲动，想将那些留在我大脑中的痛苦记忆写出来。我想我可以将它写成小说、非小说，或者是一篇篇幅较长的散文。于是我坐下来开始写，随着自己的思绪，想到哪儿写到哪儿。当我写完了两个段落的时候，我觉得我只有将它写成小说才能继续下去。因此，我决定将它写成小说。我按照小说的模式去描写人物和对话，还将人物的姓名都改掉了，包括叙述者的名字。但是，有一天，我与朋友谈及这部小说的写作，她问我：你为什么不将叙述人叫做海伦呢？

问：她是让您将叙述人改成您自己的名字？
答：是的。我接受了她的建议。也许有的读者会认为我将叙事人叫做海伦有点糊弄人的意思，但其实我是想以我自己的名义为那种丑陋的情感承担责任:当你面对一个即将死亡的人,你愤怒甚至狂躁,有时竟然不能表现出同情。有的人读了这本书后认为它是一本关于药品和医疗的书,因为我在书中描述了一些我朋友所经历的治疗。但其实那不是我要传达的主题。我感兴趣的是死亡。为什么人那么惧怕死亡?为什么有的人在死亡面前彻底崩溃了,而有的人则显得那么镇静?

问:您自己是怎么看待死亡的呢?

答:我真的想像不出假如我自己得了癌症、并且已经是晚期的话会有怎样的表现,我真不知道自己是否有接受那种现实的勇气。真的,不知道。但是我目睹了好几个身边亲人的死亡。我的大妹妹是生癌症死的。她得的是肺癌。患病差不多一年的时间就离开了人世。她本人是护士,她对自己的病情很清楚,对各种用药也不抱太多的希望。她没有生病的时候是一个非常难缠的人,坏脾气,总是想掌控别人,对别人吹毛求疵。但是生病以后,她变了一个人。她变得容易相处了,变得可爱了,变成了一个很容易照顾的人。尽管她不想死,也很害怕死,但是她接受即将结束生命的事实,她接受别人给她的所有的安排和关照。最后她在注射了止痛剂的情况下、在家人的轻轻按摩中安静地死去。我觉得人要死的时候可能是像她这个样子的,而不是像我的朋友那样。我的朋友自称是一个佛教徒。她不相信自己的病已经无可救药,她也不是非常害怕死亡,她很镇静。我不能忍受她那种镇静。事实上,如果你不愿面对现实,那你就必须否定现实。你又怎么能否定现实呢?在她尝试着各种治疗的时候,她的癌细胞在很快地扩散。当她决定要去做手术的时候,她也不让我帮她,坚持自己做一切,谁要是帮她,她就和谁发怒。最恐怖的是她死的那个晚上,她痛苦地呻吟着,不让任何人接近她,连止痛剂都拒绝用。我真是觉得她疯了。

问:衰老和死亡是每个人都必须面对的,但是每个人的表现又都不一样。我读过您的散文"年届五十",您觉得您的人生在五十岁时刚刚进入辉煌时期。现在您怎么看待人生呢?

答:现在的情况是越来越好。随着年龄的增加,你会感到越来越有力量。我虽然已经是一个六十多岁的女人,但是我并没有老了的感觉。有一天我到屋顶去清理因为连续阴雨而堵在落水管道口的树叶。我的外孙泰德到家里来找我。他不知道我在屋顶,我听到他在底下叫:"小老奶奶,你在哪儿啊?"他一直叫我"小老奶奶"。我捧起一把落叶从屋顶扔了下去。他吓得躲到一边去了。我们都大笑不止。我想,我从我父亲那里遗传了一种乐观气质,这是一种生理遗传。我每天早晨醒来都对自己说:哦,又是新的一天!感觉好极了!我总是渴望新的一天的开始。但是,我对一些具体的事情并不是很乐观,比如全球气候变暖的问题,我觉得我们这代人是有罪的。总之,我有一种乐观的性情,但不是乐观的态度。

问:想和您再来探讨一下有关女性主义的问题。您承认没有女性主义的启迪,您很可能成不了作家。您认为三十多年来您对女性主义的认识发生了变化吗?

答:我想是的。我刚满三十岁的时候接触到女性主义,那是我最早所拥有的政治性立场,是我最初看世界的视角,对我后来的人生和写作产生了至关重要的影响。起初,我们对于女性主义的理解只是一些具体的行动和一些简单的理论。但是后来,女性主义的理论变得越来越复杂,大学里开设了专门研究女性主义的课程。再后来,女性主义成为一种更为复杂的、知识性的探究体系。这种变化是很有趣的。1978年我来到巴黎时对女性主义有了新的认识。在我去巴黎之前,我在澳大利亚所认识的女性主义者都是嬉皮士之类的人,她们可以在街上被人们指认出来。她们着装怪异、行为另类,从来不用化妆品,不涂口红,她们是一些清教徒式的女性主义者。但是,巴黎的情形却很不一样。在巴黎的街上你看不出谁是女性主义者,谁不是女性主义者。即便是在女性主义书店里,你所见到的人也没有什么外在的标签,这大概就是一种超越的姿态。当时,《女人》杂志社正在连载我的小说《毒瘾难戒》。我被约请到出版社,一个非常优雅的法国女人和我交谈。而同时,在出版社的一角站着一个高个子、胖胖的美国女同性恋,后来我知道那个美国女人是一个著名的作家。我们彼此心照不宣地交换了一个眼神。我们那时都是纯粹的女性主义者。后来我回到澳大利亚,我与一个法国人结婚了。我开始过一种家居生活而不是那种另类的生活,而且后来再也没有回到另类的生活圈子中去。我年轻的时候总觉得一切都是男人的错,但是年纪大了点之后,我对男人产生了同情。但是,这并不意味着我放弃了我的女性主义立场。我对女性主义的认识都来自于现实,我没有读过太多的理论,这可能是我与其他女性主义者不同的地方。

问: 您觉得女人现在所拥有的一些权利是理所当然的吗?

答: 是的,一些权利她们本来就应该拥有,比如,女性受教育、接收职业培训等等。很早以前,如果你是一个教师,你结婚后就必须辞职。现在的情况有好转但是仍然不容乐观。女人还是不能与男人同工同酬。从1972年起我就没有到任何单位上班工作,我只是靠自己写作谋生,我没有老板,没有人对我指手画脚。所以,有的女性主义者认为我不太了解现实的情况。《第一块石头》出版的时候,一些学术界的妇女对我提出质疑,她们指出我并不真正了解大学里的职业女性的生存境况。我可能真的不太清楚。但是,在写作领域,我有所了解,虽然我本人并没有遇到过。有很长一段时间,我很烦恼,因为我被描述为"女作家"而不是"作家"。这种分类其实是一种歧视,被称为女作家意味着你只能写家庭之类的琐事。人们并不认为家事很重要,他们总觉得革命或者战争之类的主题要比家庭生活的主题重要得多。《第一块石头》出版之后,没有人再将我称为"女作家"了,因为他们觉得我成为替男人说话的人,站到了女性主义的对立面。我心想,那好吧。我只代表我自己,我不代表其他的任何人。一些在大学里学习女性研究方面课程的女性主义者给我写信,谴责我出卖了女性主义,骂我是女性主义的叛徒。当时我被她们的误解深深伤害。但是过了一些年,我又收到了她们的来信,她们对曾经给我的伤害表示道歉,说当时她们太年轻了,以为女性主义就是应该板着一副面孔去和男人斗争。读到这些信我感到特别欣慰。写作的意义也许就在于此:她们感受到了,她们理解了。在2004年我的另一部非小说作品《乔·琴科的安慰》出版以后,也有女性主义者对我提出了质疑。有一个女作者写了一篇非常带有敌意的评论文章,说我从一个自由激进的女性主义者变成了一个保守的道德家。我是讲道德的,但是我并不保守。很多年来,这样的误解我经历了很多。想起这些事,我只能用两个字来概括我对女性主义的感觉,一个是"悲伤",另一个是"无聊"。我并没有反对女性主义的意思。虽然现在我很少想起女性主义这个词,但是我想女性主义的观点已经内化在我的思想中和行动上。

问：这是一种超越吗？

答：是的，但是任何超越的过程都是痛苦的。我知道我的书让一些人愤怒，而我自己也很愤怒，因为我的书被他们误读。但是另一方面，我也感到很庆幸，同时也感到非常惊讶，我的书竟然在一片争议声中卖得很好。

问：《乔·琴科的安慰》与《第一块石头》有相似的地方。您觉得乔·琴科是女性主义的牺牲品吗？

答：不，我不是将他看作女性主义的牺牲品，而是认为他是女人的牺牲品，一个被称为"红颜祸水"的女人的牺牲品。他是被那个女人的"自恋"所谋杀的。在自恋的驱使下，阿奴·辛格失去了自控力，成为一个谋杀犯。依我看，不是女性主义将女人变成了"红颜祸水"，女人的谋杀行为不能归罪于女性主义。

问：琴科的母亲玛丽亚是一个女性主义者吗？

答：她不能算作是一个女性主义者。她是一个典型的家庭妇女，没有受过多少教育，但是她很坚强。

问：您后来见过琴科的母亲吗？

答：见过多次。那个事件对她的影响很大。

问：您下一步的写作计划是什么？

答：我要写一个非小说作品。这是两年前发生在维多利亚州一个小镇上的一宗谋杀案件。这个案件与我以前所写的两个案件都不太一样，这个案件中的受害者既不是女方，也不是男方，而是一个无辜的孩子。一对夫妇带着他们三岁的儿子住在维州的一个小镇。男主人很普通，没有什么能力，也不是很机灵，他的妻子对他很厌倦。在他们家造房子的时候，他妻子跟一个泥瓦工好上了。是他的妻子色诱了那个泥瓦工。后来妻子提出要和她的丈夫离婚，并要求得到三岁儿子监护权。男人独自离开，回了他父母家。2005年父亲节那天，他将儿子从前妻那里接来过节。在开车将孩子送回前妻家的路上，连车带人栽进了沟里。车子越陷越深。他自己砸碎玻璃，从车里钻了出来，游到岸边，冲到前妻家里。却将孩子留在了车里。他急急忙忙敲开前妻家的门，前妻问他：儿子呢？他说：我杀了他。当他们再次赶到出事地点时，车子已经陷进了沟里，孩子已经淹死了。这真的是一个很伤感的故事。后来,这个男人被指控犯了谋杀罪。可是,男人的两个姐姐坚持替他辩护说他不是故意的,说他不可能就这么杀了自己的孩子。而他的前妻也为他辩解,认为他不是故意的。女人充满自责地说:要是我没有爱上别人,要是我不让他将孩子带走,这一切就都不会发生了。我开始对那个被指控谋杀的男人也是很同情的,希望他不要被判死刑。但是,当我坐在法庭上看着警方对他审讯的录像时,我明显地感觉到他在说谎。令人感到恐怖的是,在这起由女人所引起的灾难中,孩子承受了一切,成为他们追求自由的牺牲品。现在女人确实有了更多的权利,当她们对婚姻和家庭不满的时候,她们可以做出她们的决定。但是,她们的自由是不是一种幻觉?有时她们并不了解真相,或者是她们不愿意了解真相,因为事实将会使她们很纠结。我们有时对于女人谋杀她们的孩子而感到同情,因为我们自己是女人,我们有某种心理保护意识。但是,在这个故事中,男人是被深深伤害的。

问:这本书有书名了吗?

答:还没有。我暂时叫它《水沟》。

问:我们再来说说您的那部名叫《钢铁的感觉》的非小说。您为什么在那么多篇文章中选了这个标题为书名呢?

答:哦,我的意图很明显。选进那本非小说集的散文都是我在第三次婚姻结束之后写的。我那时心冷如铁,很痛苦,仿佛被剑刺中一样。

问:您现在已经完全走出了失去婚姻的伤痛了吗?

答:是的,我现在生活得很快乐。尽管我没有丈夫,但我并不真想要一个男人。我女儿一家就住在隔壁。我想:一个人老了以后很悲哀的一件事就是没有人需要你了。我很快乐因为我还时常被家人所需要,我所能给予的也受到他们的欢迎。

问:我曾经读到一篇文章说您很欣赏西蒙·德·波伏娃的一句话"我为爱而写作"。您是为什么而写作呢?

答:啊,是的。波伏娃的那句话确实给我留下了深刻的印象。我写作是因为我的生活中发生一些值得我去写的事情,那些事让我沮丧,让我无法忍受,我要写出来,让大家都看到,让人们都理解。所以,我写作是为了使我内心平静。生活中所发生的一些事是有些零乱的,让人苦恼的,有时甚至是痛苦的。通过写作,我将零乱的生活重新整理出头绪来，苦恼和痛苦也在写作的过程中得到了化解，人生因此而得到提升。有一次我的一个朋友给我来邮件，问我为什么不争取让我的书在澳大利亚以外的其他国家出版？我说，我其实并不在乎有多少人在读我的书，或是我的书被翻译成多少种语言。我关心的只是我有没有写出我想写的东西。

问：如果我想要选择您的一部小说翻译成中文、介绍给中国读者的话，您推荐哪部作品呢？

答：我第一个想到的是《孩子们的巴赫》。我个人很喜欢这本小说。我喜欢这部小说的构思。

问：我的想法与您不谋而合。关于书名我想跟您确认一下。您是用 Bach 一词指音乐家"巴赫"还是指"小屋"？

答：这是音乐家的名字。这本书在新西兰发行时，书名也曾被误解过。因为瑞士人常用 Bach 一词来指"小屋"，所以，在欧洲，这个书名也产生过歧义。但是，这种现象在澳洲不会发生，因为澳大利亚人从来不用这个词来指"小屋"。

后　记

　　时间可以证明一切，但并不是一切都需要用时间去证明。回想起来，从我第一次听到海伦·加纳的名字至今才仅仅几年时间，而与这位作家真正相识才三年，但是，我对她竟有一见钟情并相见恨晚的感觉。

　　非常感谢我的导师黄源深，是他的引领将我带进了澳大利亚文学的新天地，使我有幸了解并结识了海伦·加纳，成为迄今为止在中国撰写并发表海伦·加纳研究方面的论文最多的学者，使我的人生随着学术的延伸而精彩。记得2005年秋天的一个午后，我来到老师坐落在上海南郊的寓所。那时的我像是一只飘荡在浩瀚的澳大利亚文学海洋中的小船，找不到航标。老师了解我的研究兴趣以及前几年在学术研究方面的积累，他在建议我将女性主义研究与澳大利亚文学研究结合起来的时候，向我推荐了海伦·加纳和她的小说《毒瘾难戒》。第一次听到这个作家以及她的作品的名字感觉是陌生的。那个和煦的下午，时光在聆听老师的教诲中很快流逝，我迎着斜阳走出老师家的客厅时并没意识到我的人生在那一刻已经转折。当我三年之后如期交出了我的博士论文时，老师说：海伦·加纳是最适合你去研究的一个作家。我不能确定在老师的"最适合你去研究"的评语中到底隐含了哪些意思，但是，我对老师充满感激，因为他以犀利的、洞察一切的能力为我确立了适合于我并且为我所喜欢的研究对象，从此，我的生活中充满了因海伦·加纳而带来的快乐和成就感。

　　我欣赏一种人生，一种有意义而又淡定自如的人生，一种平凡却又充满激情和乐趣的人生，一种职业追求与生命追求水乳交融的人生，一种成为自己的人生。"成为自己比什么都重要，"弗吉尼亚·伍尔芙在《自己的房间》里写道。海伦·加纳不仅成为她自己，而且成就了她自己，在她的身上我看到了一种感性人生与理性人生交相辉映的光彩。她其实不是人们臆想中的女性主义侵略者或者背叛者,她的多面人生赋予她多种人生感悟和多种身份意识,使得她成为一个乐观浪漫但又切合实际的人,一个自我但不自私的人,一个敏于反思又善于换位思考的人。她的吸引力在于她的真诚和坦白,在于她不仅用小说或者非小说去书写生活,更用自己的生活去践行作品中的思想和价值观,成为一个生活即艺术、艺术即生活的实例。

海伦·加纳研究已经成为我生命中最为重要的一部分,我将会追随着她的人生和创作的轨迹不断前行。但是,我不会成为海伦·加纳,我最终将成为我自己。

朱晓映
2013 年 6 月